AF217758

ISBN: 978-3-947738-73-1

© 2020 Kampenwand Verlag
Raiffeisenstr. 4 · D-83377 Vachendorf
www.kampenwand-verlag.de

Versand & Vertrieb durch Nova MD GmbH
www.novamd.de · bestellung@novamd.de · +49 (0) 861 166 17 27

Text: Uwe Krauser
Umschlaggestaltung: Lulu Weber
Druck: CUSTOM PRINTING
Wał Miedzeszynski 217, 04-987 Warszawa, Polen

Phoebe

EINE STRAßENHÜNDIN CHECKT EIN

Uwe Krauser

DER AUTOR
—

Uwe Krauser wurde 1971 in der Nähe von Köln geboren und betreibt mit seinem Mann Oliver seit 14 Jahren ein kleines, mehrfach ausgezeichnetes Hotel in den Untiefen des Bayerischen Waldes:

www.montarasuites.de

Der gelernte Erzieher lebte viele Jahre in Spanien, hat seine Heimat jedoch im beschaulichen Ferienort Bodenmais gefunden, wo er die Liebe zur Natur entdeckte.

Er hat mit Phoebe und Layla zwei Straßenhunde aus dem Ausland adoptiert, die ihn zu seinen beiden Romanen „Phoebe - Eine Straßenhündin checkt ein" und „Layla – Heldin auf vier Pfoten" inspiriert haben.

Ich danke dir, dass du dich für meinen Roman entschieden hast und ich hoffe, dich für ein paar Stunden in unsere Welt entführen zu können.
Bevor du loslegst, solltet du Folgendes wissen:
Du darfst nicht alles, was ich geschrieben habe, zu 100% ernstnehmen. Einige Geschichten sind tatsächlich passiert, einige andere wiederum sind, genau wie viele der Charaktere, in meinem Kopf entstanden.

Ich überlasse es deiner Fantasie zu entscheiden, was tatsächlich geschehen ist ...

PROLOG

—

Ich habe Angst, ich habe ganz schreckliche Angst.

Was ist das für ein Rascheln und Knistern?

Es ist so dunkel hier drin und ich habe kaum Luft zum Atmen.

Ein warmer, weicher Körper liegt neben mir, doch er bewegt sich nicht.

Bilder und Erinnerungen flackern kurz auf, in denen ich böse Augen sehe und einen großen Holzknüppel, der niedersaust.

Ich habe solche Angst, ich muss hier raus!

Mit letzter Kraft versuche ich mich zu befreien, trete mit meinen kleinen Pfoten wild um mich.

Ich spüre einen leichten Luftzug, er riecht fürchterlich, doch kann ich endlich wieder atmen.

Langsam, viel zu langsam befreie ich mich aus meinem seltsamen Gefängnis und weiß nicht, wo ich bin.

Überall raschelt es, bunte Fetzen fliegen an mir vorüber.

Ich sehe einen kleinen Jungen, der auf mich zuläuft und mich mit großen Augen anschaut. Er streckt seine winzigen Hände nach mir aus und ich versinke im dichten Nebel der erlösenden Dunkelheit ...

EIN JAHR DANACH …

MEIN GROßER TAG!

—

Traurig sitze ich auf dem kalten Betonboden in der hintersten Ecke des Hundezwingers. Ich schaue auf die Erde und versuche das wilde Bellen um mich herum zu ignorieren.

Ich kann mich nicht mehr genau daran erinnern, wie ich hierhergekommen bin, doch weiß ich, dass dieser große Raum mit den vielen Käfigen, dieser Ort, an dem die Sonne niemals scheint, schon sehr lange mein Zuhause ist.

Viele andere Hunde sind in der Vergangenheit zu mir in den Zwinger gebracht worden. Einige von ihnen hatten Glück und konnten das Tierheim mit einem Menschen an ihrer Seite wieder verlassen, einige andere sind so wie ich geblieben.

Jedes Mal, wenn ein Besucher kommt, strenge ich mich ganz besonders an, einen guten Eindruck zu machen. Ich versuche dann mich ganz nach vorne an das Gitter zu quetschen, wedele freundlich mit meinem Schwanz und schaue mit treuen Augen die Menschen an, die von Käfig zu Käfig schlendern. Bisher jedoch ohne jeden Erfolg.

Nur einmal hätte es fast geklappt, als eine Frau mit ihrer Tochter zu uns kam, um einen Spielgefährten für das kleine Mädchen auszusuchen.

Ich glaube, das Kind hätte mich gerne mitgenommen, doch wollte die Mutter lieber einen größeren Hund. So haben sich die beiden dann für unseren Freddy entschieden, einen struppigen Mischlingsrüden, der wirklich sehr treuherzig schauen kann, aber der reinste Teufel in Hundegestalt ist. Ich bin mir ziemlich sicher, dass wir ihn schon sehr bald wiedersehen werden, denn das war bis jetzt immer so mit ihm.

Während ich auf die Erde schaue und mich selbst bemitleide, höre ich schlürfende Schritte, die langsam auf mich zukommen.

Ich schaue auf und entdecke Wilma, die sich mit einem Stöhnen neben mir auf den Boden sinken lässt.

Wilma ist einen ganzen Hundekopf größer als ich und hat pechschwarzes Fell, das dringend einmal gewaschen werden müsste.

Die anderen Hunde haben sehr viel Respekt vor ihr, denn sie ist mit Abstand die älteste Hündin im gesamten Tierheim.

Ich mag Wilma. Obwohl sie ziemlich grimmig ausschaut, ist sie doch stets sehr nett zu mir gewesen und hat mich nicht nur einmal beschützt, wenn die anderen Hunde auf mir herumgehackt haben, nur weil ich die Kleinste von allen bin.

Sie stupst mich mit ihrer Nase an und schaut mir in die Augen. »Phoebe, du musst jetzt gut aufpassen! Ich habe gerade etwas mitbekommen, das sehr wichtig für dich ist.«

Gespannt richte ich meine Ohren auf.

»Es kommen heute zwei Menschen her, die einen von uns mit nach Hause nehmen möchten. Ich habe eben Laura, den alten Drachen, belauscht, als sie am Telefon darüber gesprochen hat. Wenn ich mich nicht verhört habe, dann sind sie extra hergekommen, um dich anzuschauen ... du weißt, was das heißt?«

Mein Schwanz macht sich selbstständig und beginnt hin- und herzuwedeln, ohne dass ich etwas dagegen tun kann.

»Du musst dich gleich ganz besonders anstrengen und alles machen, was wir schon so oft zusammen geübt haben, wenn du hier raus willst.«

Wilma hebt den Kopf und wirft mir einen liebevollen Blick zu. »Kleines, das ist deine Chance. Heute kann endlich dein großer Tag werden.«

Gespannt sitzen wir Hundehintern an Hundehintern in unserem überfüllten Zwinger und warten auf die Menschen, die mich anschauen möchten, als es mit einem Mal unruhig um uns herum wird. Es wird laut gebellt, einige Hunde springen aufgeregt an die Gitterstäbe, um sich einen guten Platz zu sichern.

Ich stelle meine Ohren auf und da höre ich auch schon die langsamen Schritte vor der Türe, die unseren Raum von dem Rest der Welt trennt.

Schnell zwänge ich mich an den anderen, zumeist viel größeren Hunden vorbei, werde unsanft zur Seite gedrückt, böse angeschaut, doch schaffe ich es schließlich, mich bis zum Gitter des Zwingers durchzukämpfen.

Gebannt schaue ich zu der schweren Eingangstüre, als diese sich knarrend öffnet und herein kommt Laura, die Chefin des Tierheims. Zwei große Männer folgen ihr.

Mit angehaltenem Atem schaue ich mir die beiden fremden Menschen an, die zuerst verunsichert in der Türe stehenbleiben, bevor sie langsam weitergehen.

Das erste was mir auffällt, sind die traurigen Augen des blonden Mannes, der gerade neben einem der Käfige zum Stehen kommt und hilflos seine Finger vor dem Körper verknotet.

»Kommst du rein und guckst du in Ruhe. Ich nix habe schlechte Tiere hier, sein alle schön und gesund. Nix wie in anderes Heim in Nachbarort.« Stolz tritt Laura zur Seite und deutet mit ihrer Hand auffordernd durch den Raum.

Schockiert schauen die beiden Männer in die vielen Hundeaugen, die ihnen sehnsüchtig entgegenblicken.

Der Mann mit dem traurigen Blick kommt langsam näher, seine Stimme ist nur ein leises Flüstern.

»Scheiße, so schlimm habe ich mir das alles hier nicht vorgestellt. Wie viele Hunde haben die denn um Himmels willen in die kleinen Zwinger gesperrt, und was ist das für ein schrecklicher Gestank?«

Laura hört nichts von dem, was der Mann gerade gesagt hat. Sie ist voll und ganz damit beschäftigt, eine Zigarette aus ihrer Packung zu fischen und sich diese anzustecken. Wilde Schimpfworte verlassen ihren verkniffenen Mund, als das Feuerzeug nicht sofort funktionieren will.

Langsam gehen die beiden Besucher an den Käfigen vorbei und bleiben genau dort stehen, wo ich gerade wild hechelnd auf der anderen Seite der Gitterstäbe sitze. Ein liebevolles Lächeln erreicht die Lippen des blonden Mannes, als er mich erblickt. Er schaut mit einem leichten Kopfnicken zu dem zweiten Mann und bückt sich vorsichtig zu mir herab.

»Oliver, schau nur, das muss Phoebe sein.

Die Kleine ist ja noch viel hübscher als auf den Fotos, die wir gesehen haben.«

Laura pustet lustlos ein paar Rauchkringel in die Luft.

»Ist nix gutes Hund, ist kleiner Kläffer, nix gut zu andere Hunde.« Sie schaut nach links und rechts, bevor sie mit verschwörerischer Miene leise flüstert: »Hinten ich habe deutsches Schäferhund. Ist schönes Hund. Mache gutes Preis für dich, sehr gutes Preis. Hat nix Papiere, aber ist egal, ist richtiges Hund, nicht kleines Frettchen, so wie das da. «Sie zeigt mit dem Finger in meine Richtung und schaut mich voller Verachtung an.

Empört werfe ich Laura einen grimmigen Blick zu, den sie jedoch ignoriert.

Der Mann, der nun verunsichert zu sein scheint, steckt einen Finger durch das Gitter, an dem ich sogleich begeistert schlecke.

»Ich will aber doch gar keinen Schäferhund haben.« Fragend schaut er den zweiten Mann an, der neben einem Zwinger voller Junghunde steht, die ihn freudig anbellen.

Er hat sehr breite Schultern und keine Haare auf dem Kopf, seine Augen sind von Falten umrundet, die ihn sehr fröhlich aussehen lassen.

Er schaut Laura an und spricht mit fester Stimme.

»Wir sind eigentlich hier, weil wir uns in die kleine Phoebe verguckt haben. Können wir sie bitte einmal aus der Nähe anschauen? Ich meine, könnten Sie den Hund für einen Moment aus dem Zwinger herauslassen?«

»Du müssen selber wissen, nix ist meine Geld!« Laura zuckt mit den Schultern, steckt den Zwingerschlüssel in das Schloss und kurz darauf bricht das absolute Chaos aus.

Die Türe ist noch nicht komplett geöffnet, als sich die ersten Hunde hechelnd auf den Mann stürzen, der immer noch vor meinem Zwinger hockt.

Es wird gekläfft, gehechelt, seine Hände werden abgeschleckt.

Mia, eine besonders clevere Mischlingshündin, schmeißt sich auf den Rücken und lässt sich den Bauch kraulen, dabei drängt sie zwei andere Hunde, die ebenfalls ihre Chance gewittert haben, rücksichtslos zur Seite.

Entsetzt stehe ich noch immer hinter der Zwingertüre und kann kaum fassen, was ich da mitansehen muss. Mit einem Mal wird mir klar, dass ich mir schnell etwas einfallen lassen sollte, wenn ich endlich von diesem schrecklichen Ort verschwinden will.

Mit einem beherzten Kläffen renne ich aus dem Zwinger und stürze auf den blonden Mann zu, der sich vor lauter Hundezuneigung kaum noch auf den Beinen halten kann.

Ich nehme Anlauf, mache einen riesigen Satz über meine Konkurrenten hinweg und lande genau auf dem Bauch von Mia, die mir ärgerlich Platz macht, nicht ohne mich vorher grimmig anzuknurren.

Vorsichtig schaue ich nach oben, als ein warmer Blick meine Augen trifft.

Die Zeit scheint für einen wunderbaren Moment lang stehen zu bleiben. Ein wohliges, mir bisher unbekanntes Gefühl breitet sich in meinem Bauch aus und ich weiß ganz, ganz tief in mir, dass ich endlich den Menschen gefunden habe, zu dem ich gehöre.

Scheinbar beruht dieses Gefühl auf Gegenseitigkeit, denn ich entdecke ein Glitzern in den liebevollen Augen, die immer noch auf mich herabblicken.

»Vielen Dank Laura, ich muss mir keinen anderen Hund mehr anschauen, ich habe mich bereits entschieden.« Sanft streichelt er mir über den Kopf und dreht sich zu dem zweiten Mann um, der zufrieden lächelt.

»Oliver, darf ich vorstellen: Das ist mein neuer Hund, das ist meine kleine Phoebe!« Seine Stimme zittert leicht, als er mich vorsichtig an sich drückt. Ein paar Tränen suchen sich ihren Weg und landen auf meinem Rücken.

Der Mann namens Oliver streckt die Hand aus und krault mir ganz vorsichtig die Ohren, er strahlt über das ganze Gesicht.

»Ich denke, da haben sich die zwei Richtigen gefunden. Wir sollten jetzt ganz schnell nach Hause fahren und den Zwerg hier mitnehmen.«

Laura hat mittlerweile die anderen Hunde zurück in den Zwinger getrieben und marschiert in unsere Richtung.

»Gut, gut, dann ich mache fertig Papiere in Büro. Ich nix verstehe. Hättest du haben können schönes deutsches Schäferhund zu gutes Preis.«

Sie mustert mich mit ihren kalten Augen, während sie die Türe öffnet und uns hinaus begleitet.

Ich drehe mich ein letztes Mal um und schaue zu den vielen anderen Hunden zurück, schaue zu der alten Wilma, die mir einen traurigen Blick zuwirft. Hoffentlich hat sie bald auch so viel Glück wie ich und findet den Menschen, zu dem sie gehört.

Die Türe schließt sich mit einem lauten Knall und auf geht es in mein neues Leben.

EIN NEUES ZUHAUSE

—

Die Formalitäten sind schnell erledigt und Laura gibt den beiden Menschen noch ein paar »wertvolle« Tipps zur Hundeerziehung mit auf den Weg.

»Wenn kläfft kleiner Hund oder ist nicht brav, schlägst du mit Leine ganz fest auf Po, das wirken immer. Oder gibst du zwei Tage kein Essen, nur Wasser, damit Hund wissen, dass er nicht gutes Hund war und wieder brav.«

»Vielen Dank für die Ratschläge, ähm, ja, also ich denke, dass wir schon irgendwie klarkommen werden mit der Kleinen hier ...«, der blonde Mann rutscht nervös auf seinem Stuhl hin und her. «Sie ist nicht unser erster Hund, wissen Sie. Wir sollten jetzt auch so langsam aufbrechen, wir haben noch eine ziemlich weite Fahrt vor uns.«

Bevor Laura noch weiter ausholen kann, verlasse ich zum Glück mit Oliver und Uwe, so heißen meine zwei neuen Menschen, das Tierheim und denke noch einmal zurück an die liebe Wilma, die mir so oft zur Seite gestanden hat.

Wir gehen gemeinsam zum Parkplatz und ich darf zum ersten Mal in meinem Leben in einem Auto fahren, was mich von meinen traurigen Gedanken ablenkt.

Als die Autotüre geöffnet wird, entdecke ich auf der Rückbank einen weichen, gemütlichen Korb mit einer flauschigen Decke darin.

Einen Moment lang kann ich nichts anderes tun, als glücklich mit dem Schwanz zu wedeln, denn so etwas Schönes habe ich in meinem ganzen Leben noch nicht gesehen.

Vorsichtig schaue ich die beiden Männer an und springe dann mit einem Satz ins Auto, um es mir zufrieden schnaubend auf der wunderschönen Decke gemütlich zu machen.

»Ich glaube, der Korb gefällt ihr, schau nur!« Uwe strahlt in meine Richtung.

»Teuer genug, war das Ding ja auch!« Oliver grinst, während er sich noch einmal zu dem Tierheim umdreht. »Wir sollten jetzt aber endlich losfahren. Ich habe nämlich das blöde Gefühl, dass die gute Dame uns ihren Schäferhund sonst doch noch irgendwie unterjubelt.«

Meine beiden Menschen schauen sich mit einem Lächeln an, und kurz darauf verlassen wir den Ort, der viel zu lange meine Heimat gewesen ist.

Die Fahrt dauert einige Stunden, doch das macht mir überhaupt nichts aus.

Ich rutschte zufrieden in dem gemütlichen Korb von einer Seite zur anderen, schaue neugierig aus dem Fenster und mustere zwischendurch immer wieder die beiden Männer, die mich mit in ihr Zuhause nehmen wollen.

Einmal halten wir an und ich soll aus dem Auto aussteigen, um ein »Geschäft« zu machen.

Leider weiß ich nicht, was das genau heißen soll, weswegen ich unsicher im Auto sitzen bleibe und mich nicht von der Stelle rühre. Also fahren wir kurz darauf weiter.

Nachdem wir an unendlich vielen Wäldern, Häusern und Wiesen vorbeigekommen sind, hält das Auto an. Es scheint, als hätten wir unser Ziel erreicht.

Gespannt schaue ich aus dem Fenster und erblicke ein weißes Haus mit bunten Blumen auf den Fensterbänken.

»Willkommen daheim!«, sagt Oliver strahlend zu mir und öffnet die Autotüre.

Skeptisch schaue ich ihn an und traue mich nicht so recht, das sichere Auto zu verlassen. Erst als mir Uwe, der ab sofort mein neues Herrchen sein soll, eine Leine anlegt, springe ich hinaus.

Langsam gehen wir ein paar Treppen hinauf und betreten eine große Wiese. Ich bin begeistert und würde am liebsten gleich hierbleiben, um ein paar Löcher zu buddeln und mein neues Revier ausgiebig zu markieren. Mein Herrchen zieht mich jedoch vorsichtig an der Leine mit in das Haus hinein. Mit gesenktem Kopf schleiche ich durch die vielen Räume, schaue mir mit großen Augen alles ganz genau an.

Meine Nase kribbelt wie verrückt, wegen der vielen fremden Düfte, die ich in jeder Ecke des Hauses entdecke. Ich kann gar nicht mehr aufhören über den Boden zu schnüffeln.

Ich kannte bisher eigentlich nur den Geruch aus dem Tierheim, wo es wie in einem riesengroßen Hundeklo gestunken hat. Hier duftet alles so wunderbar, dass ich es kaum fassen kann.

Während ich mein neues Zuhause genauestens inspiziere, haben sich meine beiden Menschen leise an einen Tisch gesetzt und beobachten jede meiner Bewegungen mit gespanntem Blick. Sie sehen dabei aus, als würden sie zwischendurch immer wieder vergessen Luft zu holen.

Hinter einer Türe, die halb geöffnet ist, entdecke ich einen Raum mit einem großen, hohen Schlafplatz und einem Körbchen daneben.

Ich bleibe stehen und schaue von der Schlafstätte zum Korb und wieder zurück. Ich denke für einen Moment ganz scharf nach und frage mich, für wen wohl der Korb gedacht ist. Kann es sein, dass ich nicht der einzige Hund in diesem Haus bin? Dass mein Platz ganz oben auf dem gemütlichen Schlafplatz ist, steht für mich in diesem Moment völlig außer Frage.

Voller Vorfreude mache ich einen Satz hinauf, um schon einmal Probe zu liegen. Uwe kommt grinsend auf mich zu, tätschelt mir den Kopf und hebt mich vorsichtig hoch.

»Hier ist dein Hundebett, kleine Phoebe!«, sagt er liebevoll und setzt mich in den weichen, runden Korb, der auf dem Boden steht.

Ich halte das für einen sehr großen Irrtum, und mit einem Sprung sitze ich wieder auf der Schlafstelle, um mein neues Herrchen von dort treuherzig anzustrahlen.

»Unser Bett scheint dir aber gut zu gefallen!« Lächelnd nimmt er mich auf den Arm, krault mir über den Rücken, um mich kurz darauf wieder eine Etage nach unten zu verfrachten.

Ich fürchte, dass ich härtere Geschütze auffahren muss, wenn ich den Platz haben möchte, der mir zusteht. Leise vor mich hingrummelnd wappne ich mich für den nächsten Kampf, den wir sicherlich später noch austragen werden.

Bald ist es dann auch soweit.

Nach einem sehr leckeren Abendessen, das Oliver aus einer bunten Dose extra und nur für mich herausgelöffelt hat, gehen wir zu Bett.

Selbstverständlich zögere ich nicht lange, hüpfe beherzt nach oben und schaue Uwe mit meinem - *Ich trage so viel Elend auf meinen kleinen Schultern und auch ansonsten bin ich das ärmste Wesen der Welt* - Blick an, den mir die alte Wilma im Tierheim schon vor langer Zeit beigebracht hat.

Nicht mehr ganz so grinsend wie noch kurz zuvor hebt mich Uwe energisch vom Bett herunter und setzt mich in den Korb. »Ein Hund hat im Bett nichts zu suchen«, bemerkt er mit strenger Stimme, doch aus dem Augenwinkel sehe ich ein leichtes Grinsen, das sich in Olivers Mundwinkel geschlichen hat - die Schlacht ist also noch nicht komplett verloren.

Grübelnd liege ich neben dem Bett und frage mich erneut, was zu tun ist, bis mir eine großartige Idee kommt. Ich werde versuchen meinem Herrchen ein furchtbar schlechtes Gewissen zu machen, das wird ganz bestimmt funktionieren.

Mit hängenden Schultern und todtraurigem Hundeblick, den mir Wilma ebenfalls beigebracht hat, verlasse ich den Korb und schleiche vor mich hinjammernd in den Flur.

Dort liege ich wie ein Häuflein Elend und beginne ganz leise zu jaulen. »Dabei ist die richtige Dosis entscheidend«, erinnere ich mich an Wilmas gutgemeinten Rat.

»Was hat sie denn nur?«, höre ich Uwe fragen. »Warum bleibt sie denn nicht bei uns?«

»Wahrscheinlich ist sie eingeschnappt, weil sie nicht im Bett liegen darf. Sie kommt sicher gleich zurück«, vermutet Oliver.

»Hoffentlich hast du recht.«

Ich höre Papier rascheln, Seiten werden umgeblättert.

Eine kurze Zeit vergeht, bis Uwe sein Buch zur Seite legt. »Irgendetwas stimmt da nicht - vielleicht vermisst sie ihre Freunde aus dem Tierheim.« Seine Stimme ist mittlerweile ziemlich wacklig.

»Aber klar doch, besonders diese Trulla mit der Kippe im Mund, die Phoebe mit Zuneigung geradezu überhäuft hat, wird sie ganz sicher in ihr Nachtgebet einschließen.«

Ich denke, da meint Oliver wohl Laura, die Chefin aus dem Tierheim, die ich ganz bestimmt nicht vermissen werde.

Weitere Minuten verstreichen. Langsam werde ich unsicher, ob mein Plan wirklich noch funktioniert. Ich rolle mich auf die Seite und wimmere etwas lauter.

»Oliver, ich werde kein Auge zumachen, solange das arme Tier völlig schutzlos und verlassen im kalten Flur liegt.«

Uwe steht auf und kommt zu mir. Vorsichtshalber jammere ich noch einmal herzerweichend und schaue ihn verzweifelt aus meinen treuen Hundeaugen an.

»Komm, mein Schatz! Das Bett ist so groß und du bist so klein, da werden wir wohl ein Plätzchen für dich finden.«

Er trägt mich zurück ins Schlafzimmer, legt mich in eine Kuhle am Fußende und beginnt mir den Bauch zu kraulen. Alle drei schauen wir nun glücklich und zufrieden aus, bis Oliver anfängt zu grinsen.

»Ein Hund hat im Bett also nichts zu suchen ... soso! Ich denke, wir werden noch sehr viel Freude mit dem kleinen Teufel haben!«

Während ich überlege, was er damit wohl meint, strecke ich mich erleichtert aus und freue mich schon jetzt auf den nächsten Morgen.

HECTOR

Die ersten Tage in meinem neuen Heim sind vergangen und ich fühle mich schon jetzt pudelwohl in dem großen, weißen Haus mit dem schönen Garten.

Die täglichen Spaziergänge mit meinen beiden Herrchen gefallen mir besonders gut. Ich bin begeistert, wie viele wundervolle Dinge es zu entdecken gibt, die mir in meinem bisherigen Leben verborgen geblieben sind.

Heute steht mir ein ganz besonderes Erlebnis bevor, denn ich soll eine Freundin von meinen beiden Menschen und ihren großartigen Hund kennenlernen.

»Phoebe, komm her! Wir gehen Gassi mit Hector!« Uwe nimmt die Leine von einem Haken an der Wand und schlüpft in seine dicke Jacke.

Aufgeregt renne ich zu ihm und springe wie ein Flummi auf und ab. Ich freue mich riesig, denn Hector ist bestimmt ein wilder Hund, mit dem ich den Wald unsicher machen kann.

Auf dem Weg zu unserem Treffpunkt kann ich vor lauter Neugierde kaum einen Fuß vor den anderen setzen. Sicher ist Hector ein Schäferhund, oder am Ende sogar ein Rottweiler ... Meine Gedanken überschlagen sich geradezu und ich zerre Uwe an der Leine hinter mir her, was für ein sechs Kilo schweres Hundemädchen eine beachtliche Leistung darstellt.

Nachdem wir eine breite Straße, auf der die Autos in hohem Tempo an uns vorbeifahren, überquert haben, erreichen wir endlich unser Ziel ... Doch wo ist dieser Hector?

Ich kann lediglich eine sehr hübsche, blonde Frau in einem weißen, flatternden Kleid entdecken. An ihrer Leine, auf der viele bunte Steinchen glitzern, hängt ein kleiner, fetter Mops.

»Anna, schön dich zu sehen!« Mein Herrchen stürmt auf das seltsame Paar zu und drückt die blonde Frau an seine Brust. »Und mein kleiner Lieblingsmops ist ja auch dabei. Hallo Hector, du alter Haudegen!«

Entgeistert schaue ich Uwe an und glaube mich verhört zu haben.

DAS ist Hector? DER Hector, mit dem ich den Wald auf links krempeln will? Ich kann es kaum fassen.

Ehe ich die Überraschung auch nur halbwegs verkraftet habe, kommt die blonde Frau auf mich zu und tätschelt mir über den Kopf. »Du hast nicht übertrieben, mein lieber Uwe. Die Kleine ist eine wahre Schönheit. Hat sie sich denn schon bei euch eingelebt?«

»Ich habe den Eindruck, dass es ihr ganz gut bei uns gefällt und sie den vielen Platz, den sie jetzt hat, sehr genießt.«

Annas Lippen verziehen sich zu einem Schmunzeln.

»Oh ja, ich hörte bereits davon. Euer gemütliches Bett scheint es ihr besonders angetan zu haben.«

Grinsend zuckt mein Herrchen mit den Schultern. »Tja, ich fürchte da hat mich das kleine Luder ordentlich ausgetrickst.«

Während sich die beiden Menschen vergnügt unterhalten, schlurfen Hector und ich langsam nebeneinander her und beäugen uns kritisch.

Der kleine Mops ist nicht nur kugelrund, sondern hat auch noch einen schrecklichen Überbiss, der seinen Gesichtsausdruck äußerst seltsam wirken lässt.

Ich frage mich gerade, wer der hübschen Anna diesen hässlichen Köter aufgeschwatzt hat, als er neben mir stehenbleibt und mich unverhohlen anstarrt.

Warnend hebe ich meine Lefze und lasse ein bedrohliches Knurren hören, welches mir im Tierheim nicht nur einmal meinen Platz am Futternapf gesichert hat.

Anna schaut mich erschrocken an. »Ach du lieber Gott, das hört sich ja gefährlich an. Was hat sie denn auf einmal?«

»Keine Ahnung! Vielleicht will sie mich beschützen?«

Ich glaube ein kleines bisschen Stolz in Uwes Stimme zu erkennen, als Anna losprustet. »Vor Hector? Na, die Mühe kann sie sich aber sparen.«

Mein Herrchen scheint noch nicht ganz überzeugt zu sein, er greift nach Annas Arm. »Komm, lass uns weitergehen! Die machen das bestimmt untereinander aus. Ich habe da mal sowas in einer Fernsehsendung gesehen ... glaube ich zumindest.«

Hector fixiert mich derweil immer noch mit seinen kugelrunden Augen. »Du bist dann also diese Phoebe, von der im Moment alle sprechen.«

»Und Du bist wahrscheinlich der König der Löwen!« Ich blicke ihn herausfordernd an.

»Wie kommst Du denn darauf? Ich heiße Hector und bin ein Mops«, antwortet er beleidigt.

»Wohl eher ein Rollmops!«

»Ich bin ein reinrassiger Mops mit einem erstklassigen Stammbaum, du dürres Huhn!«

Ich erstarre vor Entsetzen.

Hat dieses Furzgesicht mich gerade ein dürres Huhn genannt? Das hat noch niemand gewagt.

Wild knurrend reiße ich mich von der Leine und stürze mich mit Kampfgebrüll auf Hector.

Nur sehr kurz überrascht nimmt auch dieser Tempo auf und wir gehen aufeinander los.

»PHOEBE AUS!« Uwe rennt in unsere Richtung und versucht uns zu trennen, doch da sind wir schon im Unterholz verschwunden und legen dort erst richtig los.

Hector ist ganz schön flink für sein Gewicht, bemerke ich überrascht und beiße mich in seinem linken Ohr fest.

»Du blödes Biest, das wirst du mir büßen!« Quietschend versucht der bald einohrige Mops sich loszureißen.

Ich will etwas erwidern, doch habe ich das Maul voll und so knurre ich einfach wild, um Hector ein wenig zu beeindrucken.

Diesem gelingt es schließlich sich zu befreien und er spurtet tiefer in den Wald hinein. Ohne zu zögern nehme ich kläffend die Verfolgung auf. Hinter uns hören wir Anna und Uwe, die wütend unsere Namen brüllen, doch das ist mir gerade egal, denn ich bin noch nicht fertig mit Hector.

Doch wo ist er hin? Diesen Fleischklotz müsste ich doch überall entdecken können. Verunsichert blicke ich mich um.

Plötzlich springt Hector mit einem Riesensatz hinter einem Baum hervor. Er baut sich breitbeinig vor mir auf, versucht die schiefen Zähne zu fletschen und knurrt aus Leibeskräften. »Jetzt mache ich dich fertig, du alte Ratte!«

Amüsiert verziehe ich meine Schnauze, denn das Bild, welches sich mir bietet, ist einfach zu lustig.

Wir schauen uns in die Hundeaugen und können beim besten Willen nicht mehr ernst bleiben. Vergnügt japsend schnappen wir nach Luft.

Just in diesem Moment hechtet Uwe auf mich zu und greift nach der Leine, an der ich immer noch ausgelassen herumzapple.

Auch Anna hat uns entdeckt und erwischt Hector an seinem glitzernden Halsband. Ihr weißes Kleid hat auf der Verfolgungsjagd ziemlich gelitten, doch sie scheint erleichtert, dass sie ihren kleinen Liebling in einem Stück wiedergefunden hat.

»Böses Mädchen!«, werde ich von Uwe gerügt. »Dafür bekommst du heute kein Abendessen. Der arme, kleine Hector ... Was machst du denn nur für Sachen mit ihm?«

Grimmig schnaufend zieht er mich hinter sich her, bis wir uns wieder auf dem Wanderweg befinden und unseren Spaziergang fortsetzen.

Während wir nun nebeneinander herlaufen, schaue ich immer wieder zu Hector und muss schmunzeln, denn eigentlich ist er ein ganz netter Kerl, dieser Rollmops.

»Das war lustig!« Ich stupse ihn leicht mit meiner Nase an.

»In jedem Fall!«, findet wohl auch Hector. »Das müssen wir bald wiederholen.«

Ich denke, ich habe den ersten Freund in meiner neuen Heimat gefunden und bin gespannt, mit welchem Unsinn wir unsere Menschen in Zukunft wohl noch auf Trab halten werden.

ERSTE LEKTIONEN

—

In den nächsten Wochen treffen wir meinen moppeligen Freund Hector regelmäßig, und ich stelle fest, dass er gar nicht so übel ist.

Ganz im Gegenteil. Ich denke, ich könnte mich sogar sehr gut an ihn gewöhnen.

An einem entspannten Vormittag, an dem uns die Sonne mit ihren wärmenden Strahlen verwöhnt, haben wir uns mit Hector und seinem Frauchen zum Wandern verabredet.

Als wir unseren Treffpunkt erreichen, kommt Anna mit hochrotem Kopf auf uns zugestürmt. Sie zieht den armen Hector, der auf seinen stämmigen Beinchen kaum folgen kann, schimpfend hinter sich her.

»Uwe, endlich bist du hier! Ich kann dir sagen, ich explodiere jeden Moment! Du glaubst ja nicht, was für einen Bock mein lieber Mann schon wieder geschossen hat!«

Mein Herrchen legt eine Hand auf Annas Arm. »Was ist denn um Himmels willen passiert? Jetzt beruhige dich erst mal ein bisschen und dann erzählst du mir eins nach dem anderen.«

Anna atmet tief ein und aus, dabei wedelt sie mit den Händen vor ihrem Gesicht herum. »Stell dir nur vor, als ich gestern Abend nach Hause gekommen bin, hat mein lieber Josef eine tolle Überraschung für mich parat gehabt. Meine herzallerliebste Schwiegermutter, die alte Krähe, hat eine Ferienwohnung für uns gebucht und wir fahren zusammen für eine Woche nach Garmisch-Partenkirchen.

Sieben Tage mit diesen Leuten unter einem Dach ... ich glaube danach können sie mich einliefern!«

Mein Herrchen schenkt seiner Freundin einen mitleidigen Blick. »Kopf hoch, Anna! So schlimm sind deine Schwiegereltern nun auch wieder nicht, vielleicht wird es ja sogar ganz nett. Und Garmisch Partenkirchen soll ja auch ein durchaus hübsches Städtchen sein - habe ich zumindest gehört.«

»Das Beste kommt erst noch, warte ab!« Anna wischt fluchend einen Käfer von ihrer Jacke, der daraufhin benommen fortfliegt. »Du weißt ja, was für ein Sparstrumpf Josefs Mutter ist. An keinem Schnäppchen kommt sie vorbei. Nicht umsonst ist sie im ganzen Ort als die geizige Gertrud bekannt. Erstaunlicherweise will sie die Wohnung für uns alle bezahlen. Da bin ich natürlich gleich hellhörig geworden, ich weiß ja wie sie am Geld hängt.«

»Aber es ist doch sehr nett von ihr, dass sie euch einladen will.«

»Nett? Du denkst das ist nett von ihr? Sie hat die Wohnung bei Lidl auf irgendeinem Flyer entdeckt. 149,- Euro kostet sie der Spaß für die gesamte Woche. Uwe, die Wohnung ist ein winziges Loch mit nur einem Schlafzimmer. Ich darf mein Nachtlager mit Josef auf einer alten Klappcouch beziehen.

Als wäre das alles noch nicht schlimm genug, gibt es nur ein Badezimmer. Ein verdammtes Badezimmer für vier Personen! Ich bekomme schon einen Lippenherpes, wenn ich nur daran denke!

Na und rate mal, wer in der Küche stehen darf, um die Brut zu bekochen! In ein Restaurant setzt die knausrige Kuh nämlich keinen Fuß, weil ihr das alles viel zu teuer ist.«

Mein Herrchen schüttelt den Kopf. »Oh weh, das hört sich wirklich nicht nach Erholung an. Was machst du mit Hector, wenn ihr unterwegs seid?«

»Der kommt selbstverständlich mit - das wird mein einziger Trost in dieser schrecklichen Woche sein.«

Sie atmet einmal ganz tief ein und aus, bevor sie weiterspricht. »So, das musste ich einfach loswerden, ... und jetzt will ich mit euch wandern!«

Anna hat zwar immer noch einen roten Kopf, doch scheint es ihr bereits ein wenig besser zu gehen. Sie bringt sogar ein kleines Lächeln zustande, als wir die Wanderung endlich beginnen.

Unser Weg führt an einem plätschernden Bach entlang und wir marschieren immer wieder durch dichte Wälder, in denen die wundervollsten Gerüche meine Nase erreichen.

Ich entdecke auf einer sonnigen Lichtung sogar ein Reh, das nur wenige Meter von uns entfernt im Gras liegt. Leider hat mein Herrchen es noch vor mir gesehen und mich dummerweise sofort angeleint, sodass ich dem fliehenden Reh nur aufgeregt hinterherbellen kann.

Nach einigen Stunden sind wir wieder an unserem Ausgangspunkt angekommen. Während sich unsere Menschen gutgelaunt unterhalten, Anna scheint ihren Ärger zum Glück vergessen zu haben, erzählt mir Hector die aufregende Geschichte seiner Herkunft.

Mein Freund entstammt einem illegalen Tiertransport aus Polen. Er wurde mit seinen sieben Mopsgeschwistern in einem stickigen Kofferraum über die Grenze geschmuggelt und dann unter der Hand zum Verkauf angeboten.

Seine niedlichen Brüder und Schwestern gingen weg wie warme Semmeln ... nur den kleinen Hector wollte, trotz polnischem Sonderpreis, niemand mit nach Hause nehmen.

»Und das nur, weil ich schwere Knochen und schiefe Zähne habe«, traurig blickt mein Freund zu Boden.

»Wie bist du dann zu Anna gekommen?«, möchte ich wissen.

»Das war folgendermaßen«, beginnt er zu nuscheln. »Nachdem sich kein Käufer für mich gefunden hat, wollten die Tierhändler mich ganz schnell loswerden und haben mich an einer Raststätte in einen Graben geworfen. Ich hatte großes Glück, denn wie der Zufall es wollte, war Anna gerade mit ihrem Auto unterwegs und machte eine kurze Pause auf eben diesem Rastplatz.

Sie hörte mein Wimmern und entdeckte mich zwischen Zigarettenstummeln und benutzten Taschentüchern am Boden liegend.«

Ich kann mir bildhaft vorstellen, wie sich mein armer Freund gefühlt haben muss und bin gespannt, wie es weitergeht.

»Nach dem ersten Schrecken, drückte sie mich tröstend an ihre Brust und hat mich zum Glück sofort mit nach Hause genommen. Nach einem Bad, welches ich mehr als nötig hatte, präsentierte sie mich ihrem Mann Josef.«

Gebannt schaue ich Hector an, der meine Aufmerksamkeit sehr zu genießen scheint und eine kurze Pause einlegt, um die Spannung noch ein wenig zu steigern.

»Erzähl endlich weiter, ich will wissen, was Josef gesagt hat!«

»Nuuuun ...«, setzt Hector langsam an, »gesagt hat er eigentlich nicht viel, stattdessen hat er wie ein Wilder geflucht und gebrüllt. Ich erinnere mich noch ganz genau an seine Worte:

Du seltendämliches Rindvieh, du seltendämliches. Schleppst mir hier so einen hässlichen Köter an, spinnst du eigentlich, HERRGOTT-NOCHMAL???«

Ich kann mir ein Schmunzeln nicht verkneifen, denn ich ahne wie die Geschichte weitergeht.

»Josef hat getobt, gewütet und Anna mit den
schlimmsten Beschimpfungen bedacht.«

»Was hat dein Frauchen da gemacht?« Ich
trippele vor lauter Spannung von einer Pfote
auf die andere.

»Die hat sich auf dem Absatz rumgedreht und
mich wortlos beim Josef zurückgelassen.«

»Au weia!«

»Nein, so schlimm war es gar nicht. Als er
sich erst mal ein wenig beruhigt hatte, nahm
er mich vorsichtig auf den Schoß und hat an-
gefangen leise mit mir zu reden. Irgendwas wie
Verdammte Weiberbrut und *Der Teufel soll sie ho-*
len ist mir noch in Erinnerung geblieben.«

Er lehnt sich zurück und setzt zum Finale an.

»Als Anna wieder nach Hause kam, hockte Josef bereits mit mir auf dem Fußboden und füt-
terte mich mit der besten Weißwurst, die er im
Kühlschrank finden konnte. Seitdem sind wir
die allerbesten Freunde.«

Zufrieden leckt sich Hector über die Schnauze.
Er scheint sich wohl gerade an den Geschmack
der Wurst zu erinnern. »Ich bin wirklich froh,

dass mich damals, als ich noch ein Welpe war, niemand mit nach Hause nehmen wollte ... Wer weiß, wo ich sonst gelandet wäre.«

Er wirft seinem Frauchen einen verträumten Blick zu und hebt dann selbstbewusst seinen Kopf.

»Jetzt ist es aber genug mit den alten Geschichten. Du wirst nun die hohe Kunst der Menschenerziehung von mir erlernen!« Hector sieht in diesem Moment sehr wichtig aus.

»Die hohe Kunst der Menschenerziehung?« Ich bin skeptisch und zugleich gespannt, was er mir genau erklären möchte.

»Ja genau! Glaube mir, das wird von vielen Hunden leider komplett unterschätzt. Es gibt da ein paar Grundregeln, die du unbedingt beachten solltest. Die wichtigste Regel von allen ist Konsequenz. Sie ist das das A und O in der Menschenerziehung.«

Als Hector meinen fragenden Blick sieht, fährt er mit hochgezogenen Augenbrauen fort.

»Wenn dich dein Herrchen zum Beispiel zu sich ruft, dann darfst du niemals, wirklich niemals, gleich beim ersten Mal gehorchen, damit verwöhnst du deine Menschen nur unnötig. Schau zu und lerne vom Meister!«

Und schon saust Hector in einem Tempo, das ich ihm gar nicht zugetraut hätte, auf die Hauptstraße zu.

»HEEEEECTOOOOR!« brüllt Anna wie von Sinnen, »BLEIB STEHEN, STOP, NEIN, NICHT WEITERLAUFEN, STOP, KOMM ZU-RÜCK, DA SIND DOCH AUTOS, HAAAALT!« Hector bremst kurz ab, blinzelt mir unauffällig zu und gibt erneut Gas.

Anna wechselt die Gesichtsfarbe und rennt ebenfalls in Richtung Straße, was ihr mit den hochhackigen Stiefeln nicht besonders gut gelingt.

Kurz bevor Hector einem der schnell fahren-den Autos zum Opfer fällt, schlägt er einen Ha-ken, stürmt zu seinem Frauchen und setzt sich freudig hechelnd vor ihre Füße. Anna bückt sich zu ihm herab und weint hemmungslos.

»Hector, mein Schatz, was machst du denn?

Frauchen hat dich doch gerufen. Ach bin ich froh, dass dir nichts passiert ist. Komm her mein Goldstück! Hier hast du ein besonders schönes Leckerchen, aber du darfst mir so et-was nie wieder antun!«

Zufrieden schnappt Hector nach einem köstlich duftenden Wurststück und schaut mich stolz an.

»Und, hast du es begriffen? So bekommst du die besten Belohnungen. Ich habe mir auf diese Art jedes Kilo hart erarbeitet.«

Ich schaue ihn verdattert an und kann mir nicht vorstellen, dass ich mit diesem Trick auch bei meinem Herrchen etwas erreichen kann - einen Versuch ist es aber in jedem Fall wert. Zum Glück darf ich seit einigen Tagen gelegentlich ohne Leine laufen, und somit steht dem Projekt Menschenerziehung nichts im Wege.

Ich beobachte Uwe unauffällig von der Seite. Er versucht Anna zu beruhigen, die immer noch eine ziemlich ungesunde Gesichtsfarbe hat. »Nun komm, ist doch zum Glück nichts passiert. Hier hast du ein Taschentuch.«

»Oh Gott! Stell dir nur vor, mein kleiner Engel wäre vor ein Auto gelaufen, ich wäre meines Lebens nicht mehr froh geworden. Nein und der Josef, was hätte ich dem denn nur erzählt, wenn ich ohne Hector nach Hause gekommen wäre.« Anna schnäuzt sich lautstark und steckt das Tuch in ihre Tasche.

Kurz darauf scheint sich die Stimmung wieder etwas beruhigt zu haben. Ein Kontrollblick zu meinem Herrchen zeigt mir, dass der Moment günstig ist, denn er redet immer noch auf seine Freundin ein. Ich atme einmal ganz tief durch, und schon renne ich los und steuere die Straße an.

Mit wilden Verrenkungen hüpfe ich am Straßenrand hin und her, werfe mich todesmutig in Richtung Bürgersteig, als ich ein sehr bestimmtes »Phoebe, hierher!« von Uwe vernehme.

Kurz überdenke ich, ob es nicht vielleicht doch besser wäre, gleich zu gehorchen, doch erinnere ich mich noch sehr gut an Hectors Rat. Kläffend renne ich also weiter und wage mich noch ein wenig näher an die Gefahrenzone heran, als ein donnerndes »PHOEBE, HIERHER!!!« mein Blut in den Adern gefrieren lässt. So einen Ton habe ich meinem sanftmütigen Herrchen gar nicht zugetraut.

Erschrocken bleibe ich stehen, mache auf dem Absatz kehrt und renne zu dem grimmig dreinblickenden Uwe zurück. Mit meinem treuesten Hundeblick setze ich mich freundlich hechelnd vor seine Füße, um mir nun ebenfalls mein köstliches Wurststück abzuholen.

Doch da habe ich mich leider zu früh gefreut.

Statt mir die wohlverdiente Belohnung zu geben, nimmt mich Uwe an die Leine und wirft mir einen strengen Blick zu. »Das könnte dir so passen. Dann wirst du die nächsten Wochen halt wieder an der Leine laufen müssen, Madame.«

»Verdammt, dein Herrchen ist wirklich gut«, höre ich Hector beeindruckt murmeln, »doch ich habe noch ein paar ganz andere Tricks auf Lager, du wirst schon sehen.«

Nach der missglückten Aktion, die für mich wohl ein paar weitere Tage Leinenpflicht bedeuten wird, nimmt uns Anna noch mit in ihr gemütliches Zuhause.

Kaum dort angekommen, stürzt sich Josef auf seinen kleinen Schützling und herzt ihn nach allen Regeln der Kunst. »Na, mein Kleiner! Seid ihr schön Gassi gewesen und hast du auch ein paar feine Leckerchen vom Frauli bekommen?«

Anna verdreht die Augen und wirft ihrem Mann, der immer noch am Boden hockt, einen genervten Blick zu. »Hast du nochmal mit deiner Mutter gesprochen und ihr gesagt, was ich von unserem gemeinsamen Urlaub halte?«

Josef verknotet die Finger vor seinem Körper und schaut verlegen zu Boden. »Ach Mausilein, du weißt doch wie sie ist. Ich konnte einfach nichts sagen ... aber vielleicht ergibt sich ja noch die Gelegenheit.«

Anna schüttelt ihren Kopf. »Na, auf die Gelegenheit werden wir wohl ewig warten. Ich hoffe, dass wenigstens der Kaffee schon fertig ist, und ein großes Stück Kuchen wäre jetzt auch nicht schlecht.«

Gemeinsam gehen wir in das helle Wohnzimmer. Dort versorgt Josef zuerst Anna und Uwe mit Kaffee, bevor er sich wieder seinem Hector widmet.

Mein Freund schaut mich mit einem verschlagenen Blick an. »Jetzt pass gut auf, Phoebe, es folgt eine weitere Lektion vom Meister der Menschenerziehung! Auch hierbei heißt das Zauberwort Konsequenz.«

»Schau, was ich Feines für dich habe!« Josef wedelt mit einer farblosen Kaustange vor Hectors Nase herum, dieser dreht den Kopf angewidert zur Seite und wimmert leise.

»Oh weh, die mag er doch sonst so gerne. Hoffentlich ist mein Mucki nicht krank.« Josef wirkt verzweifelt, während Hector theatralisch seufzt.

Erneut versucht er meinem Freund die Kaustange schmackhaft zu machen, indem er selbst daran schnüffelt und alberne Geräusche von sich gibt, woraufhin Hector kläglich zu jammern beginnt.

Nun scheint auch Anna in Sorge zu sein. Sie steht auf und legt eine Hand auf Hectors Kopf.

»Nun, Fieber hat er nicht, aber irgendetwas stimmt mit seinen Augen nicht, sie sind irgendwie ganz trüb. Ich glaube ich habe da ein paar Globuli für solche Fälle, die müssen irgendwo in der Küchenschublade sein. Josef, holst du gerade ein Stück vom guten Schinken, den er so gerne mag, vielleicht frisst er den ja!«

Josef rennt hektisch in die Küche. Als er zurückkommt, hält er ein saftiges Stück Fleisch in seiner Hand. Allein vom Geruch läuft mir das Wasser im Maul zusammen.

Er wedelt mit dem Leckerbissen vor Hectors Nase herum. »Schau, das ist ganz feiner Schinken für dich, kleiner Mausebär.«

Mein kluger Freund scheint auch diesen kurz zu verschmähen, doch nach einem schnellen Blick in meine Richtung stürzt er sich auf die

Köstlichkeit und verschlingt das Stück mit nur wenigen Bissen.

Josef atmet erleichtert auf, während Anna zurück zum Tisch geht und sich nach einem kurzen Zögern wieder ihrem Kuchen widmet.

Hector lässt sich zufrieden auf sein Hinterteil plumpsen. »Und, hast du gut aufgepasst?«

Mein kluger Freund hat mich heute sehr beeindruckt, und ich beschließe, diesen Trick bei Gelegenheit auch auszuprobieren.

Doch nun freue ich mich erst einmal auf den folgenden Tag, denn morgen wartet mein erster richtiger Job auf mich.

DER JOB

—

Bevor ich meinen Dienst antrete, drehen wir noch eine kleine Runde mit Anna und Hector.

»Ich habe heute meinen ersten Arbeitstag.« Stolz laufe ich neben Uwe her. »Mein Herrchen hat gesagt, ich werde jetzt ein Hotelhund - das ist ein äußerst wichtiger Job, weißt du!«

»Wow, das hört sich toll an!« Hector blickt ehrfürchtig zu mir auf. »Was muss denn so ein Hotelhund alles machen?«

»Also, tja, mmh ...«, verlegen kratze ich mich hinter meinem linken Ohr, »... so genau weiß ich das eigentlich auch nicht, aber es ist eine sehr bedeutende und anstrengende Arbeit, das weiß ich in jedem Fall.«

Kurz darauf trennen sich unsere Wege und wir erreichen pünktlich meinen Arbeitsplatz.

In das Hotel von meinen beiden Herrchen kommen Menschen, wenn sie etwas Ruhe und Erholung benötigen, habe ich Uwe einmal erzählen hören. Die Menschen heißen dort Gäste und dürfen in dem großen Haus, das auf einem

Berg steht, schlafen. Es bekommt sogar jeder sein eigenes Frühstück.

Doch was soll ich da wohl tun?

Ob ich bei diesem Frühstück helfen muss, oder ob ich sogar die schmutzigen Teller sauberlecken darf?

Gespannt betrete ich das Haus und laufe aufgeregt durch einen großen Raum, in dem viele Tische und Stühle stehen. Ich nehme die verschiedensten Gerüche wahr, rieche Menschen, die noch vor kurzer Zeit hier gewesen sein müssen.

Unter einem der Tische entdecke ich ein Stück Brot, und noch bevor mein Herrchen mich dabei erwischen kann, flitze ich los und schnappe mir die Leckerei.

Als ich mich in eine Ecke zurückziehe und heimlich auf meiner Beute herumkaue, schmecke ich sogar noch die Wurst, die wohl auf dem Brot gelegen hat.

Nach dieser kleinen Zwischenmahlzeit schaue ich mich weiter in dem großen Raum mit den vielen Tischen um und entdecke eine Türe, die nur angelehnt ist. Vorsichtig stecke ich meine Nase durch die Öffnung.

Mein Schwanz beginnt sofort zu wedeln, als ich einen riesigen Kühlschrank entdecke, in dem ich, ganz wie bei uns zu Hause, die schönsten Leckereien vermute.

Ich stoße die Türe noch ein Stück weiter auf und will gerade in die Küche hineinrennen, als ich von meinem Herrchen zurückgerufen werde.

»Phoebe, NEIN! Da hast du nichts verloren. Das ist die Hotelküche. Die ist für dich tabu!«

Enttäuscht drehe ich mich um und schleiche zurück in den großen Raum, wo Uwe mit dem Finger auf eine Ecke am Fenster deutet. »Schau, hier an der Heizung ist ein weiches Hundebett. Das ist dein Platz!«

Er lenkt mich auf ein sehr gemütliches Kissen, auf dem ich mich erst einmal niederlasse und erneut darüber nachdenke, was ich denn nun als neuer Hotelhund hier machen soll.

Ich bin immer noch ganz in meine Gedanken vertieft, als sich eine Türe öffnet und zwei Menschen, ich meine natürlich Gäste, den Raum betreten.

Schwanzwedelnd renne ich auf das sympathisch aussehende Paar zu, um sie zu begrüßen.

»Nein, Phoebe, hierher auf den Platz!«, höre ich da aus Uwes Mund.

Verwirrt gehe ich zurück auf mein Hundebett.

Das ist aber ein seltsamer Job, denke ich mir und warte ab, was als nächstes passiert.

Erneut öffnet sich die Türe und eine schlanke, dunkelhaarige Frau, pardon Gast, betritt den Raum.

Ich stürze in ihre Richtung, doch kaum habe ich mich auf den Weg gemacht, da werde ich von Uwe zurückgerufen.

»Oh, ist das ein niedlicher, kleiner Schatz«, flötet die Dame, »aber warum darf er mich denn nicht begrüßen?«

»Weißt du Anette, nicht jeder Gast mag Hunde so gerne wie du, weshalb wir Phoebes Bett dort hinten vor die Heizung gestellt haben. Wir möchten so vermeiden, dass sie durch den Raum läuft und bettelt. Du kannst sie aber jederzeit besuchen und ihr den Bauch kraulen, das mag sie nämlich ganz besonders gerne.«

Weitere Gäste kommen an und ich bemühe mich von ganzem Herzen auf meinem Kissen zu bleiben, was mir wirklich überhaupt nicht leichtfällt.

Verdammt, ist das anstrengend, bemitleide ich mich gerade, als sich die Türe erneut öffnet und herein kommt ein Gast-Mann mit einem großen, schwarzen Labrador.

Nun hält mich nichts mehr auf meinem Platz.

Noch bevor Uwe reagieren kann, stürze ich mich wild kläffend auf den Hund, der sich erschrocken hinter seinem Menschen versteckt.

»Was fällt dir ein?«, mein Kläffen wird immer schriller. »Das ist MEIN Job, ICH bin hier der Hotelhund, also schleich dich oder du fängst dir ordentlich was ein!« Drohend baue ich mich vor dem Hund auf, der mir die Arbeit wegnehmen will, als ich von hinten gepackt werde und mit einem Ruck von meinem Herrchen zurück auf meinen Platz getragen werde.

Währenddessen schiebt der Mann seinen Labrador, der seinen Schwanz ängstlich eingezogen hat, zu einem Tisch am anderen Ende des Raumes.

»Na, du bist mir ja ein tapferer Held, Charlie. Komm lieber schnell mit mir, bevor der Zwerg dich noch zerfleischt!« Grinsend setzt er sich auf einen Stuhl und nimmt sich eine Tasse Kaffee.

Mit einem entschuldigenden Lächeln redet mein Herrchen beruhigend auf den Labrador ein und krault ihn hinter den Ohren. »Sorry, aber Phoebe ist heute das erste Mal hier im Hotel und weiß scheinbar noch nicht so genau, wie sich ein Hotelhund zu benehmen hat. Keine Angst, der kleine Besen ist lange nicht so gefährlich, wie er aussieht.«

Beleidigt grummelnd setze ich mich auf und halte meinen Konkurrenten dabei ganz genau im Auge.

Nach und nach kommen weitere Gäste in den großen Raum, um dort zu frühstücken.

In einem unbeobachteten Moment wage ich mich an einen der Tische und schaue zu einer grauhaarigen Frau hinauf, als hätte ich seit vielen Wochen kein Futter mehr bekommen. Die Frau scheint ein leichtes Opfer zu sein.

»Oh, du bist ja lieb! Nein, so ein süßes Ding aber auch!« Sie zupft ein Stück Wurst von ihrem Brot herunter und ich freue mich schon auf die Köstlichkeit, als mir Uwe einen fetten Strich durch die Rechnung macht.

»Stopp! Bitte nicht vom Tisch füttern!«

Er schaut mich wissend an, woraufhin ich schuldbewusst auf meinen Platz zurückschleiche.

Als sich das Frühstück dem Ende zuneigt, wird es interessant, denn nach und nach kommen einige der Gäste zu mir, um mich neugierig zu beäugen.

Ich werde am Ohr gekrault, lasse mir den Bauch streicheln und verdrehe vor lauter Wonne die Augen im Kopf.

Als die Dame, die ihr Frühstück mit mir teilen wollte, an meinem Platz erscheint, kann ich mein Glück kaum fassen.

»Am Tisch darf ich dich ja nicht füttern, aber hiervon muss der Uwe schließlich nichts wissen.«

Heimlich legt sie mir eine Scheibe Wurst vor die Nase und schaut mich liebevoll an, während ich meinen wohlverdienten Arbeitslohn verspeise.

EIN TRAURIGER START

—

Tag für Tag gehe ich nun mit Oliver und Uwe in ihr Hotel und werde immer besser in meinem Job als Hotelhund. Ein paar Mal habe ich noch versucht, am Tisch etwas zu erbetteln, doch hat mich Uwe fast jedes Mal erwischt, obwohl er in den meisten Fällen gar nicht in der Nähe war. Ich weiß beim besten Willen nicht, wie er das macht, so sehr ich auch darüber nachdenke.

Da es heute regnet und stürmt, bin ich froh einen warmen Platz an der Heizung mein eigen nennen zu dürfen.

Die Urlaubsgäste scheinen ihren neuen Hotelhund sehr zu mögen und stehen geradezu Schlange, um mich mit ihren Streicheleinheiten zu überhäufen. Ab und zu schmuggelt sogar jemand ein kleines Leckerchen für mich aus der Tasche.

Als das Frühstück heute so gut wie beendet ist, und ich mich trotz des Wetters schon auf meinen täglichen Spaziergang freue, kommen zwei neue Gäste an.

»Jutta, Hans, da seid ihr ja! Ist das schön, euch wiederzusehen!« Uwe steht auf und umarmt die beiden Menschen sehr herzlich.

»Wir hatten Glück mit dem Verkehr, es war fast nichts los auf der Autobahn. Es ist wirklich toll, wieder bei euch zu sein.«

Die mollige Frau mit den grauen Haaren schaut sich im Gastraum um, ihre fröhlichen Augen strahlen dabei mit den vielen Ketten, die sie an ihrem Hals trägt, um die Wette. Sie entdeckt meinen Korb und eilt sofort zu mir.

»Das ist also die kleine Phoebe? Nein, was für ein niedliches Hundemädchen du doch bist.« Jutta bückt sich zu mir herab und streichelt mir zärtlich über den Kopf.

Ich mag die Frau gleich vom ersten Moment an und auch ihr Mann, der sich noch mit Uwe unterhält, sieht wirklich sehr sympathisch aus.

Mein Herrchen deutet auf die beiden Stühle, zwischen denen mein Hundebett steht. »Setzt euch doch erst einmal hin, ihr zwei. Habt ihr Lust auf ein leckeres Stück Eierlikörkuchen, selbstgebacken natürlich?«

Jutta schaut kritisch an sich herunter. »Eigentlich bin ich ja auf Diät, aber du kennst mich ja.«

Sobald etwas auf meinem Teller liegt, muss ich es auch aufessen. Also immer her damit! Du musst aber dann unbedingt zu uns kommen und berichten, woher eure süße Phoebe stammt.«

Gespannt setze ich mich auf und spitze die Ohren, denn an die erste Zeit meines Lebens kann ich mich überhaupt nicht mehr erinnern, so sehr ich meinen Hundekopf auch anstrenge.

Uwe stellt zwei Teller mit Kuchen auf den Tisch und beginnt zu erzählen.

»Phoebe ist zur einen Hälfte ein Jagdterrier. Scheinbar ist sie das Ergebnis einer ungewollten, leidenschaftlichen Hundebegegnung zwischen einem Rassehund und einem Straßenmischling aus Kroatien.«

Ich bin hellauf begeistert. Hector wird Augen machen, wenn ich ihm erzähle, dass ich fast ein Rassehund bin. Nun passe ich erst recht gut auf.

»Die Kleine wurde zusammen mit ihren Geschwisterchen in einen Plastikbeutel gesteckt und dann zum Sterben einfach auf einer Müllhalde abgeladen.«

»Diese miesen Schweine! Wie können Menschen nur so grausam sein?« Jutta schaut mich traurig an und streichelt mir vorsichtig über das Fell.

»Die kleinen Welpen hatten keine Chance und sind qualvoll erstickt. Nur unsere kleine Kämpferin hier hat es irgendwie geschafft sich zu befreien und wurde halbtot von einem kroatischen Jungen im Müll gefunden.«

Mein Herz scheint für einen Moment lang stillzustehen, während ich versuche Uwes Worte zu begreifen. Ich hatte also einmal Brüder und Schwestern, durfte sie aber niemals kennenlernen? Wie gerne hätte ich mit ihnen herumgetollt oder mich einfach nachts an sie gedrückt, um nicht so einsam zu sein.

In diesem Moment bricht eine kleine Hundewelt in mir zusammen.

Jutta scheint mit mir fühlen zu können. Mit einer Serviette tupft sie sich die eben noch so fröhlichen Augen und schaut ihren Mann niedergeschlagen an.

»Was ist dann passiert?«, fragt Hans mit leiser Stimme.

»Der kleine Junge hat Phoebe mit nach Hause genommen und wollte sie gerne bei sich behalten, doch haben es seine Eltern nicht erlaubt, da sie selber kaum genug Geld hatten, um über die Runden zu kommen. Sie brachten Phoebe in das städtische Tierheim, wo sie fast ein Jahr lang in einem verdreckten Zwinger mit dutzenden von anderen Hunden ausharren musste. Ich bin so froh, dass wir den kleinen Wurm dort rausholen konnten, ... es hätte an diesem schrecklichen Ort sicherlich kein besonders gutes Ende mit ihr genommen.«

Eine Träne löst sich bei diesen Worten aus Uwes Augen und rollt langsam über sein Gesicht.

»Wie seid ihr denn überhaupt auf sie aufmerksam geworden?« Hans rückt seinen Stuhl zurecht und greift nach Juttas Hand.

»Das war einer dieser ganz besonderen Zufälle, der am Ende vielleicht gar keiner gewesen ist. Ich saß eines Abends auf dem Sofa und habe ein wenig im Internet herumgestöbert, als das Foto von dem kleinen Goldstück hier auf meinem Tablet erschien.

Die Bilder haben mich ganz tief in meinem Herzen berührt und irgendetwas bei mir ausgelöst. Tagelang konnte ich nur noch an dieses arme, kleine Hundemädchen denken, das weit entfernt in einem überfüllten Tierheim sitzt und auf ein wenig Liebe hofft. Ich wusste vom ersten Augenblick an, dass ich meinen Hund gefunden habe und musste nun nur noch meinen lieben Mann überzeugen.«

»Was nicht besonders lange gedauert hat!« Oliver betritt in diesem Moment den Gastraum. Er balanciert einen riesigen Karton vor sich her, den er auf einem der Tische abstellt.

Während Jutta und Hans lächelnd aufstehen, um ihn zu begrüßen, bin ich froh nun ein wenig alleine zu sein, um meine Gedanken ordnen zu können.

Warum waren meine Geschwister und ich nicht gut genug für die Menschen, dass sie uns so etwas Schreckliches angetan haben. Ist der Grund, dass wir die falschen Hundeeltern hatten?

Ich frage mich, ob meine Schwestern wohl heute genauso aussehen würden wie ich, wenn sie eine Chance bekommen hätten, ein wenig älter zu werden.

In diesem Moment spüre ich, dass tief in mir etwas zu Bruch geht. Es fühlt sich fast so an, als würde jemand auf meinen Bauch drücken und mir das Atmen schwer machen. Selbst die Freude auf meinen Spaziergang mit Hector ist verschwunden.

Am liebsten würde ich für immer hier in meinem Hundebett liegenbleiben und traurig sein.

Ich rolle mich gerade betrübt zusammen, als Uwe zurück in den Gastraum kommt und sich zu mir auf das große Hundekissen setzt. Behutsam hebt er mich auf seinen Schoß und streichelt mir sanft über den Rücken.

Eine ganze Zeit lang sagt er nichts, ist einfach nur bei mir, bis er mir tief in die Augen schaut und leise flüstert. »Sei nicht traurig, meine kleine Phoebe! Ich weiß genau wie es ist, nicht erwünscht zu sein, weil man anders ist, als es sich die Menschen vorstellen. Aber du bist jetzt nicht mehr alleine. Du hast jetzt mich und ich werde immer auf dich achtgeben.«

Nachdenklich sitzen wir noch eine ganze Zeit dicht beisammen, bis es in meinem Bauch ein wenig wärmer wird.

»Komm, Süße! Hector und Anna warten sicher schon auf uns.«

Und so verlassen wir langsam, Seite an Seite das Hotel.

TRÖSTENDE WORTE

—

Uwes Erzählung hat mich sehr traurig gemacht. Immer wieder denke ich an meine kleinen Brüder und Schwestern, die keine Chance gehabt haben, irgendwann auch die Menschen zu treffen, die zu ihnen gehören und ihnen ein liebevolles Zuhause geben.

Als wir etwas später mit meinem Freund Hector spazieren gehen, merkt dieser sofort, dass sich etwas verändert hat.

»Was ist dir denn über die Leber gelaufen? Du siehst gar nicht gut aus.« Aus kugelrunden Augen schaut er mich besorgt an.

»Ach, Hector!«, lustlos trotte ich neben ihm her. »Ich weiß gar nicht, wo ich anfangen soll.«

Leise erzähle ich ihm die Geschichte meiner Herkunft, die auch ich erst seit wenigen Stunden kenne.

»Du arme Phoebe, ich kann mir gar nicht vorstellen wie traurig du sein musst.« Der kleine Mops kommt zu mir und schleckt mir tröstend über die Stirn.

Die nasse Zunge fühlt sich zwar ein wenig glibberig an, doch geht es mir gleich etwas besser.

»Das Schlimmste ist, dass ich einfach nicht verstehen kann, warum die Menschen uns das angetan haben. Wir haben doch nichts Böses verbrochen und waren noch so klein damals.«

Hector bleibt stehen und schaut mir tief in die Augen.

»Weißt du, ich habe in meinem Leben schon sehr viele Menschen kennengelernt. Es gibt nicht nur böse Leute. Ganz im Gegenteil. Die meisten von ihnen sind sehr lieb zu mir, obwohl ich zu fett bin und ein furchtbares Gebiss habe.«

Tröstend stupse ich Hector an. »So dick bist du nun auch wieder nicht.«

»Lass es gut sein, Phoebe! Ich weiß ja selber, wie ich aussehe. Was ich aber damit eigentlich meine, ist, dass wir beide wirklich viel Glück gehabt haben. Schau nur, was für ein tolles Zuhause wir erwischt haben! Es gibt Menschen, die sich um uns kümmern, uns streicheln, füttern, mit uns spazieren gehen und immer für uns da sind.«

Langsam hebe ich den Kopf und schaue Uwe an. Der Blick, den er erwidert, ist voller Liebe.

Ich denke an Anna, die immer ein nettes Wort für mich übrig hat, und ich denke an die vielen Gäste wie Jutta und Hans, die ihren geliebten Hotelhund auf jede nur erdenkliche Art verwöhnen.

»Und außerdem ...«, Hector wird leiser und druckst ein wenig herum, »... und außerdem haben wir doch uns, das ist doch auch etwas Besonderes.« Tief berührt bleibe ich stehen, und nun schlecke auch ich meinem Freund durch das flache Mopsgesicht, was er mit zusammengekniffenen Augen grinsend über sich ergehen lässt.

»Jetzt schau sich einer unsere beiden an!« Anna wirft uns einen entzückten Blick zu. »Da haben sich wirklich zwei Herzchen gefunden.«

Uwe bückt sich und krault mir über den Kopf.

»Da ist wohl etwas Wahres dran.« Lächelnd steht er wieder auf und gemeinsam setzen wir unseren Weg fort.

Die Gedanken an meine Geschwister, die ich niemals kennengelernt habe, werden mich bestimmt noch sehr lange begleiten. Doch bin ich heute schon etwas weniger traurig, was nicht zuletzt an dem wundervollen, kleinen, übergewichtigen Mops mit Überbiss liegt, der treuherzig neben mir hertrottet.

QUEEN MUM

—

Irgendetwas ist heute anders als sonst ...

Als ich aufwache, ist das Menschenbett bereits verlassen und es herrscht, trotz der frühen Stunde, geschäftiges Treiben.

Aus dem Wohnzimmer höre ich das Brummen des Staubsaugers, Uwe flitzt hektisch mit einem Eimer Wasser die Treppen hinauf.

»Der ganze Aufstand nur wegen Queen Mum«, meckert er leise vor sich hin.

Eigentlich möchte ich so früh noch gar nicht aufstehen, denn auch ein Hund braucht schließlich seinen Schönheitsschlaf, doch siegt die Neugier. Also quäle ich mich aus dem Bett, um der Sache auf den Grund zu gehen.

»Guten Morgen, Süße!« Uwe stellt den Eimer ab, um mir den Kopf ein wenig zu massieren. »Ich gehe gleich mit dir raus, wir müssen hier nur noch Ordnung schaffen. Du lernst heute deine Oma kennen, da muss das Haus blitzsauber sein.«

Mein Schwanz beginnt zu wedeln, denn ich freue mich über diese tolle Neuigkeit.

Ich habe meine beiden Herrchen schon oft über meine neue Oma, die scheinbar Queen Mum heißt, sprechen hören und bin schon sehr gespannt auf sie und meinen Opa.

Queen Mum ist die Mutter von Oliver und lebt mit meinem neuen Opa in einer Stadt namens Regensburg. Die Stadt muss furchtbar weit entfernt sein, denn bis heute haben wir die beiden noch nie dort besucht, und in unserem Haus waren sie auch noch nicht zu Gast.

Oliver brüllt aus dem Wohnzimmer zu uns hinauf, seine Stimme überschlägt sich beinahe. »Beeile dich, Renate hat angerufen! Die beiden sind bereits losgefahren und müssten in einer halben Stunde bei uns sein.«

Vor Schreck stößt Uwe den Eimer um und das Putzwasser läuft plätschernd die Treppe herunter.

»Scheiße!« Uwe stellt den Eimer fluchend wieder auf. »Jetzt kann ich noch einmal von vorne anfangen. Hoffentlich kommen die beiden nicht pünktlich.«

Begeistert hüpfe ich die nassen Stufen hinab - das verspricht ein interessanter Tag zu werden ...

Als Olivers Eltern endlich ankommen, kann ich mich vor lauter Aufregung kaum beherrschen. Als Uwe die Türe öffnet, quetsche ich mich gleich als erstes hindurch, um unsere Gäste zu begrüßen.

Wild kläffend springe ich um Oma und Opa herum und wedele hektisch mit dem Schwanz.

»Was ist das denn für ein verlaustes Vieh?«, höre ich da aus dem Mund der schlanken Frau, über deren Besuch ich mich bis zu diesem Moment doch so sehr gefreut habe.

»Renate, Karl, darf ich vorstellen? Das ist Phoebe, unser neuer Hotelhund!« Uwe zeigt stolz in meine Richtung.

Die Stille, die nun herrscht, ist mir unheimlich. Mein Schwanz stellt das Wedeln ein und ich gehe ein paar Schritte zurück, um mich vorsichtig an Uwes Beine zu drücken.

»Du willst doch nicht allen Ernstes behaupten, das Biest darf mit in die Montara Suites. Was sagen denn eure Gäste dazu? Nein Uwe, das geht doch nicht, was habt ihr euch denn da wieder nur gedacht?«

Fassungslos starre ich Queen Mum Renate an - meine Oma habe ich mir ganz anders vorgestellt.

Erst jetzt fällt mir der Mann auf, der hinter ihr steht und bisher noch kein Wort gesagt hat.

»Mutter, Vater, kommt doch erst einmal herein!« Oliver schiebt sich an uns vorbei und lenkt seine Eltern mit einem entschuldigenden Blick, den er Uwe zuwirft, in das frisch geputzte Haus. Während Oma und Opa nun ausgiebig begrüßt werden, nutze ich die Zeit, mir die beiden in Ruhe anzuschauen.

Olivers Mutter sieht mit ihren roten Locken auf dem Kopf eigentlich sehr hübsch aus. Sie trägt einen hellen Mantel über ihrem weißen Kleid und sehr hohe Schuhe, die klackernde Geräusche auf dem Boden hinterlassen.

Olivers Vater ist ein bisschen kleiner als seine Frau und hat einen kugelrunden Bauch, der mir gut gefällt. Es muss gemütlich sein, sich daran zu kuscheln.

Überhaupt wirkt er sehr sympathisch in seinem grünen Pullover und der roten Hose, was ziemlich lustig miteinander aussieht.

»Wie wäre es mit einem Gläschen Prosecco zur Begrüßung?« Uwe ist schon auf dem Weg in die Küche, als ihn Omas Stimme streng ermahnt.

»Hoffentlich nicht wieder das billige Zeug vom Aldi, das du mir sonst immer anbietest. Du weißt, dass ich davon aufstoßen muss.«

»Keine Angst, Schwiegermama, ich habe extra eine ganz besonders gute Flasche für dich besorgt.«

Uwe rollt heimlich die Augen nach oben, als er zum Kühlschrank geht. Ich könnte wetten, dass die Flasche, die er nun öffnet, ganz genauso ausschaut wie alle anderen, die er sonst auch von diesem Aldi mitbringt.

Nachdem die Gläser geleert sind und viel geredet wurde, gehen wir in das sogenannte Esszimmer, wo ich mich gleich ganz brav in mein Körbchen setze. Schließlich will ich mich von meiner besten Seite zeigen, damit meine Herrchen stolz auf mich sein können.

Oliver hat Renates Lieblingsessen gekocht. Zwei Tage hat er dafür in der Küche gestanden und sogar unsere täglichen Spaziergänge geschwänzt.

Sie steckt sich den ersten Bissen in den Mund und kaut langsam darauf herum. Es herrscht gespanntes Schweigen, ich erkenne einen Schweißtropfen auf Olivers Stirn, der langsam zu seiner Nase herunterkullert, er hält den Atem an.

Der Moment zieht sich endlos hin, als Queen Mum von ihrem Teller aufblickt. »Nicht schlecht, mein Sohn, wirklich nicht schlecht!« Das scheint ein sehr großes Kompliment aus ihrem Mund zu sein, denn ich sehe, dass sich der Gesichtsausdruck meines Herrchens entspannt. Nun beginnen auch alle anderen zu essen.

»Nur die Kartoffeln hätten noch ein wenig länger kochen können«, schiebt sie dann doch noch hinterher, was ihrem Appetit jedoch nicht zu schaden scheint.

Mein Opa Karl sagt während des Essens nicht sehr viel, ihm scheint es gut zu schmecken. Er schaut immer wieder zu mir herunter und lächelt mich an.

»Die Kleine habt ihr aber schon ganz toll erzogen, Respekt! Kommt uns doch mal besuchen und bringt sie mit, dann zeige ich ihr mal ein paar tolle Plätze in unserem Wald!«

Oma Renate lässt die Gabel entsetzt auf ihren Teller fallen. »Karl, du weißt doch, dass mir keine Hunde ins Haus kommen. Ich hasse diese ganzen Haare und den Dreck, den sie unter den Pfoten haben.«

»Bis dahin ist ja noch ein wenig Zeit, Schatz. Darüber reden wir dann einfach noch einmal, wenn es soweit ist.« Er zwinkert mir aufmunternd zu.

Ich mag diesen Mann mit seinem kugelrunden Bauch schon jetzt sehr, und an Queen Mum werde ich mich sicherlich auch irgendwie gewöhnen.

Nach dem Essen gibt es noch diesen übelriechenden Kaffee in den winzigen Tassen, den meine Herrchen so gerne trinken, als Oma plötzlich erschrocken auf ihre Uhr schaut. »Karl, trink den Espresso schnell aus, du weißt doch, dass ich einen Termin zur Maniküre habe! Ich habe die Zeit vor lauter Plauderei ganz vergessen und möchte nicht zu spät kommen. Am Ende gibt Uschi meinen Termin noch weg.«

Gehorsam trinkt der Angesprochene den letzten Schluck aus seiner Tasse, steht auf und hilft seiner Frau in den Mantel.

»Vielen Dank für das leckere Essen!«, sagt er zum Abschied. »Ich freue mich schon, wenn ihr drei uns bald einmal besuchen kommt.« Er bückt sich und streichelt mir über den Rücken.

»Ja, es war wirklich sehr nett bei euch. Komm jetzt Karl, wir müssen los, ich komme sonst wirklich zu spät!«

Oma ist schon fast aus der Türe heraus, als sie sich noch einmal zu uns herumdreht. »Ach, eine Sache hätte ich fast vergessen. Könntet ihr mir eine Kiste von dem köstlichen Prosecco besorgen? Das ist wirklich ein ganz besonderer Tropfen.«

Uwe muss sich ein Grinsen verkneifen. »Klar Schwiegermama, wird gemacht und jetzt viel Spaß bei der Maniküre.«

Als sich die Türe schließt gehen Oliver und Uwe zum Sofa und lassen sich erschöpft in die Polster fallen. Ich springe auf Uwes Schoß und rolle mich zufrieden zusammen.

»So, so ... einen ganz besonderen Tropfen hast du also für meine Mutter besorgt? Das war doch das gleiche Zeug für 1,99 Euro, das wir immer im Kühlschrank haben, oder?«

Uwe lässt sich ein wenig tiefer in das Sofa sinken, bevor er antwortet. »Geschmeckt hat er ihr trotzdem.«

Die beiden fangen an loszugackern, während ich nun endlich dazu komme, meinen wohlverdienten Schönheitsschlaf nachzuholen.

DER DUFT DER NATUR

—

Der heutige Tag verwöhnt uns mit wärmenden Sonnenstrahlen, was Grund genug ist, einen ausgedehnten Spaziergang mit Anna und meinem Freund Hector zu unternehmen.

Wir haben uns schon ein paar Tage lang nicht gesehen, sodass es sehr viel zu berichten gibt.

Anna, die über alle Skandale in unserem Ort immer bestens Bescheid zu wissen scheint, legt auch gleich los. »Nein Uwe, stell dir vor, was ich gestern beim Friseur gehört habe. Da ist doch diese Frau in der Bergstraße, du weißt schon, die immer so nuttig angezogen ist. Du glaubst ja nicht, was die sich schon wieder geleistet hat.«

Uwe ist gebannt und möchte offensichtlich dringend erfahren, was diese Frau genau gemacht hat - er starrt Anna mit großen Augen an.

»Phoebe komm mit mir, die zwei sind jetzt erst einmal beschäftigt!« Hector drängt mich vom Weg ab und tatsächlich scheinen uns die beiden Plaudertaschen gar nicht mehr zu bemerken.

Im Unterholz angekommen bleibt Hector stehen.

»Heute werde ich dich in die hohe Kunst des Jagens einführen.«

»Wir gehen jagen? Was jagen wir denn?« Ich bin restlos begeistert.

»Mal schauen, was sich so ergibt.« Hector freut sich offensichtlich, dass er mich bereits an der Angel hat.

»Aber immer schön der Reihe nach! Zuerst einmal lernst du nun, dich richtig zu tarnen.«

Ich kollabiere fast vor lauter Spannung.

»Hector, woher weißt du das alles nur? Warst du etwa in der Hundeschule, in die ich auch bald gehen soll?«

»Pah, das ist doch Welpenkram! So etwas brauche ich nicht. Ich habe die Schule des Lebens besucht.« Wichtig steht er vor mir und streckt die Brust nach vorne.

»Hector! Phoebe! Kommt her!« Scheinbar haben unsere Menschen doch noch bemerkt, dass wir uns aus dem Staub gemacht haben.

»Komm, wir holen uns schnell unsere Belohnung ab!«

Wir rennen los und tatsächlich bekommen wir ein tolles Leckerchen, weil wir so brav gehört haben.

»Wo war ich stehen geblieben? Ach ja, in jedem Fall besitzt diese Frau doch tatsächlich die Unverschämtheit, die bodenlose Unverschämtheit und ...« Anna ist schon wieder voll in ihrem Element, und so können wir unbemerkt zurück ins Unterholz, um unseren Jagdunterricht fortzusetzen.

»Hector, ich bin so gespannt, erzähl endlich weiter! Wie geht das mit der Tarnung und ... warum machen wir das überhaupt?«

»Das hat einen ganz einfachen Grund. Wir haben mittlerweile den Menschengeruch angenommen, und deshalb müssen wir uns mit dem Duft der Natur tarnen.«

Er schaut sich suchend um, bis sein Blick an einem braunen Haufen hängenbleibt. Unzählige, glänzende Fliegen flattern darauf herum.

»Ich denke der wird gehen.«

Hector nimmt Anlauf, und mit einem beherzten Sprung landet er mit dem Kopf zuerst in der stinkigen Masse. Ich halte die Luft an und kann kaum glauben, was ich sehe.

Nachdem er sich ein paar Mal hin und her ge-rollt hat, macht er Platz und schaut mich her-ausfordernd an.

»Jetzt du!«

Langsam gehe ich zu dem nun platt gewalz-ten, braunen Fladen. »Das riecht aber schon sehr seltsam«, ich rümpfe meine Nase.

»Du Anfänger, das ist der Duft der Natur.« Hector schüttelt sich, woraufhin ein paar Bröckchen in meine Richtung sausen.

»Sei es drum!« Ich trete näher und hüpfe in den Haufen. Vorsichtig wälze ich mich von ei-ner Seite auf die andere, während Hector mich stolz mustert. »Du machst das gar nicht mal so schlecht, Phoebe.«

Mit wachsender Begeisterung rolle ich mich nun immer tiefer in den Dreck hinein.

Just in diesem Moment werden wir erneut von Anna gerufen.

»Komm, wir holen uns ein Leckerchen ab, und dann tarnen wir uns noch ein bisschen.« Mit einem Satz springe ich auf meine Pfoten und wir rennen zurück auf den Wanderweg.

Freudig hechelnd setzen wir uns vor unsere beiden Menschen und warten auf die wohlver-diente Belohnung, als Anna anfängt zu kreischen. »Wie seht ihr denn aus? Oh mein Gott, ihr stinkt ja wie die Pest!«

»Ach du Scheiße!« Uwe verzieht angewidert seine Nase.

»Was machen wir denn jetzt? Wir müssen doch noch zu Fuß durch ganz Bodenmais. Was sollen denn die Leute denken?« Anna ist den Tränen nahe.

»Da müssen wir jetzt wohl oder übel durch. Zu Hause kommst du erst mal unter die Dusche, Fräulein.«

Ich schaue zu Hector und kann die ganze die Aufregung gar nicht verstehen.

»Die kriegen sich schon wieder ein.« Hector ist die Ruhe selbst. »Und beim nächsten Mal bringe ich dir bei, wie man ein Eichhörnchen ausspioniert.«

Zufrieden treten wir den Heimweg durch unseren Ort an. Während Hector und ich stolz unsere Tarnung präsentieren, schleichen Anna und Uwe mit gesenktem Kopf neben uns her.

Zu Hause angekommen schaut uns Oliver überrascht an und kann sich sein Grinsen kaum verkneifen.

»Da scheint ja tatsächlich ein ausgewachsener Jagdhund in unserer Kleinen zu stecken, viel Spaß beim Duschen! Ich würde dir ja gerne helfen, aber ich muss dringend meine Zeitung zu Ende lesen.« Er stupst Uwe mit dem Finger leicht auf die Nase und geht schmunzelnd zurück ins Wohnzimmer.

Als ich nach einer schrecklich langen Dusche endlich wieder in meinem Körbchen liege, kuschele ich mich zufrieden in die weiche Decke.

Einen ausgewachsenen Jagdhund hat mich Oliver genannt, ich könnte glücklicher kaum sein.

FLORA

—

Einige Tage später, der Duft der Natur ist leider komplett aus meinem Fell verschwunden, scheint sich wieder einmal Besuch bei uns einzufinden.

Es wird geputzt, gebacken, aufgeräumt und sogar mein Körbchen wird ganz gründlich ausgesaugt.

Uwe zündet lächelnd ein paar Kerzen an, die auf dem niedrigen Tisch vor unserem Sofa stehen. »Ich freue mich so sehr, dass Barbara endlich aus dem Urlaub zurück ist. Viel zu lange haben wir uns nicht gesehen und unsere kleine Phoebe kennt sie auch noch nicht.«

»Du und deine verrückte Barbara!«

»Ich weiß, sie läuft nicht ganz rund. Aber glaube mir, sie hat ein riesengroßes Herz und das sitzt genau am richtigen Fleck.«

Nach Uwes Worten bin ich nun sehr gespannt auf diese Menschenfrau, die scheinbar Probleme damit hat, im Kreis zu laufen.

»Wenn sie nur nicht diesen Esoterik-Tick hätte. Hinter jedem Busch vermutet sie irgendein

Engelchen. Das kann auf Dauer wirklich sehr anstrengend sein. Grundsätzlich ist sie aber schon in Ordnung, da hast du recht, Uwe.«

In diesem Moment kündigt das Gartentor mit einem Quietschen unseren Besuch an.

Kaum ist die Haustüre geöffnet, bin ich auch schon durchgeflutscht und mache mich auf den Weg, unsere Gäste angemessen zu begrüßen.

Ich will gerade anfangen zu bellen, als ich wie angewurzelt stehenbleibe. In unserem Garten steht eine kleine, rundliche Frau, die sich in kunterbunte Tücher gehüllt hat. An ihren Armen klimpern unzählige glitzernde Reifen.

Sie sieht mich an und schon finde ich mich an ihrem riesengroßen Busen wieder. »Nein, was bist du für ein engelsgleiches Wesen!« Sie wiegt mich, immer noch fest an sich gepresst, hin und her.

»Barbara Schatz, lass unsere Phoebe runter, sie wird ja noch seekrank von der Schaukelei!«

»Oliver, toll siehst du aus! Der kleine Engel hier scheint dir zu bekommen.« Sie setzt mich vorsichtig ins Gras und schon nimmt Oliver meinen Platz an ihrer Brust ein.

Auch Uwe wird kurz darauf nicht verschont. Barbara stürzt mit offenen Armen in seine

Richtung, als er durch die Haustüre tritt. »Hallo mein Großer! Ach, ich habe meine beiden Traummänner ja so sehr vermisst!«

Ich glaube ich mag diese Frau, egal ob sie nun im Kreis laufen kann oder nicht, da gibt es ganz sicher Schlimmeres.

Gerade will ich mich auf den Weg zurück ins Haus machen, als mir die Schnauze offen stehenbleibt. Neben Barbara taucht das schönste Hundemädchen auf, das ich in meinem ganzen Leben jemals gesehen habe.

Sie ist gertenschlank, etwas größer als ich und hat ein flauschiges, weißes Fell.

»Hallo, ich bin Flora!«

Selbst ihr Name klingt wie Musik in meinen Ohren.

»Ich bin Phoebe, der neue Hund von Oliver und Uwe«, stelle ich mich schüchtern vor.

»Wo kommst du her, Phoebe?« Sie blickt mich aus ihren bernsteinfarbenen Augen, die von langen Wimpern umrandet werden, an.

»Aus Kroatien, und du?«

»Barbara behauptet steif und fest, dass mich die Götter zu ihr geschickt haben ...«, sie macht eine kurze Pause, »... doch in Wahrheit komme ich aus einem Tierheim in Griechenland und bin vor vier Jahren mit einem Sammeltransport zu ihr nach Bayern gekommen.« Sie zwinkert mir fröhlich zu.

»Schaut nur, da haben sich zwei Seelen gefunden - das muss Schicksal sein!« Barbara ist begeistert und sieht zum Glück den amüsierten Blick nicht, den Oliver in ihre Richtung wirft, bevor er zurück ins Haus geht.

Während Uwes Freundin kurz darauf überschwänglich von ihrem Urlaub berichtet, in dem sie zwei Wochen lang durch den Schwarzwald gewandert ist, um Bäume zu umarmen, liegen Flora und ich entspannt auf dem Wohnzimmerteppich.

»Und, hast du Hector schon kennengelernt?«, fragt sie mich.

»Aber klar! Er ist mein bester Freund und zeigt mir viele tolle Dinge, musst du wissen.«

»Darauf möchte ich wetten. Er ist schon ein verrückter kleiner Kerl, unser Hector. Hat er schon versucht, dir das Jagen beizubringen?« Flora legt ihre weißen Pfoten übereinander.

»Oh ja, das war vielleicht spannend! Erst vor ein paar Tagen hat er mir gezeigt, wie man sich mit dem Duft der Natur tarnen kann!«

»Igitt, ich hatte so etwas schon befürchtet. Diese Schweinerei hat er mir auch schon vorgemacht. Weißt du, Hector ist wirklich ein feiner Kerl, aber du solltest nicht alles glauben, was er so erzählt. Oder hast du schon einmal von einem Mops gehört, der auf Bärenjagd geht?«

Ich muss schmunzeln und freue mich schon jetzt auf unseren ersten Spaziergang zu dritt.

Zufrieden liege ich neben Flora und höre den Menschen am Tisch interessiert zu.

»Barbara, möchtest du ein paar Kekse? Oliver hat frisch gebacken.«

»Gerne! Habt ihr was ohne Zucker und Weizenmehl da? Ich versuche mir das gerade abzugewöhnen.« Barbara klimpert mit ihren Augen und nimmt einen großen Schluck aus ihrer Teetasse.

»Aber klar! Ich hole dir eine Scheibe Knäckebrot aus der Küche.«

»Ach Oliver, jetzt sei doch nicht so!« Uwe steht auf und schüttelt den Kopf.

»Unser Charmebolzen hat extra Dinkelkekse mit Palmblütenzucker gebacken. Ich hole schnell ein paar für dich.« Uwe nimmt einen leeren Teller vom Tisch und verlässt das Zimmer.

»Ich bin ja so froh, dass ihr euch wieder einen Hund zugelegt habt. Ich habe mir wirklich große Sorgen um Uwe gemacht.« Barbara schaut plötzlich sehr ernst aus.

»Benji war halt sein erster Hund, an dem er ganz furchtbar gehangen hat. Es war für uns beide schlimm, als wir ihn im letzten Jahr verloren haben, doch Uwe wäre fast daran zerbrochen.«

»Glaub mir, dieser kleine Engel dort auf dem Teppich«, Barbara schaut in meine Richtung, »ist wirklich ein Geschenk des Himmels.«

»Da muss ich dir ausnahmsweise einmal recht geben.« Oliver greift nach Barbaras Hand. »Uwe hat wirklich großes Glück, so eine wundervolle Freundin wie dich zu haben.«

»Was macht ihr denn für Gesichter?« Mein Herrchen kommt zurück ins Wohnzimmer und balanciert einen Teller mit köstlich duftenden Keksen vor sich her.

»So schlimm werden die Dinkeldinger schon nicht schmecken.« Mit einem breiten Grinsen setzt er sich zurück an den Tisch und schiebt sich einen Keks in den Mund.

Oliver lässt Barbaras Hand los, diese lächelt ihn an und wechselt schnell das Thema. »Jetzt hätte ich doch fast etwas Wichtiges vergessen. Ihr kennt doch die Carola aus der Metzgerei am Marktplatz? Ihr wisst schon, die den riesigen Bernhardiner hat, der sie immer durch die Gegend zerrt. In jedem Fall hat der Hund es gestern wohl ein bisschen übertrieben und die arme Frau hat sich die Schulter ausgekugelt.

Pech für sie, Glück für euch, denn so ist in der Hundeschule morgen ein Platz frei geworden. Uwe, warum kommst du nicht mit?«

Gespannt spitze ich meine Ohren und warte auf die Antwort.

»Warum eigentlich nicht, ich denke es ist ohnehin an der Zeit, dass unsere Kleine endlich mal etwas Vernünftiges lernt.« Er streicht mir über den Rücken, während sich mein Schwanz selbstständig macht und zu wedeln beginnt.

»Hast du das gehört? Ich darf endlich auch in die Hundeschule. Hoffentlich lerne ich dort so tolle Dinge wie Hector in seiner Schule des Lebens.«

Flora lächelt mich an und schließt zufrieden ihre Augen.

MEIN ERSTER SCHULTAG

—

Ich habe heute Nacht fast kein Auge zuge-
macht, zu sehr freue ich mich auf meinen ersten Tag in der Hundeschule.

Nach einer schnellen Gassirunde müssen
Uwe und ich noch im Hotel arbeiten, bevor es
endlich soweit ist. So lasse ich mich also ungeduldig von den Gästen streicheln, während
Uwe Kaffee kocht, Eier brät und sich mit den
Urlaubern über alle möglichen Dinge unterhält.

Die Zeit scheint im Schneckentempo zu verstreichen, als Uwe meine Leine vom Haken
nimmt und wir endlich losgehen.

Barbara und Flora warten bereits vor dem
eingezäunten Hundeplatz auf uns.

»Da seid ihr ja! Haben dir die Gäste wieder
Löcher in den Bauch gefragt?«

Uwe muss grinsen, und nachdem er Barbara einen Kuss auf die Wange gegeben hat, betreten wir die große Wiese, auf der bereits ein
ziemliches Durcheinander herrscht.

Eine dünne Frau, komplett in schwarz geklei-det, kommt auf uns zu. »Barbara, Uwe, schön dass ihr gekommen seid!

Flora Süße, hast du uns deine neue Freundin mitgebracht?« Sie bückt sich zu uns herunter. Während ich sie vorsichtig beschnüffele, leckt ihr Flora vertrauensvoll über die Finger.

»Setzt euch doch noch einen Moment! Ich komme gleich zu euch und erkläre, was wir heute so alles vorhaben.« Die Frau steht wieder auf und begrüßt die nächsten Menschen, die gerade mit ihren Hunden angekommen sind.

»Susanne ist eine ganz tolle Trainerin, manchmal etwas chaotisch, aber sie hat wirk-lich ein Händchen für Hunde, warte nur ab.« Mit diesen Worten lässt sich Barbara auf eine Bank plumpsen.

Eine streng dreinblickende Frau mit einem großen, schwarzen Hund betritt soeben die Hundewiese. Der Hund hat seltsame, aufge-puffte Locken, die nur auf seinem Kopf, seinen Füßen und am Ende des Schwanzes zu sehen sind. Er stolziert mit erhobenem Haupt neben der Frau her.

»Die hat mir gerade noch zu meinem Glück gefehlt.« Barbara verdreht die Augen. »Das sind Franziska und ihr dämlicher Königspudel Leopold.«

»Barbara, Liebes! Toll siehst du wieder einmal aus. Das Kleid hat mir letzte Woche schon so gut gefallen.« Die Frau winkt uns zu und geht dann weiter, um eine schwatzende Gruppe zu begrüßen.

»Dämliche Kuh!«, brummt Barbara.

»Vorsicht!« Uwe stupst sie lachend an. »Vergiss deine Karma-Punkte nicht!«

»Ist doch wahr. Die Ziege denkt, dass ihr Köter etwas ganz besonderes ist und hält unsere Mischlinge für Hunde zweiter Klasse.« Barbara zupft ihr Kleid zurecht und fährt sich durch die lockigen Haare, während ich begeistert vor meinem Herrchen sitze und mir das Treiben auf der großen Wiese ganz genau anschaue.

Nach ein paar weiteren Minuten geht es dann endlich los. Zuerst lernen wir, wie man sich hinsetzt und auf den Boden legt, was wirklich nicht sehr schwierig ist, denn das hat mir Uwe schon letzte Woche beigebracht.

Die nächste Übung hat es dann jedoch in sich.

Susanne zeigt in unsere Richtung. »Barbara, kannst du den anderen bitte einmal das Fuß-

Kommando demonstrieren? Ihr macht das immer so vorbildlich!«

»Nichts lieber als das.« Uwes Freundin blickt zufrieden in Richtung Königspudel und macht sich mit Flora an ihrer Seite auf den Weg.

Barbara geht nach vorne, nach links, nach rechts, während Flora ganz nah neben ihr herläuft. Ich weiß zwar nicht so genau wozu das gut sein soll, aber ich glaube, dass ich das auch hinbekommen kann.

Als die Übung beendet ist, kommt Barbara zurück und sieht mächtig zufrieden aus.

»Uwe, was hältst du davon, es auch einmal mit deiner Phoebe zu versuchen?« Susanne schaut auffordernd in unsere Richtung.

»Klar, wird schon werden.« Uwe geht mit mir in die Mitte des Platzes und wir laufen los.

»Fuß, Fuß, Phoebe Fuß ...«, mein Herrchen wirkt etwas orientierungslos und ich weiß ehrlich gesagt nicht so richtig, wo er mit mir hin will.

Er geht nach rechts, schlägt einen Haken, und ich renne hinterher. Er geht nach links, als ich einen flatternden Schmetterling entdecke, der auf einer Blume hockt. Ich flitze los, denn ich muss mir das wunderschöne Muster auf seinen Flügeln erst einmal in Ruhe anschauen.

»Fuß, Phoebe Fuß ...«, ich laufe zurück zu Uwe, und so drehen wir Runde um Runde.

Erschöpft lässt er sich kurz darauf neben Barbara auf die Bank fallen. Ich lege mich mächtig stolz vor seine Füße, denn ich glaube, dass ich die Übung ziemlich gut gemacht habe.

»Das war wirklich beeindruckend für das erste Mal. Bitte zu Hause unbedingt weiterüben!« Susannes Lob scheint mein Herrchen sehr glücklich zu machen, er strahlt über das ganze Gesicht.

»Jetzt wird es lustig!« Barbara stößt Uwe mit dem Ellenbogen in die Seite und zeigt auf die Mitte der Wiese, wo sich nun die streng blickende Frau mit ihrem Königspudel bereitmacht.

Die ersten Schritte laufen noch ganz gut, bis sich Leopold auf den Boden hockt und Löcher in die Luft starrt.

»Leopold, weiter, los komm schon ... ich meine Fuß, na los jetzt, verdammt nochmal!«

Schwungvoll springt der Pudel auf und rennt quer über den ganzen Platz. Sein Frauchen hält die Leine fest umklammert und flitzt keifend hinterher, dabei bleibt sie immer wieder fluchend mit ihren hohen Absätzen in der Erde stecken.

»Ts, ts, ts, die führt sich wieder einmal auf wie eine Eislaufmutti nach einem verpatzten Rittberger.« Barbara steht langsam auf, ordnet ihr buntes Kleid und erhebt ihre Stimme. »Franziska, Liebes! Soll ich es dir noch einmal vormachen?« Giftige Blicke funkeln in unsere Richtung, während Uwe in schallendes Gelächter ausbricht und dabei fast von der Bank fällt.

Wieder zu Hause angekommen wartet Oliver schon gespannt auf uns.

»Da ist ja meine kleine Musterschülerin«, er streicht mir liebevoll über den Kopf.

»Ach Oliver, du hast echt was verpasst. Es war klasse, Phoebe ist ein wahres Naturtalent. Ich bin ja so stolz auf unser Mädchen. Und Barbara war wieder einmal in Höchstform! Du glaubst ja nicht, was sie wieder rausgehauen hat.« Uwe setzt sich aufs Sofa und erzählt begeistert weiter. »Da war diese eingebildete Tussi mit ihrem Königspudel, ein selten hässliches Vieh, ich sage es dir, und du kennst ja unsere liebe Barbara, die hat doch tatsächlich ...«

Während Uwe das Erlebte zum Besten gibt, gehe ich in meinen Lieblingshundekorb und mache es mir dort gemütlich.

Aus dem Nebenzimmer höre ich das unbeschwerte Lachen meiner beiden Menschen, rolle mich entspannt zusammen und bin überglücklich hier zu sein.

DER ZWEITE VERSUCH

—

Der nächste Morgen empfängt mich mit einem ungemütlichen Wind, der mir kalte Regentropfen auf mein Fell pustet, als wir unsere erste Gassirunde vor der Arbeit drehen.

Als ich völlig durchnässt im Hotel ankomme, rubbelt mich Oliver mit einem Handtuch trocken. Ich bin heilfroh, dass ich danach meinen warmen Platz an der Hotelheizung nicht verlassen darf.

Halb schlafend versuche ich das Frühstücksgeschehen im Auge zu behalten, um nichts Wichtiges zu verpassen, als sich die Eingangstüre öffnet.

Jutta und Hans betreten den Gastraum, beide ziehen einen Koffer hinter sich her und begrüßen gutgelaunt die anderen Gäste, die bereits an den Tischen sitzen und sich ihrem Frühstück widmen. Sie schieben die Koffer zur Seite und ziehen ihre dicken Jacken aus, die Hans vorsichtig zur Seite legt.

Jutta lässt sich ächzend auf einen Stuhl plumpsen, als Uwe die beiden entdeckt und vergnügt auf sie zueilt. »Da seid ihr ja schon wieder! Seit unsere Phoebe hier ist, könnt ihr euch scheinbar noch schwerer von uns trennen. Ich wusste gleich, dass der süße Teufel gut fürs Geschäft ist!« Er streicht Jutta über den Arm und lächelt sie an.

»Sie ist aber auch wirklich zum Klauen, eure Kleine.« Jutta beugt sich zu mir herab und krault mir den Bauch, den ich ihr nur zu gerne entgegenstrecke.

»Wir hätten ja so gerne auch einen Hund, aber in unserer Mietwohnung mitten in der Stadt ist das nicht so einfach, und ein paar Jahre müssen wir ja dann leider auch noch arbeiten.« Sie schaut ihren Mann traurig an.

»Hör auf dich zu beschweren, Schatz und gib Phoebe lieber ihr Geschenk!« Hans stellt eine kleine, rote Papiertasche auf den Tisch.

Jutta öffnet die Tasche und zum Vorschein kommt ein wunderschönes, rot kariertes Halsband, welches sie mir vorsichtig um den Hals legt.

»Mensch Jutta, ihr seid ja verrückt - das sieht ja toll aus. Vielen, vielen Dank!«

Uwe umarmt Jutta und bewundert meinen neuen Halsschmuck. »Da werden meine

Schwiegereltern aber Augen machen, wenn wir sie am Nachmittag besuchen.«

Meine eben noch so gute Laune bekommt einen empfindlichen Dämpfer. Nur zu gut habe ich unsere erste Begegnung in Erinnerung.

»Haben die beiden eure Phoebe schon genauso ins Herz geschlossen wie wir?« Hans schaut in meine Richtung und schenkt mir ein Lächeln.

»Sagen wir mal es herrscht noch Optimierungsbedarf, aber wir arbeiten daran.«

Einige Zeit später, die Hotelgäste haben ihr Frühstück bereits beendet, fahren wir bewaffnet mit einer großen Schachtel Pralinen in Richtung Regensburg, wo wir nach einer gemütlichen Autofahrt, die ich vor mich hindösend verbracht habe, ankommen.

Olivers Eltern wohnen in einem riesigen Haus, mitten in einem wunderschönen, gepflegten Garten. Durch den Garten fließt ein kleiner Bach, der mir besonders gut gefällt, denn ich liebe es im Wasser herumzutollen.

Mein Opa verlässt das Haus und kommt strahlend auf uns zu. »Jungs, wie schön, dass ihr schon da seid.« Er umarmt zuerst Oliver und drückt dann Uwe fest an sich. »Und du siehst ja heute ganz besonders hübsch aus, kleine Dame.« Er hebt mich hoch und mustert mich freundlich.

In diesem Moment zerschneidet die gereizte Stimme meiner Oma die Luft. »Karl, muss das denn jetzt wieder sein? Dein schönes Hemd ist gleich voller Haare. Kannst du denn nicht ein bisschen besser aufpassen?«

Sie macht ein paar Schritte in unsere Richtung.

»Uwe, lass dich drücken! Schön, dass ihr endlich die Zeit gefunden habt, uns zu besuchen. Oliver, gut siehst du aus, ... aber sage mal, hast du etwas zugelegt?« Ihr Blick wandert an ihrem Sohn auf und ab.

»Das kommt sicher vom Alkohol und den vielen Drogen, die ich nehme, Mutter«.

Meine Oma reißt die Augen entsetzt auf und schnappt nach Luft.

»Oliver macht nur einen Witz, Renate. Nur einen Witz.« Uwe hakt sich bei ihr unter und gemeinsam betreten wir das Haus.

»Zieht ihr bitte die Schuhe aus, die Putzfrau war erst gestern hier!« Oma geht voran, meine beiden Menschen stellen ihre Schuhe gehorsam in den dafür vorgesehenen Schrank.

Während die vier plaudernd in die Küche gehen und ich kurz darauf das »Plopp« eines Flaschenkorkens höre, beschließe ich, mir den Garten etwas genauer anzuschauen.

Ich schleiche mich durch die Türe und streiche umher. Immer wieder drehe ich den Kopf in Richtung Haus, um nach Oliver oder Uwe Ausschau zu halten.

Sie scheinen mich noch nicht zu vermissen, und so laufe ich weiter zu dem Bach, der mich magisch anzieht. Ich stecke behutsam die erste Pfote in das trübe Wasser und sinke tief in den matschigen Schlamm ein, der den Boden bedeckt.

Als ich meine Pfote wieder herausziehe, ist sie mit glänzendem Dreck überzogen, der einen modrigen Geruch verströmt. Fasziniert betrachte ich eine kleine Spinne, die gerade versucht an meinem glitschigen Bein hinaufzuklettern, und schon hüpfe ich mit einem lauten Platschen in das Wasser. Ich flitze in alle Richtungen, springe auf die Wiese, wieder zurück in das Wasser und kann gar nicht mehr aufhören, als ich ein bestimmtes »Phoebe, HIERHER!«, höre.

Schnell springe ich noch einmal in den matschigen Bach und mache mich dann auf den Weg zu meinen Herrchen, bevor sie am Ende noch böse auf mich werden.

Schwanzwedelnd laufe ich zu Uwe, der sich ganz bestimmt riesig freut, weil ich so gut gehorcht habe. Er steht gemeinsam mit Oliver und seinen Eltern auf einem wild gemusterten Teppich, den ich jetzt mit meinen schlammigen Pfoten noch etwas mehr verziere, und schaut mich aus großen Augen sprachlos an.

»OH NEIN, mein guter Designer-Teppich!« Oma Renate wird ganz rot im Gesicht, ihre Augen funkeln mich wütend an. Ängstlich verstecke ich mich hinter meinem Herrchen, während sich mein Schwanz wie von alleine zwischen meine Beine klemmt.

»Oliver, bring sofort dieses Tier hier raus, bevor ich mich vergesse!«

Opa Karl nimmt meine Leine vom Haken und schlüpft in ein paar schwarze Schuhe. »Lass nur gut sein Junge, ich drehe mit Phoebe ein paar Runden um den Block, dann könnt ihr euch um den Teppich kümmern. So schlimm werden die Flecken schon nicht sein.«

Mit einem letzten Blick auf meine fluchende Oma folge ich ihm erleichtert in den Garten.

»Eigentlich müsste ich mich bei dir bedanken, Kleines. Ich mochte den hässlichen Fetzen noch nie. Du hast jetzt etwas gut bei mir!« Schelmisch grinsend öffnet er das Tor zur Straße und wir gehen Seite an Seite in einen Park, der nicht sehr weit vom Haus entfernt ist. Dort leint Opa mich ab, damit ich ein bisschen umherschnüffeln kann, doch möchte ich lieber in seiner Nähe bleiben.

»Weißt du, Renate war nicht immer so wie heute.« Opa zupft einige Blätter von einem runden Busch und wirft sie auf die Wiese.

»Sie war das hübscheste Mädchen im ganzen Ort ...«, verträumt schaut er den Blättern hinterher, die langsam zu Boden gleiten, »... doch war ich ihren Eltern nicht gut genug, weil mein Vater nur ein einfacher Arbeiter war. Als sie dann trotzdem mit mir ausgegangen ist, war ich der glücklichste Kerl der ganzen Welt.«

Opa setzt sich auf eine Bank, ein weit ausladender Baum spendet ihm Schatten. Ich lege mich vor seine Füße und bin gespannt wie die Erzählung weitergeht.

»Das alles ist jetzt schon 52 Jahre her. Wir hatten viele gute Zeiten, ja die hatten wir wirklich ...«

Er schaut in die Ferne und scheint meine Anwesenheit für einen Moment lang völlig vergessen zu haben.

»Ich weiß auch nicht, was in letzter Zeit mit ihr los ist. Wahrscheinlich hat sie einfach Angst davor älter zu werden. Weißt du, wir hatten immer viele Freunde. Ständig war etwas los bei uns und sie war so fröhlich und unbeschwert. Doch nun werden es immer weniger Menschen, die übrig sind, und das macht meine Renate sehr traurig.« Opa hebt mich auf seinen Schoß und krault mir den Nacken, was ich mit einem zufriedenen Brummen quittiere.

»Renate mag Hunde eigentlich sehr gerne und ich bin ganz sicher, dass sie auch dir eines Tages ihr Herz öffnen wird. Du musst ihr nur noch ein wenig Zeit geben.«

Ich versuche zu begreifen, was Opa gerade erzählt hat und frage mich, wohin die ganzen Freunde verschwunden sind, wenn sie Oma doch so froh gemacht haben, als er langsam seinen Kopf schüttelt.

»Jetzt schau sich einer mich verrückten alten Knacker an! Ich schütte einem Hund mein Herz aus, dabei verstehst du wahrscheinlich kein Wort von dem, was ich sage.«

Kurze Zeit später machen wir uns auf den Heimweg. Beide scheinen wir in unsere Gedanken versunken zu sein.

Im Haus angekommen sehen wir zuerst Uwe, er zwinkert Opa zu. »Keine Angst, dein Lieblingsteppich hat nicht wirklich was abbekommen und Renate hat sich auch schon wieder beruhigt. Kommt mit, wir sind im Wohnzimmer!«

Mutter und Sohn sitzen gemeinsam auf dem weißen Sofa, das ganz bestimmt für mich verboten ist, wo sie ihre Köpfe kichernd in ein großes Buch stecken.

»Schau nur Karl! Ich habe das alte Fotoalbum von unseren Flitterwochen rausgekramt. Schrecklich wie wir beide damals ausgesehen haben.«

Oma trinkt einen Schluck aus ihrem Glas und widmet sich wieder den alten Bildern.

Opa tritt hinter seine Frau und legt ihr die Hand in den Nacken. Er streichelt sie sanft. »Du warst das schönste Mädchen weit und breit ...«, er schaut verliebt auf seine Frau herab, seine Stimme ist nur noch ein zärtliches Flüstern, » ... und das wirst du für mich auch immer bleiben.«

DIE JAGD

—

Die nächsten Tage vergehen wie im Flug. Immer wieder muss ich an meine Oma denken und daran, was Opa erzählt hat.

Ich werde es schaffen, dass auch sie mich irgendwann mag, da bin ich ganz, ganz sicher.

»Aufstehen, du Schlafmütze! Wir treffen uns mit Flora und Hector!« Oliver hat heute seinen freien Tag und tritt bewaffnet mit der Hundeleine an mein Körbchen heran. Kaum habe ich die Leine erblickt, bin ich auch schon hellwach. Hechelnd springe ich vor seinen Füßen auf und ab und kann es kaum erwarten, meine beiden Freunde zu treffen.

Wir laufen ein paar Minuten durch den Ort, in dem wir wohnen und der den lustigen Namen Bodenmais hat.

Am Waldrand treffen wir auf Hector und Flora, die von ihren beiden Menschen begleitet werden.

Anna scheint etwas äußerst Dringliches auf dem Herzen zu haben, und tatsächlich legt sie

nach einer kurzen, aber sehr herzlichen Begrüßung auch gleich los. »Kinder, ich platze fast!
Ich muss euch das unbedingt erzählen, ihr werdet es nicht glauben, nein ihr werdet es wirklich
nicht glauben.« Sie reißt die Augen theatralisch
auf. »Die Huber Angelika von gegenüber, die
immer mit den kurzen Röcken rumläuft, nein
ich sage euch, das ist vielleicht ein Früchtchen,
nein wirklich, ihr werdet es nicht glauben ...«

»Anna, komm runter und erzähle uns endlich, was genau wir da nicht glauben werden!«
Oliver tätschelt ihr die Schulter, was Anna ein
wenig zu beruhigen scheint.

»Also!« Sie holt tief Luft und schnattert los.
»Die Huber Angelika, das ist ja wie gesagt
schon ein wildes Früchtchen, das weiß man ja
mittlerweile. Der arme Mann, der Huber Alois,
nein der arme, arme Mann, der kann einem ja
schon leidtun. Aber egal, er hat sie sich schließlich selber ausgesucht. Dabei hätte er ja jede
andere haben können, so ein hübsches Mannsbild wie er ist, ... aber nein, er musste sich ja
unbedingt dieses heiße Höschen aussuchen.«

»Anna, jetzt mal eins nach dem anderen. Wen
um Himmels willen hat sie denn umgebracht?«

Oliver scheint der Erzählung nicht ganz folgen zu können.

»Umgebracht? Nein, umgebracht hat sie natürlich niemanden.« Sie schaut mein Herrchen verständnislos an.

»In jedem Fall geht sie doch immer zu diesem adretten Zahnarzt in der Mühlbogenstrasse, ihr wisst schon, der das protzige Auto in dieser furchtbaren Farbe fährt.«

»Du meinst sicher Dr. Stettler. Zu dem gehe ich auch immer. Ein toller Arzt, aber die Karre ist wirklich ein Witz«, mischt sich nun auch Barbara ein.

»Ja, genau, der Dr. Stettler, den genau meine ich. Scheinbar ...«, Annas Stimme wird zu einem verschwörerischen Flüstern, Barbara und Oliver kleben geradezu an ihren Lippen, »... scheinbar hat er der Huber Angelika nicht nur in den Zähnen herumgebohrt! Ist das nicht einfach UNGLAUBLICH!« Anna bleibt stehen und schaut ihre Freunde abwartend an.

»Und woher genau weißt du das schon wieder?« Barbara wirkt kritisch.

»Nun, ihr kennt ja die Vroni, die beim Rewe an der Kasse sitzt. Die hat es von einer Freundin gehört, deren Bruder einen Bekannten hat, dessen Vater der Nachbar einer Tante von der Huber Angelika ist, und aus der Ecke hat sie es dann gehört.«

»Ich bin raus, war ich aber schon beim Bruder der Bekannten.« Oliver schüttelt verwirrt den Kopf.

»Anna, Liebes!« Barbara blickt vorsichtig in ihre Richtung. »Ich möchte dich ja wirklich nicht beleidigen, aber könnte es eventuell sein, nur ganz eventuell, dass deine Quelle in diesem Fall nicht unbedingt die zuverlässigste gewesen ist?«

Annas Gesicht verfinstert sich, während sie zu überlegen scheint, dann schleicht sich ein breites Grinsen in ihre Mundwinkel. »Vielleicht sollte ich da wirklich noch einmal nachhaken!« Oliver nimmt sie lachend in die Arme. »Anna, Anna, Anna, du alte Tratschtante, bleib bitte ganz genauso wie du bist!« Er drückt ihr einen lauten Schmatzer auf die Backe.

»Ach geh doch weg, du Ekel!« Sie macht sich lachend aus seiner Umarmung frei und gemeinsam gehen wir weiter, als plötzlich ein sehr lautes Knacken aus dem Wald zu hören ist.

»Da ist was! Los, das müssen wir uns anschauen, kommt schon!« Hector hebt die Nase schnüffelnd in die Luft und schon ist er weg, um dem Geräusch auf den Grund zu gehen.

Bevor Oliver auf die Idee kommt mich anzuleinen, springe ich mit einem Satz hinterher und sehe aus dem Augenwinkel, dass sich auch Flora davongemacht hat.

»Phoebe, hierher! Hector, Flora kommt sofort zurück!« Unsere drei Menschen brüllen lautstark in unsere Richtung.

Kurz bleibe ich stehen und drehe mich um. Ich weiß nicht genau, ob es nicht vielleicht doch besser wäre zu gehorchen, andererseits sind Flora und Hector auch abgehauen, dann wird das schon in Ordnung gehen.

So rennen wir also durch den dichten Wald und suchen unseren Freund, der vom Erdboden verschwunden zu sein scheint.

»Wo kann er nur sein? Der bringt es fertig und verläuft sich, kaum dass er sich um seinen dicken Hintern gedreht hat.« Flora schaut sich um.

Ich höre erneut ein Knacken, gefolgt von einem leisen Wimmern, das ganz nach unserem nuschelnden Hector klingt.

»Flora, komm hierher, ich glaube ich habe ihn gehört!« Eilig steuere ich eine kleine Waldlichtung zu unserer Linken an. Was ich dort sehe, bringt meinen Atem kurz zum Stillstand.

Hector presst sich schlotternd an einen Baum und jammert leise. Nur einige Meter von ihm entfernt steht ein sehr wütend aussehendes Wildschwein mit beängstigenden Hauern. Es scharrt mit den Hufen und fixiert unseren Freund aus funkelnden Augen.

»Hector, psst, hab keine Angst, wir sind ja hier!« Ich halte mich hinter einem Baum versteckt und versuche meinen Freund zu beruhigen.

»Was machen wir denn jetzt, Flora? Wir müssen ihn da rausholen!« Nervös trete ich von einer Pfote auf die andere, was dem Keiler leider nicht verborgen bleibt. Das riesige Ungeheuer schaut in unsere Richtung, entfernt sich von dem immer noch zitternden Hector und kommt langsam auf uns zu.

»Hector, lauf weg, schnell!« Mein Kläffen überschlägt sich fast, doch unser Freund scheint unfähig sich zu bewegen.

Flora stellt ihr Rückenfell weit auf und fängt an bedrohlich zu knurren. Das Wildschwein ist kurz verwirrt und bleibt für einen Moment stehen, bevor es weiter auf uns zukommt.

Ich kann mich vor lauter Angst kaum bewegen und weiß beim besten Willen nicht, was zu tun ist. Jeden Moment wird das Monster meine wundervolle Freundin angreifen. Das kann und werde ich nicht zulassen. Mit einem Riesensatz springe ich dem Wildschwein auf seinen borstigen Rücken. Ohne nachzudenken, was ich da eigentlich mache, ramme ich ihm meine Zähne tief in den Nacken und schmecke kurz darauf Blut in meinem Maul.

Der Keiler jault gequält auf und beginnt sich hin und her zu schütteln. Im hohen Bogen fliege ich von seinem Rücken und pralle schmerzhaft gegen einen Baum.

Er schaut uns verwirrt an, zögert noch für einen Moment und flieht dann in das dichte Unterholz.

»Phoebe, ist alles in Ordnung?« Flora stürmt besorgt auf mich zu.

»Alles halb so schlimm.« Langsam komme ich wieder auf die Beine.

Gemeinsam laufen wir zu Hector, der aussieht, als würde er jeden Moment das Bewusstsein verlieren.

»Das war kapp«, nuschelt er leise und schaut uns dankbar an.

»PHOEBE, VERDAMMT NOCHMAL, HIER-HER!«

Olivers Stimme verheißt nichts Gutes.

»Wir sollten langsam zurück, um uns unsere Strafpredigt abzuholen!« Ich nicke meinen beiden Freunden zu und wir machen uns auf den Weg zu unseren Menschen.

Einige schweigsame Augenblicke vergehen.

»Dem Mistvieh haben wir es ordentlich gezeigt!« Hector stolziert mit vor stolz geschwellter Brust neben uns her und ist zum Glück schon wieder ganz der Alte.

Flora stupst ihm zärtlich in die Seite und schaut mich mit einem Augenzwinkern erleichtert an.

DER SATANSBRATEN

—

Es ist ein bewölkter Donnerstag und meine innere Uhr sagt mir, dass Uwe heute wieder seine wöchentliche Gästewanderung veranstaltet. Ich habe mein Herrchen beim Frühstück darüber reden hören, daher weiß ich, dass es zu den Rißloch-Wasserfällen geht.

Heute wandert nur eine kleine Gruppe mit, die ich mir aus einiger Entfernung in Ruhe anschaue.

Zum einen sind da Anja und Mike, beide habe ich eigentlich noch nie ohne Zigarette und Kaffeetasse in der Hand gesehen. Anja hat ein bunt angemaltes Gesicht und ganz viele blonde Locken, die sich beim Laufen nicht bewegen.

»Das liegt am Drei Wetter Taft«, hat Oliver einmal zu Uwe gesagt.

Sie trägt heute ganz schicke, glitzernde Stiefel mit einem hohen Absatz, die von meinem Herrchen kritisch beäugt werden. »Bist du sicher, dass du mit den Dingern wandern gehen möchtest?«

»Aber klar«, sie hat eine rauchige, tiefe Stimme, »die habe ich mir extra für den Urlaub neu gekauft. Irgendwann muss ich sie doch mal einlaufen.«

»Ich denke nicht, dass die Wanderung zu den Wasserfällen die beste Gelegenheit dazu ist, die ist wirklich nicht ganz einfach. Hast du nicht noch irgendetwas Robusteres dabei?« Uwe lässt nicht locker.

»Ich und robuste Schuhe? Na du bist mir ja vielleicht ein Schätzchen. Du wirst sehen, ich laufe euch allen davon.« Anja nimmt sich lächelnd eine Zigarette und steckt sie in den dunkelrot bemalten Mund. Das Thema scheint für sie beendet zu sein.

Mike, der sich ebenfalls eine Zigarette anzündet, tröstet Uwe. »Das ist meine Maus. Wenn sie etwas will, dann will sie das, da kannst du noch so viel reden.«

Augustin, der gemeinsam mit seiner Mutter Heidrun Urlaub in unserem Hotel macht, wedelt wild mit einem Stock in der Luft herum und rennt in diesem Moment brüllend auf uns zu. Vorsichtshalber verstecke ich mich hinter Uwe.

»Augustin Liebling, bitte nicht so laut, der kleine Hund bekommt doch Angst!« Heidrun versucht vergeblich ihren Sohn einzufangen, dieser ist aber zu schnell für die rundliche Frau mit den kurzen, schwarzen Haaren.

»Mir egal, mir egal«, brüllt er weiter und verschwindet hinter dem Haus.

»Das ist ja vielleicht ein Goldstück«, Anja beugt sich flüsternd zu ihrem Mann. »Der gehört mal ordentlich übers Knie gelegt, das sage ich dir.«

Als Letzte stoßen die zaundünne Gisela, die unbedingt Giselle genannt werden möchte, und Manfred zu uns. Die beiden diskutieren heftig.

»Ich habe dir gleich gesagt, dass du keinen Maracuja-Joghurt essen sollst. Hast du denn deine Lactoseintolleranz vergessen, G-I-S-E-L-A?« Manfred betont den Namen seiner Frau extra deutlich.

»Ich heiße Giselle, wie oft soll ich dir das denn noch sagen?« Gisela schiebt sich ihre kreisrunde Brille hoch auf die Nase.

»Und vielen Dank auch, dass nun alle über meine Magenprobleme informiert sind.«

»Was musst du auch den blöden Joghurt essen?«

Manfred schüttelt den Kopf und bückt sich, um den perfekten Sitz seiner Wanderschuhe zu kontrollieren.

Nachdem Heidrun ihren Sohn doch noch eingefangen und Uwe ein paar Hinweise zu der heutigen Wanderung gegeben hat, laufen wir los.

Ich darf natürlich mit meinem Herrchen vorausgehen, schließlich kenne ich den Weg. Ich bin mächtig stolz, unsere kleine Gruppe anführen zu dürfen.

Die Wanderung zu den Wasserfällen gefällt mir ganz besonders gut, denn es gibt an jeder Ecke etwas zu entdecken und zu erschnüffeln.

»Können wir gerade mal kurz verschnaufen, ich brauche dringend eine kleine Raucherpause? Mausi, gibst du mir gerade mal die Fluppen!« Mike lässt sich auf einen Baumstamm plumpsen, während Anja zwei Zigaretten aus der Packung nimmt und diese anzündet.

Sie setzt sich zu ihrem Mann und schaut auf ihre Füße. »Verdammt, ich glaube ich habe mir eine Blase gelaufen.«

»Als hätte ich es nicht schon vorher gesagt!«
Uwes Flüstern ist kaum zu hören, ich habe es
trotzdem mitbekommen.

Mein Herrchen stellt sich auf einen kleinen
Felsen, damit ihn alle gut sehen können.

»Da wir ja nun schon die erste Pause eingelegt
haben, erzähle ich euch nun etwas über die Be-
sonderheiten des Rißlochwasserfalls, an dem
wir uns hier befinden. Zwei Drittel der Erd-
oberfläche sind von Wasser bedeckt, doch nur
etwa ein Prozent davon sind als Trinkwasser
geeignet. Das Wasser, welches wir hier sehen
...« Ein lautes Brummen und Grollen lässt mein
Herrchen verstummen.

»Hat zufällig jemand ein paar Taschentücher
dabei?« Gisela schaut gequält in die Gruppe,
ein weiteres Knurren, das aus ihrem Bauch zu
kommen scheint, ist für alle gut hörbar.

»Ich habe welche dabei.« Heidrun steht hilfs-
bereit auf. »Augustin, gibst du mir bitte mal
den Rucksack?«

»Neeeiiiiin, das mache ich nicht. Die Frau will
die nur zum Kacken mitnehmen!« Der Junge
schnappt sich den Rucksack und presst ihn
sich an die Brust.

»Augustin, so etwas sagt man doch nicht!«

Heidrun bekommt eine ziemlich seltsame Gesichtsfarbe und schaut verlegen zu Boden.

Bevor er antworten kann, reicht Mike ein Paket Taschentücher an Gisela weiter, die ihr Gesicht mittlerweile zu einer gequälten Grimasse verzogen hat.

»Soll ich dir auch noch eine Zigarette mitgeben, Gisela?« Er zwinkert ihr zu, was ihm einen zornigen Blick einbringt.

»Ich heiße Giselle, verdammt nochmal!«

Während Uwe sich ein Lachen verkneifen muss, Anja ihre geplagten Füße massiert und Augustin den Rucksack immer noch an sich gepresst hält, verschwindet Gisela-Giselle eilig hinter ein paar Felsen.

»Was muss sie auch den blöden Joghurt essen ...!« Manfred hebt einen Stein auf, wirft ihn ins Wasser und blickt seiner Frau genervt hinterher.

Ein paar Minuten vergehen bis Gisela zurückkommt. Sie gibt Mike das fast leere Paket Taschentücher zurück und schaut zu ihrem Mann. »Ich will kein Wort hören, verstanden!«

Wir setzen unsere Wanderung fort, müssen jedoch schon bald die nächste Pause einlegen.

»Kinder, ich muss nur ganz kurz meine Stiefel ausziehen, die Teile bringen mich noch um.« Anja setzt sich auf einen Felsen, befreit ihre Füße und lässt sich von Mike eine Zigarette reichen.

»Oh ja, so ist es schon viel besser!« Sie lehnt sich nach hinten und zieht den Rauch genüsslich ein.

Augustin schlägt fluchend mit einem Stock auf einen Baumstamm ein, was seine Mutter zu ignorieren versucht, als ein erneutes Grummeln zu hören ist.

Wortlos grinsend reicht Mike seine Taschentücher weiter und Gisela ist zum zweiten Mal hinter den Felsen verschwunden.

Ich nutze die Pause und schaue mir den mittlerweile wild um sich prügelnden Augustin an. Ich verstehe nicht, warum Heidrun ihm das alles durchgehen lässt. Bestimmt wartet er nur darauf, dass sie streng mit ihm ist.

Ich kenne das ganz genau, denn ich stelle auch ziemlich viel Unsinn an, damit mir mein Herrchen sagt, was ich machen darf und was nicht.

Nach ein paar Minuten geht es dann weiter, doch niemand scheint überhaupt mitzubekommen, wie schön es hier am Wasserfall ist.

Augustin schreit herum, Heidrun schaut auf den Boden, Anja humpelt, gestützt von Mike, den Wanderweg entlang, Gisela hält sich den grummelnden Bauch und Manfred murmelt unentwegt: »Hätte sie doch den blöden Joghurt nicht gegessen.«

Der Weg gabelt sich.

»Ich denke für heute war es genug.« Mein Herrchen schaut fragend in die Runde. »Wie wäre es, wenn wir den Weg an dieser Stelle abkürzen? Wir sollten dann in etwa 20 Minuten wieder am Hotel sein.«

Die erleichterten Blicke von Anja und Gisela scheinen ihm als Antwort zu genügen.

Es ist nicht mehr weit bis zum Ziel, als Augustin auf einen Hügel losstürmt und wild herumhüpft.

»Ein Ameisenhaufen, ein Ameisenhaufen! Mama, den schlage ich jetzt kaputt!« Er schaut seine Mutter herausfordernd an und hebt einen Knüppel in die Höhe.

»Augustin, ich glaube das ist keine gute Idee. Mach das doch lieber nicht!« Heidrun ist unsicher, trippelt von einem Bein aufs andere, was ihrem Sohn scheinbar nicht verborgen bleibt. Er hebt den Knüppel noch weiter in die Höhe, bereit in blinder Zerstörungswut zuzuschlagen.

»Jetzt habe ich aber die Nase voll! Manfred, nimmst du bitte kurz Phoebe?« Uwe reicht meine Leine weiter und läuft mit großen Schritten zu dem Hügel, auf dem sich der riesige Ameisenhaufen befindet.

»Jetzt hör mir mal ganz genau zu, kleiner Mann!« Seine Stimme hat diesen leisen Unterton, der mir überhaupt nicht gefällt. »Du kannst gerne in diesen Ameisenhaufen hineinprügeln – deine Entscheidung. Aber verlass dich auf eine Sache ...«, Augustin zögert, seine Augen werden ganz groß. »Wenn du das machst, dann ziehe ich dir die Hosen runter und setze dich mit dem nackten Hintern mitten in den Haufen hinein!«

Der Junge schaut verunsichert zu seiner Mutter, dann zu meinem Herrchen und noch einmal zu seiner Mutter.

Heidrun hält die Luft an, unfähig etwas zu sagen, als ihr Sohn den Knüppel schließlich schimpfend zu Boden wirft. »Ameisen sind sowieso scheiße!« Er rennt zurück auf den Weg und kann es kaum erwarten als erster am Hotel anzukommen.

»Der kleine Satansbraten gehört wirklich mal ordentlich übers Knie gelegt, dass er eine Woche nicht sitzen kann!« Anja, die mittlerweile einen Fuß hinter sich herschleift, zieht an ihrer Zigarette und schüttelt ihren Kopf, ohne dass sich auch nur ein Haar zu bewegen scheint.

Wir setzen die »Wanderer« am Hotel ab, bevor wir nach Hause gehen.

»Und, wie war es?« Oliver wartet bereits auf uns.

»Frag nicht, frag bloß nicht!« Uwe verdreht die Augen und geht zum Kühlschrank, dem er eine große Flasche Bier entnimmt.

»Ich glaube wirklich, dass Hunde manchmal die besseren Kinder sind!« Er lässt die Hand seufzend auf meinen Kopf sinken und krault mich ganz langsam hinter den Ohren, so wie ich es besonders gerne habe.

URLAUB BEI ELFRIEDE

—

Irgendetwas stimmt hier nicht - irgendetwas stimmt hier ganz und gar nicht!

Schranktüren werden geöffnet und wieder zugeworfen, meine Herrchen laufen im ganzen Haus hin und her. Ich muss unbedingt herausfinden, was hier los ist, also gehe ich der Hektik auf den Grund.

»Oliver, hast du meine Badehose eingepackt?« Uwe rennt durch den Flur und wirft um ein Haar eine Blumenvase um.

»Habe ich! Und bevor du fragst: Ja, die Sonnencreme, die Badetücher und die Taucherbrillen sind auch schon im Koffer. Du machst immer so einen Stress, wenn wir in den Urlaub fahren.« Oliver nimmt sich einen Apfel aus der Obstschale und beißt ein großes Stück davon ab. »Igitt, die waren aber auch schon mal frischer.«

»Die sind Bio, die müssen so schmecken. Und jetzt hilf mir die Koffer ins Auto zu tragen!«

»Zu Befehl, Chef!« Oliver grinst in meine Richtung und schnappt sich eine große Tasche.

»Ist im Auto noch genug Platz für Phoebes Korb und ihr Futter?«

Ich spitze meine Ohren und bin begeistert. Ich darf also auch mit in den Urlaub - das sind ja tolle Neuigkeiten. Schnell renne ich zwischen Uwes Füße, damit er mich nicht versehentlich hier vergisst.

»Verdammt, Phoebe, pass doch auf! Jetzt wäre ich dir um ein Haar auf den Schwanz getreten.« Uwe springt zur Seite und schaut mich kopfschüttelnd an.

»Komm, Kleines! Wir gehen schon einmal zum Auto, dann kann dein Herrchen in Ruhe nachkommen.«

Oliver legt mir die Leine an.

»Und du beruhige dich ein bisschen. Sollten wir irgendetwas vergessen, dann kaufen wir es einfach neu. Wir sind ja nicht auf dem Mond unterwegs.«

Als wir endlich im Auto sitzen und losfahren wollen, reißt Uwe die Türe auf. »Scheiße, ich glaube ich habe die Kaffeemaschine angelassen. Ich gehe nochmal schnell nachschauen.«

»Das ist ja wohl der Klassiker schlechthin. Mach schnell, damit wir pünktlich in der Hundepension sind.« Oliver trommelt mit den Fingern auf dem Lenkrad herum, während ich ganz aufgeregt bin.

Wir machen Urlaub in einer Hundepension! Das wird ja immer besser.

Ich weiß zwar nicht, was eine Hundepension genau ist, aber wir werden dort bestimmt sehr viel Spaß zusammen haben.

Uwe springt zurück ins Auto, und endlich fahren wir los, um in unseren Urlaub zu starten.

Nach einer gefühlten Ewigkeit erreichen wir unser Ziel. Das Haus, an dem wir halten, steht mitten im Grünen und ist von einem hohen Zaun umgeben. Ich höre wildes Hundegebell, scheinbar sind wir nicht die einzigen Gäste hier.

Eine große, stämmige Frau tritt durch die Türe und kommt auf uns zu. Sie hat kleine, schwarze Locken wie der Pudel aus der Hundeschule auf ihrem Kopf und sieht sehr streng aus.

»Ihr müsst die zwei Burschen aus Bodenmais sein. Und du bist dann sicher Phoebe.« Die Frau geht in die Knie und hält mir die Hand vor die Nase. Vorsichtig schnüffele ich daran und rieche den Duft von Hundekuchen.

Bevor ich überhaupt weiß, was ich mache, schlecke ich der Frau mit dem strengen Blick die Hand ab.

»Na, wir zwei werden uns schon gut verstehen, das habe ich im Gefühl.« Mit einem Knacken, das aus ihren Knien kommt, steht sie wieder auf und hält meinen Herrchen die Hand entgegen, an der ich gerade noch herumgeleckt habe. »Ich bin die Elfriede, grüße euch!«

»Hallo, ich bin Oliver und das ist mein Mann Uwe. Unsere Phoebe hast du ja gerade schon kennengelernt.«

Die drei Menschen schütteln sich die Hand und gemeinsam gehen wir in den großen Garten, wo ich die anderen Hunde vermute.

Kaum ist die Gartentüre geöffnet, stürzen diese auch schon wild bellend auf uns zu, ein paar Hühner flattern aufgeregt umher.

»ALFONS, LUZIE, MAX, AUS!« Elfriedes Stimme donnert durch die Luft, meine Herrchen schauen sich aus großen Augen an.

»Ihr könnt jetzt reinkommen! Die drei sind harmlos.«

Mit festen Schritten geht sie voran. Oliver und Uwe kommen fast gar nicht hinterher.

»Bist du sicher, dass Phoebe hier gut aufgehoben ist?« Uwes Flüstern klingt zittrig.

»Anna ist ganz begeistert und bringt ihren Hector zweimal im Jahr hierher«, auch Oliver flüstert, er legt den Arm um Uwes Schultern. »Und die ist wirklich empfindlich, wenn es um ihren kleinen Scheißer geht.«

»Ich würde euch ja gerne einen Kaffee anbieten, aber erfahrungsgemäß ist es am besten für alle Beteiligten, wenn wir den Abschied kurz und schmerzlos machen.« Elfriede streichelt einem der Hunde, ich glaube es ist Alfons, über den Kopf und schaut Uwe an. »Keine Angst, ich werde mich sehr gut um euren kleinen Schatz kümmern und ihr könnt euren Urlaub genießen.«

Nervös schaue ich meine beiden Herrchen an. Die wollen mich doch wohl nicht hierlassen? Ich dachte wir machen gemeinsam Urlaub - so habe ich mir das aber ganz und gar nicht vorgestellt.

Alfons kommt langsam in meine Richtung. Er ist ein enorm großer Riesenschnauzer mit braunen Hundeaugen, die mich freundlich mustern. »Du kannst dich beruhigen, Kleines! Deine beiden Menschen kommen wieder und holen dich hier ab. Das war bei allen anderen bisher auch so.«

»Ich will aber nicht hierbleiben, ich will Urlaub mit meinen Herrchen machen!« Ich schaue nach oben und erwidere traurig den Blick des Riesenschnauzers.

»Es ist das reinste Paradies hier, du wirst schon sehen.« Er kommt noch ein wenig näher und stupst mich an. »Elfriede ist nicht so streng wie sie aussieht, sie ist eigentlich sogar sehr nett. Ständig bekommen wir die tollsten Leckerchen von ihr, und wenn sie gerade nicht in der Nähe ist, macht es einen Riesenspaß ihre Hühner zu erschrecken. Du glaubst ja gar nicht, wie blöd die Viecher sind.«

Ich schaue mich ein wenig um und muss feststellen, dass es mir hier tatsächlich ziemlich gut gefällt. Überall im Garten blühen die schönsten Blumen. Ein paar Hühner, die in der Tat nicht besonders clever aussehen, scharren im Dreck umher, und die große Wiese neben dem Haus lädt dazu ein, wild herumzutollen oder nach Mäusen zu graben.

Oliver hat mittlerweile mein Körbchen und das Futter aus dem Auto geholt und schaut Uwe an.

»Nun komm schon, wir müssen langsam zum Flughafen.«

»Nur noch ganz kurz!« Mein Herrchen bückt sich und drückt mir einen Kuss auf den Kopf, er kämpft mit den Tränen. »Bis bald, mein Schatz! Hab keine Angst, wir sind ganz schnell wieder bei dir.«

Ich denke, ein paar Tage werde ich es wahrscheinlich schon ohne die beiden hier aushalten können und gegen eine Extraportion Leckerlis habe ich grundsätzlich auch nichts einzuwenden.

Tapfer begleite ich meine Herrchen bis zum Tor, muss aber dann doch ein bisschen jammern, als das Auto schließlich abfährt.

Als meine beiden Menschen nicht mehr zu sehen sind, bemerke ich Elfriede, die neben mir steht.

»Komm mit mir, kleine Maus! Schauen wir mal, ob wir ein schönes Plätzchen für deinen Korb finden.« Sie krault mir über den Kopf und gemeinsam gehen wir ins Haus.

Kaum dort angekommen klingelt das Telefon. Elfriede hebt den Hörer an ihr Ohr.

»Hallo Uwe, habt ihr noch etwas vergessen?«

Sie schaut mich grinsend an. »Keine Angst, sie hat gleich nach eurer Abfahrt wieder aufgehört zu jaulen, ... nein, ich habe nicht vergessen, um wie viel Uhr sie ihr Futter bekommt, ... selbstverständlich lasse ich sie nicht ohne Leine laufen, ... gut, dann viel Spaß im Urlaub!« Sie schüttelt ihren Kopf und legt auf.

»Na, da hast du dir aber ein ganz besonderes Exemplar an Land gezogen. Ich bin mal gespannt, wie oft dein Herrchen mich heute noch anruft.«

Die nächsten Tage sind sehr aufregend und ich bin froh, dass Alfons hier ist - ich mag den großen Schnauzer mit den warmen Augen sehr.

Heute will er mir zeigen, wie man Elfriedes Hühnern einen Schrecken einjagt.

»Wichtig ist das Heranschleichen, damit die Biester dich erst im letzten Moment bemerken.« Gebannt höre ich ihm zu, während wir gemeinsam zum Stall laufen.

Die Türe steht offen, von Elfriede ist weit und breit nichts zu sehen. Der Moment scheint also günstig zu sein. Ganz leise schleichen wir uns an, die Hühner sitzen friedlich gackernd auf dem Boden. Ich kann die Spannung kaum ertragen und halte die Luft an, während wir den Stall betreten.

Mein Blick wandert vorsichtig umher. Ich versuche mich nicht zu bewegen und frage mich, was wohl als nächstes passiert, als Alfons das Zeichen zum Angriff gibt. »JETZT!« Er rennt auf die Hühner los, die nun wild flatternd umherspringen.

Ich sprinte kläffend los und flitze durch den gesamten Stall, unzählige Federn fliegen durch die Luft - ich weiß wirklich nicht, wann ich das letzte Mal so viel Spaß gehabt habe.

Zum Glück hat uns Elfriede nicht erwischt, denn ich fürchte, dass die Freude sonst sehr schnell zu Ende gewesen wäre.

Wir statten den Hühnern in den nächsten Tagen noch zahlreiche Besuche ab, zu meinem großen Erstaunen können wir das gackernde Federvieh jedes Mal aufs Neue damit überraschen.

An einem sonnigen Nachmittag, wir haben unsere Stippvisite im Hühnerstall für heute bereits hinter uns gebracht, liege ich mit Alfons im Garten. Wir haben uns dort ein besonders schattiges Plätzchen gesucht.

Mit einem Mal zischt Rocky, ein winzig kleiner, stets kläffender Rehpinscher um die Ecke und bleibt zitternd vor uns stehen.

»Ihr müsst ganz schnell mitkommen«, er überschlägt sich fast vor lauter Aufregung. »Elfriede ist weggefahren und hat vergessen die Dose mit den Leckerlis zurück in den Schrank zu stellen. Sie steht auf dem Tisch, aber ich bin zu klein und kann sie nicht erreichen.«

Ich schaue Alfons an, der bereits aufgestanden ist und zum Haus läuft.

Dort steht tatsächlich die große Dose mit den herrlichsten Köstlichkeiten, die ein Hundehirn sich überhaupt vorstellen kann.

Mit hungrigen Augen schaue ich auf den Tisch und weiß nicht, was zu tun ist. »Was denkst du? Sollen wir das wirklich machen? Elfriede wird stinksauer sein.«

In diesem Moment stupst Alfons jedoch schon die Dose mit seiner Nase vom Tisch. Diese landet scheppernd auf dem Küchenboden, wo sich die Leckereien sogleich großflächig verteilen.

»Uppppsssss ...!« Alfons schaut mich mit einem schelmischen Lächeln in den Augen an und schon machen wir uns, mit dem immer noch zitternden Rocky, über die Köstlichkeiten her.

Etwas später, wir haben alles komplett verdrückt, betritt Elfriede die Küche. Sie sieht die leere Dose auf dem Boden und schaut in unsere Richtung.

Ich habe mich gemeinsam mit Rocky und Alfons in einen viel zu engen Korb gequetscht, der in der hintersten Ecke des Raumes steht.

Wir versuchen so unschuldig wie möglich auszusehen, doch fürchte ich, dass uns Rockys Zittern einen gehörigen Strich durch die Rechnung macht.

Elfriede kommt langsam, viel zu langsam in unsere Richtung, Rocky schlottert mittlerweile am ganzen Körper.

Sie schaut uns tief in die Augen und fängt plötzlich an, schallend zu lachen. »Ihr seid mir ja vielleicht eine Bande! Ich glaube das Abendessen sparen wir uns heute. Und jetzt raus hier, ich werde erst einmal für Ordnung sorgen!«

Froh noch einmal mit einem blauen Auge davongekommen zu sein, schleiche ich, gefolgt von Alfons und Rocky, mit gesenktem Blick und eingezogenem Schwanz in den Garten, während Elfriede immer noch leise lachend einen Besen aus dem Schrank holt und beginnt, das Chaos zu beseitigen.

Die Zeit vergeht wie im Flug und ehe ich mich versehe, steht das Auto mit meinen beiden Herrchen wieder auf dem Parkplatz.

»Phoebe, schau nur wer da ist!« Elfriede öffnet das Tor, sodass ich vor Freude bellend hinauslaufen kann.

Ich weiß gar nicht, wen ich zuerst begrüßen soll, da nimmt mir Uwe die Entscheidung ab, indem er mich auf den Arm nimmt und meinen Kopf mit Küssen bedeckt. Er drückt mich an sich, dass mir die Luft wegbleibt, doch das ist mir völlig egal. Ich bin ja so froh, wieder bei meinen beiden Menschen zu sein.

Elfriede hat unsere Begrüßung genau beobachtet und kann sich ein Schmunzeln nicht verkneifen.

»Ihr seht ja klasse aus. So braungebrannt wie ihr seid, hattet ihr wohl noch besseres Wetter als wir! Kommt erst mal rein, die Kaffeemaschine läuft schon!«

Während sich die drei in der Küche bei einer Tasse Kaffee unterhalten, sitze ich glücklich auf Olivers Schoß.

»Hat sich unser Mädchen denn auch gut benommen?«, will er wissen.

»Sie ist wirklich ein Schatz, eure Kleine, und ich möchte sie gar nicht mehr hergeben. Alfons wird sie sicher auch sehr fehlen, die beiden haben sich richtig gut verstanden.« Sie zeigt auf meinen großen Freund, der auf dem Teppich liegt und ein Schläfchen hält.

»Wisst ihr, Alfons ist ein ganz besonderer Hund.« Elfriede streichelt dem Schnauzer über den Kopf, wofür sie mit einem wohligen Grunzen belohnt wird.

»Er lebte 10 Jahre lang als Wachhund auf einem Bauernhof, wo er Tag und Nacht angekettet war. Als er dann alt und todkrank wurde, haben ihn seine Besitzer einfach zum Sterben im Tierheim abgeladen.«

Uwe stellt seine Kaffeetasse langsam auf den Tisch und schaut Alfons traurig an. »Wie ist er dann bei dir gelandet?«

»Das war ein ganz großer Zufall«. Elfriede nimmt einen kräftigen Schluck, bevor sie weiterspricht.

»Eine liebe Freundin hilft im Tierheim aus und fragte mich, ob ich dem armen Kerl für seine restlichen Tage ein gemütliches Zuhause geben würde. Sie wollte verhindern, dass die Gitter eines Hundezwingers das Letzte sind, was er in seinem Leben sieht.«

Sie macht eine kurze Pause und fährt sich mit der Hand durch die Pudellocken auf ihrem Kopf.

»Das ist jetzt bereits vier Jahre her und unser lieber Alfons ist immer noch da.«

»Unglaublich!«, entfährt es Oliver. »Wie um Himmels willen hast du das angestellt?«

»Weißt du«, erneut trinkt Elfriede aus ihrer Tasse und stellt sie vorsichtig zurück auf den Küchentisch, »ich habe ihm einfach die Liebe und Zuneigung gegeben, die er verdient hat, und die er bisher leider von keinem Menschen erhalten hat. Wie gesagt, unser Alfons ist wirklich ein ganz besonderer Hund. Ich freue mich von Herzen über jeden einzelnen Tag, an dem es ihm gut geht und er bei mir sein kann!«

Oliver wischt sich verlegen mit der Hand über die Augen, ich sehe ein paar Tränen glitzern.

»Das ist schon in Ordnung.« Elfriede legt ihre Hand auf Olivers Schulter, wo sie einen Moment liegen bleibt. »Zur Zeit geht es Alfons wirklich gut, nur befürchte ich ...«, sie macht eine kurze Pause und schaut meine Herrchen an, dann schleicht sich ein Lächeln in ihr Gesicht, »... dass dieser Mistkerl uns noch alle überlebt und mir die letzten Locken auch noch vom Kopf frisst.«

Sie lächelt Alfons an und streicht ihm sanft über den Rücken. Der riesige Schnauzer, der mir plötzlich viel kleiner erscheint, als er eigentlich ist, öffnet kurz die Augen, schläft jedoch mit einem zufriedenen Brummen gleich wieder ein.

Ich hoffe, dass ich irgendwann noch einmal Urlaub bei Elfriede machen darf, und dass mein neuer Freund Alfons auch dann noch bei ihr ist, denn er ist tatsächlich ein ganz besonderer Hund.

CARAMBA

—

Wir sind bereits seit ein paar Tagen aus dem Urlaub zurück und endlich darf ich meine Arbeit als Hotelhund in den Montara Suites wieder aufnehmen.

Während unserer Abwesenheit hat sich Steffi, meine Herrchen nennen sie die leicht chaotische, aber gute Seele des Hauses, um die Gäste gekümmert und sie mit ihrem Frühstück verwöhnt.

»Wie schön, dass ihr wieder da seid! Ich habe euch richtig vermisst.« Steffi fällt meinen beiden Menschen um den Hals und drückt sie ganz fest an sich.

»Und du hast mir natürlich am allermeisten gefehlt, du kleine Knutschkugel.« Sie bückt sich zu mir herab und drückt mir einen lauten Schmatzer auf den Kopf.

»Vielen Dank noch einmal, dass du dich so toll um alles hier gekümmert hast, als wir im Urlaub waren. Die Gäste waren scheinbar zufrieden - früher abgereist ist überraschenderweise niemand.« Oliver zwinkert Steffi zu, die ihm grinsend die Zunge rausstreckt.

»Sind doch auch alle superlieb eure Leute, obwohl ...«, Steffi kontrolliert, ob auch niemand in der Nähe ist und spricht dann etwas leiser weiter, »diese Dame aus der Weitsicht-Suite, ich kann euch sagen, die ist mir schon ordentlich auf die Nerven gegangen. Ständig hatte sie irgendwelche Extrawünsche und hat mich rennen lassen. Ihr könnt euch nicht vorstellen, wie die erst ihren Mann den ganzen Tag herumscheucht. Der arme Kerl tut mir richtig leid. Ich hätte die Kuh schon längst in die Wüste geschickt.«

»So schlimm wird sie schon nicht sein.« Uwe blättert durch ein paar Zettel, die auf dem Tisch liegen.

»Du wirst es ja morgen beim Frühstück erleben. Ich bin in jedem Fall heilfroh, dass ich jetzt ein paar Tage Urlaub habe.« Steffi will bereits ihre Jacke anziehen, als sie von Oliver aufgehalten wird.

»Nicht so schnell! Wir sind heute Abend mit meinen Eltern zum Essen verabredet. Da ist doch dieser neue Mexikaner am Kurpark, den wollten wir ausprobieren. Hast du nicht Lust mitzukommen, als kleines Dankeschön dafür, dass du hier die Stellung gehalten hast?«

»Ich soll Queen Mum kennenlernen? Was für eine Ehre - das lasse ich mir ganz bestimmt nicht entgehen. Ich ziehe auch meinen allerbesten Fummel an.« Steffi grinst von einem Ohr zum anderen. »Wann treffen wir uns?«

Ich freue mich riesig, dass ich mit in das Restaurant gehen darf und habe mir fest vorgenommen, ganz besonders artig zu sein, damit meine Oma mich endlich in ihr Herz schließt.

Als wir ankommen, sitzen Olivers Eltern bereits am Tisch. Sie haben zwei große Gläser mit einer bunten Flüssigkeit vor sich stehen.

»Hallo ihr Lieben! Schön, dass ihr da seid! Ein tolles Restaurant habt ihr ausgesucht, hier ist ja richtig was los.« Opa steht auf und kommt im Takt der flotten Musik tänzelnd auf uns zu. »Und mein kleiner Schatz ist ja auch dabei! Ich freue mich riesig, dass ihr Phoebe mitgebracht habt.« Er streichelt mir über das Fell, was ich mit einem fröhlichen Schwanzwedeln belohne.

»Hallo ihr zwei!« Meine Oma schiebt ihren Stuhl zurück und steht ebenfalls auf, sie fixiert mich mit ihren strengen Augen. »Ist ein Restaurant der geeignete Ort für einen Hund? Hättet ihr sie nicht besser zu Hause gelassen?«

»RENATE, du weißt schon noch, worüber wir heute früh gesprochen haben?!« Opas Stimme hat einen scharfen Unterton.

»Jaja, ist schon gut. Schön, dass wir uns endlich noch einmal wiedersehen. Ist ja schon wieder ziemlich lange her, dass ihr ein wenig Zeit für uns erübrigen konntet.«

»RENATE!«

»Das kann ja heiter werden!«, flüstert Uwe und bestellt sich ein großes, buntes Getränk mit extra viel Alkohol.

Nachdem ich es mir auf meinem Platz unter dem Tisch gemütlich gemacht habe, meine Leine ist vorsichtshalber am Tischbein festgebunden, kommt auch Steffi fröhlich winkend auf uns zugestürmt.

»Sorry Leute, ich habe die Zeit ganz vergessen. Tom hat mir noch seine neue Wohnung gezeigt und da ist es irgendwie etwas später geworden.«

»Ist ja kein Problem! Darf ich dir meine Eltern vorstellen? Mama, Papa, das ist unsere liebe Steffi.«

Opa steht auf und schüttelt ihr die Hand.

»Schön, dich kennenzulernen. Ich bin Olivers Vater, du darfst mich gerne Karl nennen.«

»Ich freue mich riesig, dass ich euch endlich persönlich treffe. Ich habe ja schon sooo viel von euch gehört.« Steffi schaut in Uwes Richtung, dieser greift hektisch nach seinem Glas und nimmt einen großen Schluck.

»Dann musst du wohl Olivers Mutter sein, sehr erfreut.«

»Genau die bin ich. Winkler mein Name. Ich würde vorerst gerne beim Sie bleiben, wir haben uns schließlich gerade erst kennengelernt.«

Meine beiden Herrchen verdrehen gleichzeitig die Augen, was sehr lustig aussieht. Oliver reicht Steffi ein großes Buch. »Hier hast du die Speisekarte - wir sollten langsam schauen, dass wir etwas zum Essen bekommen.«

Eine kugelrunde Frau in einem bunten Kleid kommt an unseren Tisch. Sie hat ihr schwarzes Haar zu einem Zopf gebunden, der rhythmisch auf und ab wippt.

»Was für schöner perrito«, sie mustert mich aus fröhlichen, dunklen Augen. »Sicher wäre guter amigo für meinen kleinen Pedro, ist auch perrito.«

»Das ist Phoebe. Sie mag andere Hunde sehr gerne. Wo ist denn Ihr Hund?« Oliver schaut sich um.

»Das ich nicht wissen, Pedro ist alter Streuner, immer unterwegs auf Straße.« Die Frau zuckt mit den Schultern. »So, Sie nun wollen bestellen etwas zu Essen aus cocina?«

»Zuerst einmal ...«, Oma schiebt ihre Brille etwas nach oben und betrachtet das Schild, das auf dem bunten Kleid der Frau befestigt ist, »liebes Fräulein Juanita, wäre es sehr nett, wenn Sie die Musik etwas leiser stellen würden. Und dann könnte der Tisch auch noch einmal ordentlich geputzt werden, er klebt ein wenig.«

Uwe rutscht auf seinem Stuhl nach unten, er sieht aus, als würde er sich verstecken wollen.

Juanita strafft die Schultern. »Das ist gute musica aus meiner Heimat. Die müssen laut sein, sonst nichts taugen. Ich weiß nicht, wie schauen aus bei dir zu Hause, aber Tisch ist blitzeblank.« Zum Beweis leckt sie an ihrem Zeigefinger und reibt langsam über die Tischplatte. Sie zeigt meiner entsetzten Oma ihren feuchten, aber sauberen Finger, während sich

Steffi grinsend in ihren Stuhl zurücksinken lässt.

»So, wir sollten jetzt ganz schnell unsere Bestellung aufgeben. Die gute Frau hat ja sicher noch genug zu tun, da wollen wir sie nicht unnötig aufhalten.« Mein Opa wedelt hektisch mit dem großen Buch in seiner Hand. »Renate Schatz, hast du schon etwas gefunden?«

Das Essen wird zum Tisch gebracht und riecht köstlich. Hungrig schlecke ich mir über das Maul.

Eine Zeit lang sind die Menschen ruhig und ich höre nur ein zufriedenes Schmatzen, das vom Klappern der Messer und Gabeln begleitet wird.

»Und Fräulein Steffi ...«, Oma legt ihr Besteck zur Seite und tupft sich mit einem kleinen Tuch, das neben ihrem Teller liegt, den Mund ab, »dieser Tom ist dann wohl Ihr fester Freund?«

»Ach Gott nein, der ist nicht der Richtige für mich. Ich habe da was rein Körperliches mit dem Tom laufen. Das hat er ziemlich gut drauf, wenn Sie verstehen, was ich meine.« Verschwörerisch zwinkert sie meiner Oma zu.

»Ohh!«, entfährt es dieser, bevor sie die Gabel wieder in die Hand nimmt und sich schweigend ihrem Essen widmet.

Uwe hebt hektisch sein Glas in die Höhe, der Inhalt schwappt gefährlich hin und her. »Ja, ähm, sollen wir dann vielleicht noch einmal, ich meine auf den schönen Abend, ähm, ja also, weil wir ja schließlich hier zusammen - ach, was soll es - Prost!«

Mit einem einzigen Zug leert er sein Glas und rutscht noch ein wenig tiefer in seinen Stuhl hinein.

Als das Essen beendet ist und die runde Frau in dem bunten Kleid die Teller abgeräumt hat, beginnen meine Herrchen Geschichten aus ihrem Urlaub zu erzählen, die ich bereits mehrfach gehört habe.

Ich rolle mich unter dem Tisch zusammen und beschließe ein kurzes Nickerchen zu halten, als ein verführerischer Duft meine empfindliche Nase erreicht.

»Schau, kleiner perrito! Habe ich gute salchicha aus Kühlschrank für dich.« Fräulein Juanita, die von mir unbemerkt an unseren Tisch herangetreten ist, legt mir eine fettige, rote Wurst vor die Pfoten.

Nach einem kurzen Blick zu meinen beiden Herrchen, die scheinbar gar nichts mitbekommen haben, beginne ich die Köstlichkeit langsam anzuknabbern, als ein winziger Chihuahua um die Ecke flitzt und mich aus seinen listigen Augen anstarrt.

Noch bevor ich überhaupt weiß was geschieht, schnappt sich der Furz meine wundervolle salchicha und flüchtet mit der roten Wurst in seinem Maul, als wären 100 wilde Katzen hinter ihm her. Sofort nehme ich die Verfolgung auf, um mir mein Abendessen zurückzuholen. Ich springe auf, renne kläffend los und höre ein lautes Scheppern hinter mir. Ein kurzer Blick über meine Schulter zeigt mir, dass ich von dem Tisch, an dem meine Leine noch immer befestigt ist, verfolgt werde.

Die Gläser mit der bunten Flüssigkeit fliegen durch die Luft und landen klirrend am Boden. Meine Herrchen springen auf und ich höre ein Kreischen, das mich erstarren lässt. »OH NEIN! OH NEIN! OH NEIN! Mein schöner, neuer Lederrock!«

Große, bunte Flecken verteilen sich auf Omas Beinen, eine Orangenscheibe federt in ihren roten Locken auf und ab.

Uwe hält den Tisch auf, während Steffi nach meiner Leine greift.

»CARAMBA!« Fräulein Juanita stürmt aufgeregt aus der Küche. »Was machen hier für eine Chaos?«

In dem Moment erblickt sie den winzigen Chihuahua, der meine rote Wurst stolz vor sich herträgt.

Ihr Blick verfinstert sich.

»PEDRO! Bist du wirklich perro asqueroso, kommst in Suppe, ich dir versprechen! Madre Mia, que tonto es este perro ...!«

»Komm mit Phoebe! Ich bringe dich lieber schnell aus der Schusslinie, bevor du auch noch in der Suppe landest.« Steffi schnappt sich Herrchens Autoschlüssel und öffnet die Türe.

»Hopp, rein mit dir!«

Mit einem Satz springe ich folgsam in meinen Korb, froh in Sicherheit zu sein.

»Caramba, was für ein Abend! Hoffentlich nehmen mich deine Herrchen beim nächsten Mal wieder mit.« Grinsend schüttelt sie den Kopf und schließt vorsichtig die Autotüre.

EINE FEDER MACHT
NOCH KEINEN ENGEL

—

Nach unserem Ausflug in das Restaurant von Fräulein Juanita sind meine Herrchen noch ein paar Mal zum Essen ausgegangen. Mich haben sie seltsamerweise jedes Mal zu Hause vergessen. Zum Glück passiert ihnen das nie, wenn sie zur täglichen Gassirunde aufbrechen.

Heute treffen wir uns mit Anna, Barbara, Flora und Hector am wunderschönen Arbersee, der nicht weit von unserem Hotel entfernt ist.

Kaum angekommen stürze ich mich sogleich schwanzwedelnd auf meine Freunde, wobei ich kläffend von einem zum nächsten springe. Ich freue mich so sehr, dass ich gar nicht weiß, bei wem ich anfangen soll.

Nachdem ich mich wieder beruhigt habe, und auch unsere Menschen sich mit ein paar Umarmungen begrüßt haben, laufen wir los, um den See zu umrunden. Wie nicht anders zu erwarten, hat Anna ein paar »unglaublich wichtige« Neuigkeiten auf Lager, die sie dringend mit Barbara und meinem Herrchen teilen muss.

»Zum Glück sehen wir uns heute. Ich halte es kaum noch aus - ich muss euch da dringend etwas erzählen, bevor ich noch platze. Nein, ich halte es kaum noch aus, das kann ich euch sagen.« Anna rückt ihre riesengroße Sonnenbrille zurecht und bleibt stehen.

»Ihr wisst ja, dass ich von diesem Restaurant in der Fischerstraße, diesem teuren Schuppen mit den schick gekleideten Kellnern in den engen Hosen, überhaupt nichts halte, wirklich überhaupt nichts.« Sie schüttelt ihren Kopf und schaut über die Gläser ihrer Brille. »Warum habe ich eigentlich eine Sonnenbrille aufgezogen, es ist doch bewölkt? Ach, auch egal! In jedem Fall mag ich diesen Schuppen wirklich überhaupt nicht, und ich bin ja nicht die einzige, die so denkt. Nein, das bin ich wahrlich nicht.«

»Anna, ich denke wir haben begriffen, dass es sich beim Goldenen Löffel nicht um dein Lieblingslokal handelt, aber was ist denn jetzt die Neuigkeit, die wir so dringend erfahren müssen?« Barbara schaut ihre Freundin mit einem ungeduldigen Blick an.

»Neuigkeit, welche Neuigkeit?« Anna scheint leicht verwirrt zu sein, fängt sich jedoch gleich wieder und spricht aufgeregt weiter. »Ach ja, genau, da war ich stehen geblieben.

Also, wie gesagt, ich mag diesen Laden ja wirklich überhaupt nicht. Die Preise sind viiiieeel zu hoch und am Ende kochen die ihre Kartoffeln auch nur mit Wasser. Und das Publikum, nein das Publikum, lauter Schnösel mit ihren aufgetakelten Weibern gehen dort ein und aus.«

»Hallo, Erde an Anna! Die Neuigkeit bitte!« Nun schaltet sich auch mein Herrchen ein, seine Mundwinkel verziehen sich zu einem leichten Grinsen.

»Also ...«, erneut schaut Anna über die Gläser ihrer Brille, »der Laden ist ja wirklich nicht billig und über die Qualität des Essens hört man nicht unbedingt das Beste, aber stellt euch vor ...«, ihre Stimme nimmt einen verschwörerischen Klang an, »... gestern stand ein Rettungswagen vor dem Goldenen Löffel. Das war ganz bestimmt eine Lebensmittelvergiftung! Und heute hat das Restaurant auch schon geschlossen. Wahrscheinlich hat das Gesundheitsamt den Schuppen dichtgemacht! Ist das nicht ein Ding?«

Während Flora und Hector interessiert an Sträuchern und Bäumen herumschnüffeln, habe ich Anna gebannt zugehört und bin nun heilfroh, dass meine Herrchen mich in den letzten Tagen nicht mit zum Essen genommen haben. In dieses Löffelrestaurant, in dem die Gäste scheinbar vergiftet werden, gehen sie nämlich auch ziemlich gerne.

»Anna, ich weiß jetzt gar nicht so genau, wie ich dir das schonend beibringen soll.« Mein Herrchen zupft sich verlegen einige unsichtbare Krümel von seiner Jacke. »Aber weißt du, wir waren gestern auch im Goldenen Löffel zum Essen.«

»Wirklich? Nein, wie aufregend! Lass dir nicht alles aus der Nase ziehen. Erzähl schon, wen hat es erwischt?« Annas Augen funkeln begeistert, während sie sich die Hände reibt.

»Jetzt wird es dann wohl interessant!« Barbara schaut gespannt von meinem Herrchen zu Anna und dann wieder zu meinem Herrchen.

»Nun, eigentlich hat es ein Küchenmädchen erwischt. Sie ist wohl auf dem Boden ausgerutscht und hat sich ein Bein gebrochen, das arme Ding. Deshalb der Rettungswagen.«

Anna öffnet fassungslos ihren Mund und nimmt ein paar tiefe Atemzüge. »Aber das Restaurant ist geschlossen, ich habe es mit meinen eigenen Augen gesehen. Und die Luise von gegenüber, die hat auch gesagt, dass es das Gesundheitsamt gewesen ist, das da endlich für Ordnung gesorgt hat.«

»Ach, die Luise. Das ist nicht zufällig die Luise, die immer rumerzählt, dass sie in ihrer Jugend von den Aliens entführt worden ist?« Barbara streicht schmunzelnd über Annas Arm.

»Zugegeben, diese Sache mit den Außerirdischen, das ist wirklich eine seltsame Geschichte, aber das ist ja nun auch schon ziemlich lange her. Der Goldene Löffel hat aber geschlossen, das schwöre ich beim Leben meiner Schwester.« Anna hebt ihre Hand und streckt zwei ihrer Finger in die Höhe.

»Natürlich hat das Restaurant geschlossen.« Mein Herrchen kann sich ein Grinsen nicht verkneifen. Es ist Montag, da hat das Restaurant seinen Ruhetag. Aber ich bin ganz sicher, dass dieser Tag vom Gesundheitsamt verordnet wurde.« Schnell springt Uwe zur Seite, bevor ihn die Hundeleine trifft, die Anna in seine Richtung wirft.

»Elender Mistkerl!« Anna hebt die Leine wieder auf, und nachdem zuerst Barbara und danach mein Herrchen anfangen laut zu lachen, kann auch Anna nicht mehr ernst bleiben. Kichernd gehen die drei los, um nun den Arbersee zu umrunden.

Ich renne mit Flora und Hector voraus, immer wieder stecke ich meine Nase in die Sträucher und freue mich über die vielen verschiedenen Düfte, die sich mir offenbaren.

Auch meinen beiden Freunden scheint unser Ausflug zu gefallen. Sie schnüffeln um die Wette und markieren abwechselnd ihr Revier.

Plötzlich bleibt Barbara wie vom Blitz getroffen stehen. »Schaut nur, was da durch die Luft fliegt! Das ist ein Zeichen!«

Ich hebe meinen Kopf, kann jedoch außer einem kleinen, weißen Ding nichts Besonderes entdecken.

»Eine Feder kommt zu uns herabgeflogen, ein Engel muss ganz in der Nähe sein.«

»Oh nein, nicht das schon wieder!« Flora schaut mich an und schließt kopfschüttelnd die Augen.

»Kommt, wir fassen uns an den Händen, vielleicht lässt sich der Engel sehen, wenn er unsere gute Energie spürt.« Barbara bekommt einen ganz verträumten Blick und schaut nach oben.

»Macht ihr mal!« Mein Herrchen geht ein paar Schritte schneller. »Und bestellt eurem Engel einen lieben Gruß von mir. Ich werfe den Hunden lieber ein paar Stöckchen.«

Barbara nimmt Annas Hände. Beide schauen gebannt in den Himmel, als eine schrille Stimme ertönt. »Baarbaraaa, Liebes! Halloooo, wir sind es!«

Ich erkenne die Frau aus der Hundeschule, die mit ihrem Königspudel in unsere Richtung kommt.

»Das ist aber ein seltsamer Engel, der uns da erscheint, Barbara. Ich fürchte, da hast du irgendetwas falsch gemacht.« Mein Herrchen winkt der Frau und ihrem Leopold mit einem breiten Grinsen zu.

»Ich glaube es nicht! Ist unser schöner Bayerischer Wald nicht groß genug? Muss die blöde Ziege denn ausgerechnet hier mit ihrem noch blöderen Köter herumstolzieren?« Barbara fährt sich durch ihre Locken und hebt ebenfalls winkend die Hand. Sie verzieht dabei keine Miene.

»Die sehen aber komisch aus. Los Leute, wir erschrecken den hässlichen Hund ein bisschen.« Noch bevor ich bis drei zählen kann, ist Hector auch schon losgestürzt. Er fletscht seine schiefen Zähne und knurrt was das Zeug hält. Selbstverständlich wollen wir unseren Freund nicht alleine in die Schlacht ziehen lassen, und so rennen auch Flora und ich nach einem kurzen Zögern kläffend los, um dem Riesenpudel ein wenig Respekt einzuflößen. Komischerweise werden wir von unseren Menschen nicht wie erwartet zurückgerufen.

Leopold zieht den Schwanz ein und versteckt sich zitternd hinter seinem Frauchen Franziska, die versucht uns wild fluchend zu vertreiben.

Erst jetzt werden wir von unseren Menschen zurückgepfiffen. Wir werfen dem Pudel noch ein paar drohende Blicke zu, bevor wir uns zufrieden auf den Rückweg machen.

»Was sind denn das für Bestien? Ich dachte schon diese Monster zerfleischen meinen Leopold.« Die Frau mit dem grimmigen Blick ist außer sich.

»Beruhige dich wieder, Franziska! Es sind Hunde, das war alles im Rahmen. Sieh nur, jetzt schnüffeln und schlecken sie sich schon gegenseitig am Hintern rum.« Barbara schaut anerkennend in unsere Richtung, während Franziska ganz bleich wird und hektisch an der Hundeleine zerrt.

»Leopold, komm sofort da weg. Igitt, was machen die denn da nur? Oh Gott, nein!« Sie zieht ihren Pudel zu sich und verabschiedet sich ziemlich eilig von unseren Menschen. »So, ich muss dann mal los. Es war wirklich nett, euch und eure drei ... äh, ja genau, also dann bis bald.«

Als die beiden nicht mehr zu sehen sind, gackert Barbara lauthals los. »Ich glaube es nicht. Habt ihr gesehen, wie dämlich die Kuh geguckt hat, als unsere drei Helden auf sie zugerannt sind?«

»Barbara, also wirklich!«, sagt mein Herrchen mit einem Kichern in der Stimme. »So wirst du nie einen deiner Engel zu Gesicht bekommen!«

»Ist mir völlig egal, ich habe doch schließlich euch!« Barbara drückt Anna und meinem Herrchen einen Kuss auf die Wange, bevor sie mich und meine zwei Freunde mit einem warmen Blick anschaut.

»Und jetzt lasst uns endlich um diesen verdammten See herumwandern, bevor wir noch Wurzeln schlagen«

WAS STIMMT HIER NICHT?

—

Es ist ein warmer Tag, der zu einem Spaziergang noch vor meiner wichtigen Arbeit im Hotel einlädt.

Uwe nimmt meine Leine vom Haken und wedelt wild klimpernd damit in der Luft herum.

»Waaaas machen wir jetzt? Weeer geht jetzt mit mir Gassi?« Er schaukelt immer hektischer mit der Leine, die ihm dabei fast aus der Hand fällt.

Es ist mir schleierhaft, warum mein Herrchen so viel Freude an dieser Schüttelei hat, er weiß doch genau wie gerne ich mit ihm spazieren gehe, auch ohne diese Showeinlage. Ich will natürlich keine Spielverderberin sein, also renne ich zu ihm und hüpfe freudig bellend hoch und runter.

Kurz darauf gehen wir los und ich darf ausgiebig in dem Waldstück herumschnüffeln, das gleich hinter unserem Hotel beginnt. Als ich die Nase gerade ganz tief in einen besonders wohlriechenden Erdhaufen hineinstecken will, klingelt das Telefon. Mein Herrchen nimmt das Handy aus der Hosentasche und hält es an sein Ohr.

»Hallo Schatz! Was gibt es denn schon so früh? Ich bin gerade noch mit Phoebe im ...«, er sagt einen Moment gar nichts und scheint zuzuhören, » ... wie jetzt, nicht zur Arbeit gekommen - ja spinnt die denn jetzt komplett?« Erneut lauscht mein Herrchen der Stimme, die nun wesentlich lauter aus dem Telefon herausschallt.

»Jetzt bleib ganz ruhig! Ich mache mich sofort auf den Weg, gib mir 10 Minuten!« Mein Herrchen steckt das Telefon zurück in die Hosentasche und leint mich an. »Sorry Kleines, ein Notfall! Den Spaziergang holen wir nach, versprochen.«

Schnell laufen wir zu unserem Hotel. Ich habe nicht einmal Zeit an meinen Lieblingsstrauch zu pinkeln, so eilig hat es mein Herrchen.

Kaum angekommen, sehe ich auch schon Oliver, der mit einem hochroten Kopf auf uns zustürzt.

»Zum Glück, da seid ihr ja endlich!« Er tätschelt mir kurz über den Rücken.

»Was ist denn passiert, um Himmels willen?«
Uwe zieht die Jacke aus und wirft sie über einen Stuhl.

»Dieses Weib bringt mich noch um den Verstand! Wir sind komplett ausgebucht und das gnädige Fräulein erscheint einfach nicht zur Arbeit.« Olivers Stimme wird immer lauter.

»Das passt aber gar nicht zur Steffi. Okay, sie ist ein bisschen chaotisch und hat die Pünktlichkeit nicht gerade erfunden, aber wenn es drauf ankommt, können wir uns immer auf sie verlassen. Hast du schon versucht sie zu erreichen?«

»Ich habe sie schon ein paar Mal angerufen, aber sie geht natürlich nicht ans Telefon. Wahrscheinlich ist sie noch bei diesem Tom und lässt sich gerade ordentlich ...« Oliver wedelt hektisch mit den Armen.

»Nicht so laut! Wir haben Gäste im Haus, die haben auch Ohren!« Mein Herrchen legt einen Finger an die Lippen und schließt vorsichtig die Türe zum Frühstücksraum.

»Sorry, du hast ja recht! Kannst du mir bitte in der Küche helfen? Wir brauchen Kaffee, das Brot muss aufgefüllt werden und der O-Saft ist glaube ich auch leer. Ich drehe heute echt noch durch hier.

Gnade ihr Gott, wenn die hier gleich auftaucht.«

Nachdem mich Uwe in den Hundekorb an der Heizung geschickt hat - ich schlendere dabei extra langsam durch den Raum, um mir einen Überblick zu verschaffen - eilt er auch schon in die Küche.

Zwei Gäste kommen zum Frühstück und verschwinden kurz darauf wieder. Eine freundliche Frau besucht mich an meinem Platz, um mich zu streicheln und mir einen kleinen Hundekeks zuzustecken, doch kann ich das alles heute nicht so richtig genießen. Tief in mir habe ich das Gefühl, dass irgendetwas nicht richtig ist, dass etwas nicht stimmt, doch weiß ich nicht, was genau das sein kann.

Ich werde immer unruhiger, und als die nächsten Gäste zum Frühstück erscheinen, halte ich es nicht mehr aus.

Kaum haben sie die Türe zum Frühstücksraum weit genug geöffnet, renne ich auch schon los und höre Uwe hinter mir her brüllen. »Verdammt nochmal, Phoebe! Kommst du wohl zurück!«

Aus dem Augenwinkel sehe ich, dass mein Herrchen das Hotel bereits verlassen hat. Die Gäste, die mir unbewusst zum Ausbruch verholfen haben, blicken verwundert hinter uns her.

»Ich bin gleich wieder da. Sagt ihr bitte Oliver Bescheid, dass ich das kleine Biest wieder einfangen muss!« Ohne eine Antwort abzuwarten, nimmt er die Verfolgung auf.

Ich renne so schnell, wie ich es in meinem ganzen Leben noch nicht getan habe.

Zuerst laufe ich vom Hotel die Straße hinauf und hinein in den Wald, an dem ich morgens noch mit Uwe spazieren war.

Der ist immer noch hinter mir her und brüllt was das Zeug hält. Einige Nachbarn schauen neugierig aus ihren Fenstern. »Scheiße noch eins, sind denn heute alle verrückt geworden? PHOEBE, VERDAMMT! HIERHER!«

Ich habe diesen strengen Ton noch nicht sehr oft von meinem Herrchen gehört, doch ich kann einfach nicht stehenbleiben. Irgendetwas zieht mich weiter.

Schneller und immer schneller tragen mich meine Beine voran. Ich stürze mich durch einen dornigen Strauch, springe über einen Bach und laufe geführt von einer Stimme, die ich nur in meinem Bauch wahrnehmen kann, immer tiefer in den Wald hinein.

Plötzlich höre ich ein leises Wimmern, das von einem Menschen stammt, der nicht weit entfernt zusammengerollt auf der Erde liegt.

Vorsichtig gehe ich auf das menschliche Bündel zu und erkenne schnell, dass es Steffi ist, mit der doch eigentlich gerade dieser Tom irgendetwas ordentlich machen soll ...

Verwirrt renne ich zu ihr, schlecke an ihrer Hand, an ihren Beinen, doch Steffi bewegt sich nicht. Nur ein ganz leises Keuchen ist von ihr zu hören.

Ich weiß nicht was hier los ist und habe keine Ahnung was ich machen soll. Ich weiß nur, dass Steffi Hilfe braucht, also beginne ich zu bellen, erst vorsichtig und dann immer lauter.

Ich habe furchtbare Angst und kann gar nicht mehr aufhören um Steffi herumzulaufen und wie von Sinnen zu bellen, als ich Uwes Stimme höre, die immer näher kommt.

»Du Mistvieh, verdammt nochmal, jetzt bleib endlich stehen! Wenn ich dich erwische, dann mache ich Gulasch aus dir, das verspreche ...« Er bleibt entsetzt stehen, als er den zusammengekrümmten Körper am Boden entdeckt.

»Steffi, Liebes, kannst du mich hören?«

Während er sich bückt und den leblosen Körper vorsichtig auf den Rücken dreht, höre ich auf zu bellen und schlecke meinem Herrchen erleichtert über die Finger.

»Oh mein Gott, was ist denn mit deinem Gesicht passiert? Steffi, bitte sag doch was!« Erschrocken reißt Uwe die Augen auf, als er in das unförmige, feuerrote Gesicht schaut, das nun gar keine Ähnlichkeit mehr mit der Steffi hat, die ich doch so sehr mag.

» ...otall set,....itze,.....espe,....olche....erzen.....«, Steffis Stimme ist sehr leise und zittert bei jedem Wort, das sie spricht.

»Kleines, ich habe keine Ahnung, was du mir sagen willst. Versuche es nochmal, bitte, sag doch irgendwas!« Mein Herrchen streichelt über Steffis Hand, er ist ganz weiß im Gesicht.

»Schmerzen ..., Wespe ..., ... Spritze ... in Tasche ...« Steffi versucht ihre Augen zu öffnen, was ihr jedoch nicht gelingt.

»Shit, deine Allergie! Wo um Himmels willen ist dein Notfallset mit der Spritze?« Uwe blickt panisch hin und her, er scheint etwas zu suchen.

»Weiß nicht ... habe ... irgendwo ... hingelegt ...«

In diesem Moment entdecke ich einen kleinen, braunen Beutel. Er sieht meinem Futterbeutel, den wir immer mit in die Hundeschule nehmen, sehr ähnlich.

Ich renne zu dem Platz, an dem die Tasche liegt, und beginne erneut zu bellen.

»Phoebe, nicht jetzt!«

Mein Herrchen schaut kurz zu mir, will sich schon wieder der am Boden liegenden Steffi widmen, doch zum Glück scheint auch er den Beutel nun zu sehen.

Er springt auf, schnappt sich die Tasche und schüttet den Inhalt hektisch auf die Erde. Neben einer Packung Zigaretten und einer Flasche Wasser landet auch eine eckige, bunte Dose im Dreck. Mein Herrchen reißt die Dose auf und nimmt ein kleines Rohr mit einer Nadel in die Hand.

»Steffi, hör zu, du musst mir jetzt helfen! Was soll ich mit dem Ding machen? Wohin muss ich das spritzen?«

»In ... Ober...schenkel ... ganz fest ...«, Steffis Kopf sinkt zur Seite, während Uwe das Rohr hochhebt und mit einem lauten Schrei in Steffis Bein sausen lässt.

Einen Moment noch schaut er Steffi voller Sorge an, dann holt er sein Telefon aus der Tasche.

»Oliver, ich habe Steffi gefunden ...«, er hört einen Moment zu, »... jaja, Phoebe ist auch hier. Du musst schnell einen Krankenwagen rufen, Steffi ist von einer Wespe gestochen worden ...«, erneut scheint er der Stimme im Telefon zuzuhören. »Keine Ahnung! Ich habe ihr die Spritze gegeben, die sie immer dabei hat. Wir sind auf der Wiese, wo wir letzte Woche das Picknick gemacht haben. Bitte, die sollen sich beeilen, ich weiß nicht, ob sie noch lange durchhält!« Mein Herrchen legt das Telefon langsam auf den Boden und schaut auf Steffis geschwollenes Gesicht. Als er nach ihrer Hand greift, laufen ihm Tränen über die Wangen und er beginnt hemmungslos zu schluchzen.

Am Abend sitzen meine Herrchen auf dem Sofa. Ich darf in der Mitte liegen, wo ich schon die ganze Zeit, seitdem wir zu Hause angekommen sind, von den beiden gestreichelt werde.

»Woher wusste Phoebe nur, wohin sie laufen musste? Ich meine, sie ist doch nicht Lassie oder irgend so ein Superhund!« Oliver zuckt mit den Schultern und krault mir über den Kopf.

»Ich habe auch keine Ahnung, aber vielleicht hat Barbara recht und es gibt viel mehr zwischen Himmel und Erde, als wir ahnen.« Nachdenklich schaut Uwe aus dem Fenster, als das Telefon läutet. »Mein Gott Steffi, nein ist das schön deine Stimme zu hören. Kleines, wie geht es dir? Sind die Ärzte im Krankenhaus nett zu dir? ... Nein, tatsächlich? Morgen schon, ist das auch nicht zu früh? ... Oh ja, das ist sie wirklich. ... Das mache ich in jedem Fall! Melde dich, wenn du irgendetwas brauchst! ... Ja ist gut, bis morgen und schlaf gut.« Mit einem Seufzen legt er das Telefon auf den Tisch.

»Und, was sagt sie? Geht es ihr besser?« Oliver hat aufgehört mich zu streicheln, was ich mit einem leisen Grummeln beanstande.

»Sie macht schon wieder ihre Scherze, du kennst ja unsere Steffi.« Mein Herrchen lächelt erleichtert.

»Sie darf morgen schon wieder nach Hause, muss aber noch aufpassen. Die haben sie in der Klinik scheinbar ordentlich mit Adrenalin vollgepumpt.«

»Gott sei Dank!« Oliver lässt seine Hand auf meinen Kopf sinken und krault mir zärtlich die Ohren.

»Nein, Phoebe sei Dank! Steffi hat uns den Auftrag erteilt, unserer kleinen Heldin das schönste Stück Schinken zum Abendessen zu geben, das die Küche hergibt. Ich gehe mal schauen, was ich da so machen kann.« Mein Herrchen steht auf und geht in die Küche. Ich spitze meine Ohren, als ich die Kühlschranktüre höre. Vorsichtshalber springe ich auf und laufe zu ihm, um auf Nummer sicher zu gehen, dass er den Auftrag auch ordentlich ausführt.

DIE MÄDELS KOMMEN

—

Meine Heldentat spricht sich in den Montara Suites schnell herum und alle Gäste wollen die Geschichte von Steffis Rettung hören.

Mein Herrchen muss das Erlebte den ganzen Vormittag immer und immer wieder zum Besten geben, wobei seine Schilderungen von Mal zu Mal bunter, dramatischer und herzzerreißender werden.

Während er erzählt, werde ich gestreichelt, gedrückt und einige Gäste haben sogar Tränen in den Augen. Sie blicken mich teilweise fassungslos an.

Die Türe öffnet sich und eine schüchtern wirkende Steffi betritt den Frühstücksraum, in dem sich gerade einige Menschen um meinen Hundekorb versammelt haben, um meinem Herrchen gebannt zuzuhören.

»Steffi, nein ist das schön dich zu sehen. Oliver, komm schnell her, Steffi ist hier!« Uwe springt auf und umarmt sie vorsichtig, so als hätte er Angst sie zu zerbrechen.

»Kleines, du kannst dir gar nicht vorstellen wie froh ich bin.« Auch Oliver drückt sie an sich.

Steffi lächelt meine Herrchen glücklich an, was ein bisschen seltsam aussieht, denn ihr Gesicht ist immer noch stark geschwollen und hat eine komische Farbe.

»Die Ärzte haben mir zwar absolute Bettruhe verordnet, aber ich muss mich doch bei meiner kleinen Lebensretterin bedanken.« Steffi bahnt sich einen Weg zu meinem Korb. Die Gäste machen ihr Platz und verlassen nach und nach den Frühstücksraum - sie gönnen uns diesen ganz besonderen Moment.

Steffi setzt sich auf den Boden und hebt mich auf ihren Schoß.

»Ach du kleines Teufelchen, was würden wir nur ohne dich machen?« Sie drückt mich ganz fest an sich und flüstert mir leise ins Ohr. »Ich danke dir, du hast mir das Leben gerettet ... ohne dich wäre ich jetzt nicht mehr hier.« Steffi beginnt zu weinen, während sie den Kopf in meinem Fell versteckt. Ich halte ganz still und bin einfach nur froh, dass sie wieder bei uns ist.

Etwas später, Oliver hat Steffi mit dem Auto nach Hause gebracht und ihr in einem sehr liebevollen Ton gesagt, dass sie ihr verdammtes Bett in den nächsten Tagen nicht mehr verlassen soll, sitzen meine Herrchen auf dem Sofa. Ich habe es mir mit einer leckeren Kaustange auf dem Fußboden gemütlich gemacht.

»Schade, dass die Mädels Steffi verpasst haben. Sie hätten sich bestimmt riesig gefreut zu sehen, dass es ihr schon wieder besser geht. Sie mögen unsere Chaotin doch so sehr.« Lächelnd ordnet Uwe ein paar Zeitungen, die auf dem Tisch vor dem Sofa liegen.

Ich habe meine Herrchen schon sehr oft von den sogenannten »Mädels« reden hören. Scheinbar sind sie zwei ganz besondere Freundinnen der beiden und wohnen weit entfernt in einer großen Stadt, weshalb sie sich leider nicht sehr oft sehen können.

»Ich bin schon riesig gespannt auf ihren neuen Hund. Wie heißt er noch, der hat doch so einen komischen Namen?« Oliver nimmt sich ein paar Nüsse, die in einer Schüssel neben den Zeitungen liegen, und schaut Uwe fragend an, während ich neugierig die Ohren aufrichte.

»Der arme Kerl heißt Rüdiger. Ich weiß echt nicht, warum sie diesen blöden Namen behalten haben, nachdem sie ihn aus dem Tierheim geholt haben.« Uwe schnappt sich ebenfalls einige Nüsse, die er sich mit Schwung in den Mund wirft.

Ich kenne die Mädels, die Tanja und Verena heißen, zwar noch nicht, doch sehen meine Herrchen immer sehr zufrieden aus und lachen viel, wenn sie mit ihnen telefonieren, und einen Hund aus dem Tierheim haben sie auch noch. Ich bin sicher, dass ich sie gut leiden kann und bin besonders gespannt auf diesen Rüdiger.

Als sie am Nachmittag endlich ankommen, ist die Begrüßung ziemlich lautstark und ich glaube meine Herrchen sind sehr glücklich. Schwanzwedelnd springe ich um die Gruppe herum, damit sie mich vor lauter Freude nicht übersehen.

Ich hüpfe gerade wild bellend auf und ab, als ich von den beiden Besuchern entdeckt werde.

Verena, eine dunkelhaarige Frau in einem engen Kleid, bückt sich zu mir herab. Sie hat ihren Mund und ihre Augen angemalt und riecht wie eine Blumenwiese.

»Verena, das ist unsere Phoebe, der tollste Hotelhund, den wir uns überhaupt wünschen konnten.« Uwe schaut stolz zu mir herunter.

»Oh Gott, ist die niedlich. Tanja schau nur, ist sie nicht zuckersüß?« Ich schlecke über Verenas Finger, was ihr sehr zu gefallen scheint, als sich auch Tanja zu uns gesellt.

Sie hat keine bunte Farbe im Gesicht, so wie Verena, und riecht nicht nach Blumen, eher nach dem Putzmittel, das meine Herrchen immer zum Autowaschen benutzen. Sie trägt ein weites, kariertes Hemd und eine Kappe auf dem Kopf. Der Duft von köstlichen Hundekuchen kommt aus ihrer Hosentasche. Sie schaut mich mit ihren fröhlichen, grünen Augen begeistert an.

»Wow, ist das ein Schatz! Ich freue mich so sehr, dass wir eure Süße endlich kennenlernen. Bin mal gespannt, wie Rüdiger mit ihr klarkommt.«

»Wo ist der denn überhaupt? Sagt jetzt bloß nicht, dass ihr den armen Kerl bei deiner Mutter gelassen habt. Wir wollten doch zusammen wandern gehen.« Oliver schaut sich suchend um.

»Nein, nein, keine Angst. Der Racker sitzt noch im Auto.« Verena steht wieder auf und streicht sich ein paar kleine Falten aus ihrem blauen Kleid.

»Es ist nur so, dass er Lärm und Aufregung nicht so besonders gut vertragen kann, er reagiert auf Stress mit leichten Verdauungsstörungen ...«, sie schaut verlegen auf ihre Hände.

»Von wegen leichte Verdauungsstörungen. Der Kleine kackt sich die Seele aus dem Leib, wenn er sich aufregt. Erst letztens ist uns ein Feldhase über den Weg gelaufen, mit dem Rüdiger nicht gerechnet hat - das war vielleicht eine Sauerrei kann ich euch sagen.« Tanja verzieht angeekelt das Gesicht.

»Er ist halt ein wenig sensibel, deshalb hole ich ihn erst jetzt aus dem Auto, wo wir alle ein bisschen ruhiger sind.« Verena wirft Tanja einen bitterbösen Blick zu, nimmt die Autoschlüssel und geht los, um Rüdiger, auf den ich ja schon so gespannt bin, zu uns zu bringen.

»Es ist nicht so einfach für sie.« Tanja redet leise und schaut zur Türe. »Wir lieben den Kleinen unendlich, das könnt ihr mir glauben, doch eigentlich hatten wir ja so einen richtigen Kamikaze-Hund erwartet, der zu uns beiden passt. Bekommen haben wir dann aber Rüdiger. Ich schwöre euch, er ist von dem Tag, an dem er zu uns kam, nicht einen Millimeter gewachsen, nicht einen einzigen Millimeter und er hat wirklich Angst vor seinem eigenen Schatten.«

»So schlimm wird es doch sicher nicht sein.« Mein Herrchen kann sich sein Grinsen nur mit Mühe verkneifen.

»Ach Uwe!« Tanja setzt ihre Kappe ab und fährt sich durch die kurzgeschorenen, weißen Haare. »Du hast ja keine Ahnung ...«

Die Türe öffnet sich und Verena kommt zurück. Hinter ihren Beinen versteckt sich ein winziger, schlotternder Hund, der sich mit seinen riesigen Augen ängstlich umschaut.

Ich habe mir Rüdiger zwar etwas größer vorgestellt, doch laufe ich trotzdem freundlich auf ihn zu, schließlich weiß ich, was sich gehört.

Der braun, weiß getupfte Zwerg beginnt erbärmlich zu jaulen und quetscht sich noch enger an Verenas Beine.

»Oh, ich denke jetzt weiß ich was du meinst, Tanja.« Oliver bückt sich und streckt seine Hand vorsichtig in Richtung Rüdiger aus, damit er zur Begrüßung daran schnüffeln kann. Der Winzling schaut kurz um die Ecke, um sich dann wieder jammernd hinter seinem Frauchen zu verstecken.

Nachdem Tanja und Verena ihr Zimmer mit Rüdiger bezogen und sich ein wenig frisch gemacht haben, laufen wir gemeinsam los, um in meinem Lieblingswald spazieren zu gehen.

Das Waldstück ist nicht sehr weit von unserem Hotel entfernt und gefällt mir ganz besonders gut, weil ein Bach am Weg entlangführt. Meine Herrchen werfen mir dort immer Leckerchen in das fließende Wasser, die ich dann herausholen darf, was mir viel Spaß macht.

Zuerst klebt Rüdiger noch wie ein Kaugummi an Tanjas Beinen. Nach und nach traut er sich jedoch immer mehr in meine Nähe, bis wir nebeneinander hertrotten, was ihm schon nach kurzer Zeit recht gut zu gefallen scheint. Ich bemühe mich, keine zu hektischen Bewegungen zu machen, damit er nicht gleich wieder den Rückzug antritt.

Immer mutiger trippelt Rüdiger neben mir her und steckt sogar ab und an die Nase in den wohlriechenden Waldboden, um sich an dessen Duft zu erfreuen.

Plötzlich höre ich ein leises Knacken, welches aus dem Wald kommt. Das muss ein Wildschwein sein, oder wenigstens ein Reh. Ich bin begeistert und werfe schnell einen Kontrollblick zu meinen Herrchen.

Der Moment ist günstig, denn sie achten gerade überhaupt nicht auf mich, viel zu sehr sind sie mit ihren beiden Freundinnen beschäftigt.

»Psst, Rüdiger, komm schnell! Wir wollen mal sehen, was da im Wald los ist!« Ich stupse den kleinen Kerl vorsichtig mit meiner Nase an.

»Hui, ich weiß nicht, ich weiß nicht ... das ist bestimmt gefährlich.« Rüdiger piepst aufgeregt und schaut mich mit seinen großen Hundeaugen an.

»Blödsinn, ich kenne diesen Wald so gut wie meinen Hundekorb - und jetzt los!« Ich stürze mich todesmutig in die Büsche und stelle überrascht fest, dass Rüdiger hinter mir herläuft, zwar nicht ganz so forsch wie ich, aber immerhin.

Gemeinsam rennen wir ein paar Meter, bis er wie angewurzelt stehenbleibt. Wir hören Tanjas Stimme, die verzweifelt Rüdigers Namen ruft.

»Ich sollte das hier nicht machen, nein, das sollte ich ganz bestimmt nicht machen. Ich denke es ist besser, wenn ich wieder zu meinen beiden Frauchen zurücklaufe.«

»Jetzt sei nicht solch ein Schisser!«, meckere ich. »Wenigstens bis zu dem Baum da hinten kannst du noch mitkommen.«

Nach einem kurzen Zögern begleitet mich Rüdiger tatsächlich noch ein Stück. Vorsichtig trippelt er auf seinen dünnen Beinchen hinter mir her, bis wir den Verursacher des Knackens erblicken. Ein rotes Eichhörnchen sitzt auf einem Baum und wirft Tannenzapfen auf den Waldboden. Schnell springe ich unter den Baum und kläffe den kleinen Nager an, ohne genau zu wissen, warum ich das eigentlich mache.

Rüdiger schaut mir fasziniert zu, stellt sich neben mich und beginnt ebenfalls ganz zaghaft das Eichhörnchen anzufiepsen. Da sich das Biest in keinster Weise beeindruckt zeigt und weiterhin mit Tannenzapfen um sich wirft, wird unser Bellen immer lauter.

Rüdiger wächst richtiggehend über sich hinaus und fletscht sogar seine Zähne ein kleines bisschen, was zwar nicht sehr bedrohlich aussieht, ihm jedoch großen Spaß zu machen scheint.

Ich höre ein Geräusch hinter mir und entdecke unsere Menschen, die das Schauspiel aus einiger Entfernung beobachten.

»Das glaube ich jetzt echt nicht! Das hat er ja noch nie gemacht.« Fassungslos schüttelt Verena den Kopf.

»Unsere Phoebe scheint nicht unbedingt den besten Einfluss auf euren Rüdiger zu haben, aber glaubt mir ...«, Oliver lächelt in unsere Richtung, »... der Zwerg hat gerade den Tag seines Lebens.«

DAS KLOHÄUSCHEN DES SCHRECKENS

—

Die nächsten Tage mit Rüdiger und seinen beiden Frauchen vergehen wie im Flug.

Wir machen die tollsten Spaziergänge miteinander und ich bin stolz, meinem kleinen Freund ein paar von Hectors Tricks beibringen zu können, die er für sein tägliches Leben sicher gut gebrauchen kann.

Rüdiger wird immer mutiger und bekommt sogar sein Verdauungsproblem langsam aber sicher in den Griff, worüber besonders Verena sehr glücklich ist.

Am heutigen Donnerstag steht wieder eine Gästewanderung mit Uwe auf dem Programm. Da Tanja, Verena und Rüdiger in den Montara Suites wohnen, dürfen sie natürlich auch mitkommen.

Der Himmel sieht nicht besonders freundlich aus: es sind große, dunkelgraue Wolken zu sehen, die sich sehr schnell bewegen. Obwohl das Wetter sicherlich besser sein könnte, möchte eine kleine Gruppe mit uns zu dem sogenannten Silberberg wandern, den man von unserem Hotel aus sehen kann.

Kathi und Stefan warten bereits im Frühstücksraum auf uns. Sie halten sich an den Händen fest und schauen sich verliebt in die Augen. Kathi lacht sehr viel und wirft ihre langen, blonden Haare dabei schwungvoll zurück, was Stefan gut zu gefallen scheint. Sein Blick wird immer ganz verträumt, wenn sie das macht.

Als Uwe gerade anfängt ein wenig über die Wanderung zu erzählen, stoßen auch die letzten Gäste, die heute mitkommen möchten, zu uns.

Irmchen und Fritz sind beide etwas moppelig und haben die gleiche graue Haarfarbe, wobei Fritz im Gegensatz zu seiner gelockten Frau nicht mehr besonders viele Haare auf dem Kopf hat. Die beiden sind schon einige Male bei uns zu Gast gewesen und haben bisher an jeder Wanderung teilgenommen. Irmchen und Fritz sind zwar nicht besonders schnell und müssen zwischendurch einige Pausen einlegen, doch sie haben trotz ihres hohen Alters viel Spaß beim Wandern, und das ist es was zählt, sagt zumindest mein Herrchen.

Nachdem die kleine Gruppe nun komplett versammelt ist, geht es endlich los in Richtung Silberberg.

Ich renne vergnügt voraus und freue mich, dass Rüdiger neben mir herläuft. Er schaut sich zwar immer wieder nervös um, beruhigt sich jedoch gleich wieder, sobald er seine beiden Frauchen hinter sich erblickt hat.

Kurz bevor wir in den Wald hineinlaufen, der uns zu unserem Hausberg führen wird, fahren einige Kinder auf ihren Fahrrädern an uns vorbei. Sie schreien sich gegenseitig an und scheinen feststellen zu wollen, wessen Fahrradklingel wohl den meisten Lärm verursachen kann.

Sie kommen sehr schnell auf uns zu und lenken ihre Räder erst im letzten Moment lachend um unsere Gruppe herum. Eines der Kinder streckt meinem Herrchen sogar die Zunge raus.

Rüdiger stürzt sich panisch in einen Busch und bleibt zitternd dort sitzen. Sein Bauch macht glucksende Geräusche, die sich nicht sehr gesund anhören.

Ich will gerade nach ihm schauen, als auch schon Tanja angelaufen kommt.

»Ist ja alles gut, Frauchen ist bei dir. Diese verdammten Saubälger! Hoffentlich legen die sich mit ihren scheiß Fahrrädern ordentlich aufs Maul!«

Während Irmchen bei diesen Worten erschrocken die Augen aufreißt, nimmt Tanja meinen kleinen Freund auf den Arm und schaukelt ihn sanft hin und her. Die Geräusche in seinem Bauch werden langsam leiser.

Kurz darauf setzen wir unseren Weg fort, kommen jedoch nicht sehr weit, da Irmchen und Fritz eine erste, kurze Pause einlegen möchten.

»Tut mir sehr leid, aber in unserem Alter geht das alles nicht mehr ganz so schnell!« Irmchen schaut entschuldigend in die Runde.

»Ist ja gar kein Problem. So kann ich die Pause nutzen und erzähle euch ein wenig vom Silberberg, den wir ja heute gemeinsam erklimmen werden.« Während mein Herrchen nun anfängt zu erzählen, schaue ich mich gemeinsam mit Rüdiger ein bisschen in der Gegend um.

Wir stecken unsere Nasen in den Dreck, knabbern an einigen Holzstücken herum und versuchen ein paar lästige Fliegen zu schnappen, wobei uns die dummen Biester jedes Mal entwischen.

Hinter einem Baum liegen einige weiße Tücher, gleich daneben sehe ich einen stinkigen, braunen Haufen, mit dem ich mich sicherlich hervorragend tarnen könnte. Ich will gerade Anlauf nehmen und mit dem Kopf zuerst hineinhüpfen, als ich ein strenges »Fräulein, ich warne dich!« von meinem Herrchen vernehme.

Kurz überlege ich noch, ob ich trotzdem einen Sprung wagen soll, beschließe aber dann mir die Stelle gut zu merken und mich beim nächsten Mal ordentlich in dem braunen Berg auszutoben.

Wir setzen unseren Weg fort.

Irmchen und Fritz bemühen sich sehr das Tempo zu halten, angeregt unterhalten sie sich mit Tanja.

»Sagen Sie mal, junges Fräulein, wo sind denn eigentlich Ihre Männer? Ich meine, ich habe Sie bisher immer nur alleine gesehen.«

Irmchen wirft ihrem Mann einen warnenden Blick zu, den dieser jedoch ignoriert.

»Bei zwei so hübschen jungen Damen müssten die Männer ja eigentlich Schlange stehen.«

Tanja greift nach Verenas Hand, was Fritz irritiert zur Kenntnis nimmt. »Wozu brauchen wir denn einen Mann? Wir haben doch uns, nicht wahr Schatz?« Sie grinst von einem Ohr zum anderen und gibt Verena einen laut schmatzenden Kuss auf den Mund.

»Oh, ach so ist das. Ja, ach so, ja ich meine ...«, Fritz scheint nicht genau zu wissen, was er genau sagen möchte und blickt seine Frau an. »Irmchen, ich glaube da vorne ist ein Steinpilz. Den sollten wir uns dringend näher anschauen!« Er zieht seine Frau mit sich, die Tanja einen entschuldigenden Blick zuwirft.

»Sag mal, spinnst du? Der arme Kerl hat ja fast einen Herzinfarkt bekommen.« Verena schaut den beiden besorgt hinterher.

»Ach, der soll sich mal den Stock aus dem Hintern ziehen, dann wird er vielleicht auch ein bisschen lockerer.« Tanja grinst frech. »Komm, wir schauen, ob da hinten wirklich Steinpilze wachsen!«

Wenig später, der Himmel sieht immer noch ziemlich dunkel aus, stehen wir vor dem Silberberg.

»Jetzt beginnt der anstrengende Teil unserer Wanderung.« Uwe schaut in gespannte Gesichter. »Wir werden nun etwa 60 Minuten lang ziemlich steil bergauf marschieren, bis wir den Gipfel erreicht haben. Irmchen, Fritz, ihr fahrt wie besprochen mit dem Sessellift nach oben. In einer Stunde treffen wir uns dann am Gipfel, um die tolle Aussicht zu genießen. Hier habt ihr die Tickets.«

Dankbar nehmen die beiden die Karten an sich und gehen gemütlich los in Richtung Bergbahn.

Ich bin den Weg mit meinen Herrchen schon einige Male gelaufen, weshalb ich Rüdiger ein paar ganz besondere Stellen zeigen kann.

Es gibt da zum Beispiel ein großes Loch, das nach Hase riecht, und einen Baumstamm, der mitten im Wald liegt und über den man ganz hervorragend balancieren kann.

Mein Lieblingsplatz jedoch ist eine Bank, auf der die Menschen sich ausruhen können, wenn ihnen der Weg zu anstrengend ist. Dort finden sich immer ein paar Köstlichkeiten, die dort vergessen wurden oder unter die Bank gefallen sind.

»Rüdiger, komm mit! Wollen wir doch mal schauen, was wir heute unter meiner Zauberbank finden.«

Ich schaue kurz zu meinem Herrchen, der sich gerade angeregt mit Kathi und Stefan unterhält. Die Luft ist also rein.

Unauffällig tapsen wir los und haben Glück. Gleich neben der Bank liegt ein angebissenes Brot, das mit einer dicken Scheibe Wurst belegt ist. Ich spüre wie mir das Wasser im Maul zusammenläuft.

Hungrig mache ich mich über die Leckerei her, während Rüdiger einen kurzen Kontrollblick zu seinen Frauchen wirft - genau wie ich es ihm beigebracht habe - und sich dann seinen Anteil sichert.

Satt und zufrieden schließen wir wieder zu der Menschengruppe auf, die den Gipfel nun erreicht hat.

»Wo sind denn nur Irmchen und Fritz? Sie müssten doch schon längst hier sein.« Mein Herrchen schaut sich um.

»Die beiden haben doch bestimmt ein Handy dabei.« Stefan sieht aus, als hätte er gerade etwas sehr Kluges gesagt.

»Leider nicht.« Uwe schüttelt den Kopf. »Fritz will mit dem ganzen neumodischen Zeug nichts zu tun haben.«

»Na, dann!« Stefan flüstert seiner Freundin etwas ins Ohr, woraufhin diese anfängt laut zu kichern und ihre blonden Haare nach hinten wirft.

Eine lange Zeit vergeht, der Himmel ist mittlerweile fast schwarz. Mein Herrchen läuft nervös umher, doch von den beiden Vermissten ist nichts zu sehen.

»Was machen wir denn jetzt, wenn die nicht hier oben auftauchen? Wir warten jetzt immerhin schon fast eine Stunde!« Verena schaut ängstlich zum Himmel. »Ich fürchte da wird gleich ordentlich was runterkommen.«

»Ich rufe mal im Hotel an, vielleicht sind die beiden ja zurückgegangen, als sie die schwarzen Gewitterwolken gesehen haben.« Mein Herrchen nimmt gerade das Telefon aus der Hosentasche, als das ältere Paar gemütlich um die Ecke biegt.

»Oh weh, habt ihr jetzt lange auf uns gewartet?« Irmchen schaut in die überraschten Gesichter.

»Ach, nur ein knappes Stündchen, also kaum der Rede wert, verdammt nochmal!«, entfährt es Tanja gereizt, die dafür einen warnenden Blick von Verena kassiert.

»Das tut mir jetzt aber sehr leid.« Irmchen schaut verlegen auf den Boden. »Aber da war so ein nettes Restaurant unten am Berg. Die hatten Sauerbraten auf der Tageskarte und den mag mein Mann doch so gerne ...«

Fünf Paar Menschenaugen starren Fritz sprachlos an, als die ersten Tropfen den Boden erreichen.

Der Regen wird sehr schnell stärker, es beginnt zu blitzen und zu donnern. Schon nach wenigen Augenblicken sind wir alle nass wie ein paar begossene Pudel.

»Wir können den Abstieg jetzt nicht wagen, das ist mir zu gefährlich!«, mein Herrchen sieht ziemlich besorgt aus. »Da vorne ist ein Klohäuschen, dort können wir den Regen unter dem Dach abwarten.«

So quetschen wir uns gemeinsam mit einigen anderen Menschen, die von dem Unwetter überrascht worden sind, unter das winzige Dach des Klohäuschens, als ein Blitz nicht weit von uns entfernt in einen Baum einschlägt.

Kathi drückt sich ganz fest an ihren Stefan, ihre langen Haare kleben eng an ihrem Kopf, als der nächste Blitz unmittelbar vor unserer Gruppe zu Boden geht.

Ängstlich mustere ich den zitternden Rüdiger, der auf Tanjas Arm sitzt, und schaue dann mein Herrchen verzweifelt an. Dieser scheint meinen Blick zu verstehen, er schreit laut gegen das tosende Gewitter an. »Leute, das hat keinen Zweck hier draußen. Ich denke wir sollten alle in das Toilettenhaus hinein, da ist es sicherer für uns.« Er öffnet die Türe und einer nach dem anderen betritt die kleine Hütte, in der neben zwei Menschentoiletten auch noch eine bunt leuchtende Maschine steht, aus der Getränkeflaschen herausfallen, wenn man ein paar Knöpfe drückt. Es ist sehr eng hier, doch passen wir zum Glück alle hinein und niemand muss weiter im Regen warten.

»Das riecht aber schon sehr streng hier drinnen.« Fritz verzieht die Nase angeekelt.

»Das könnte daran liegen, dass dies ein Klohaus und kein Restaurant ist, in dem Sauerbraten und Weißbier serviert werden, lieber Fritz.« Tanja schaut den Mann grimmig an.

Bevor dieser etwas erwidern kann, kracht es über uns. Es wird ganz kurz sehr hell und mit einem Knall zerspringt die Lampe, die an der Decke hängt.

Einige der Menschen kreischen erschrocken auf, ein beachtliches, knatterndes Geräusch verlässt Rüdigers Hinterteil, woraufhin Verena verschämt zur Seite schaut - vielleicht hätte er das Wurstbrot unter meiner Lieblingsbank doch nicht essen sollen.

Der Raum ist fast komplett dunkel, nur die leuchtende Maschine spendet uns flackerndes Licht.

»Ich habe solche Angst!« Kathi flüstert und hält Stefans Hand.

»Das brauchst du nicht. Ich passe auf dich auf, mein Engel.« Er schaut ihr ganz tief in die Augen und fängt an, Kathi leidenschaftlich zu küssen.

»Sagt mal, geht es noch? Könntest du bitte die Zunge aus deiner Freundin nehmen, hier sind Kinder im Raum.« Mit ihrem Kopf nickt Tanja in eine Ecke, in der zwei verängstigte, blonde Jungen mit ihrer Mutter am Boden hocken. Sie schenkt den Kindern ein warmes Lächeln.

»Sagt mal, ihr zwei! Wie wäre es, wenn ich euch eine tolle Geschichte erzähle, bis das Gewitter vorbei ist?«

Während es draußen unaufhörlich blitzt und donnert, ist der enge Raum, in dem wir dicht an dicht sitzen, bald nur noch von Tanjas ruhiger Stimme erfüllt.

Ihre wunderschöne Geschichte handelt von zwei kleinen Kindern, die sich aufmachen, um einen großartigen Schatz zu finden und dabei die unglaublichsten Abenteuer erleben.

Alle Menschen hören ihr gebannt zu, das Gewitter scheint sie gar nicht mehr zu interessieren. Die beiden Kinder blicken Tanja aus großen, neugierigen Augen an und rücken immer näher an sie heran, bis einer der Jungen sogar auf ihren Schoß klettert, um auch ja kein Wort zu verpassen.

Ich schaue zu Rüdiger, der sich an Verenas Beine gekuschelt hat und nun etwas beruhigter aussieht. Zumindest schlottert er nicht mehr so stark und es kommen glücklicherweise auch keine knatternden Geräusche mehr aus seinem Hinterteil.

Als das Gewitter endlich weitergezogen ist, streichelt Tanja den beiden Kindern über den Kopf. »Na kommt, ihr zwei Helden! Jetzt werden wir mal schauen, ob der Regen schon aufgehört hat!« Die Mutter der Jungen schaut sie dankbar an.

Langsam machen wir uns auf den Heimweg und werden dabei sogar von ein paar Sonnenstrahlen begleitet, die sich zaghaft durch die Wolken kämpfen.

»Du bist schon nicht verkehrt, Mädel.« Fritz schaut Tanja in die grünen Augen. »Wie du da mit den beiden Kindern umgegangen bist, Hut ab, das war schon eine Leistung.«

»Danke Fritz!« Tanja scheint ehrlich erfreut zu sein. »Und sorry, für eben, ich bin manchmal ein wenig aufbrausend.«

»Ein wenig, sagt sie! Das ist wohl die Untertreibung des Jahres!« Mit einem Lachen im Gesicht stupst Verena ihre Freundin in die Seite.

»Vielleicht sollten wir mal zusammen ein Bierchen trinken gehen, wir vier.« Fritz schaut verlegen zu seiner Frau, die ihn anlächelt.

»Ja, das sollten wir vielleicht wirklich machen, das ist sicher eine gute Idee.« Tanja klopft ihm freundschaftlich auf die Schulter, greift nach Verenas Hand und so gehen wir alle gemeinsam zurück in die Montara Suites, um den aufregenden Tag in Ruhe ausklingen zu lassen.

ELFRIEDE RELOADED

—

Verena, Tanja und Rüdiger sind gerade abgereist, was mich sehr traurig macht, denn wir haben wirklich ein paar wunderschöne Tage miteinander verbracht. Besonders Rüdiger mit seinem piepsigen Bellen wird mir sehr fehlen, doch hoffe ich, dass wir uns bald noch einmal wiedersehen.

Nach dem Frühstück im Hotel drehen wir eine kleine Gassirunde durch den Wald, bevor wir nach Hause gehen. Kaum dort angekommen, holen meine Herrchen ihre Koffer aus dem Keller und füllen diese mit Kleidung auf - es steht also wieder ein Urlaub auf dem Programm. Ich bin gespannt, ob ich die beiden dieses Mal begleiten darf.

Aufmerksam belausche ich meine Menschen, werde aber nicht so ganz schlau aus ihrer Unterhaltung. Scheinbar wollen sie auf irgendeine Party mit einer großen Parade. Dort wollen sie literweise ungesunde Sachen trinken und bis zum frühen Morgen mit ihren Freunden feiern.

Da diese Party kein besonders guter Platz für Hunde ist, darf ich meinen Urlaub bei Elfriede verbringen. Ich bin darüber wirklich heilfroh, denn ich glaube nicht, dass mir die ungesunden Getränke besonders gut schmecken würden.

Nach dem Mittagessen packen meine Herrchen die Koffer in ihr Auto und vergessen zum Glück auch nicht meinen Lieblingshundekorb, meine Futternäpfe und meine rote Stoffente mitzunehmen, denn diese Dinge brauche ich unbedingt in meinem Urlaub.

Nachdem Uwe dreimal kontrolliert hat, ob die Eingangstüre auch wirklich richtig verschlossen ist, geht es dann auch endlich los.

Ich sitze aufgeregt in meinem Hundekorb und freue mich auf meinen Urlaub. Ganz besonders freue ich mich auf meinen großen Freund Alfons und auf Elfriedes Hühner, denen ich erneut einen gehörigen Schrecken einjagen werde.

Die Fahrt verläuft ruhig, als Uwe eine Tasche auf seinen Schoß stellt und wild darin herumwühlt.

»Mist, ich glaube ich habe die Kopfschmerztabletten zu Hause liegenlassen. Dabei habe ich extra eine Notiz an den Kühlschrank geklebt, damit wir sie nicht vergessen.«

»Sind in der grünen Tasche auf dem Rücksitz, neben Phoebes Korb.« Oliver zeigt mit dem Daumen nach hinten.

»Hast du auch die Familienpackung mitgenommen? Du weißt sicher noch, wie wir uns die Dinger im letzten Jahr schon zum Frühstück reingeschaufelt haben.«

»Aber klar! Es gab die XXL Packung im Angebot, die habe ich in die Tasche geworfen.«

»Super ... wenn ich dich nicht hätte.« Entspannt lässt sich Uwe in den Autositz sinken und schließt die Augen, woraufhin auch ich mich entscheide ein wenig vor mich hinzudösen. Plötzlich schreckt er auf und schlägt sich mit der Faust auf sein Knie.

»Verdammt, ich habe meine Lieblingsjeans zu Hause liegenlassen. Du weißt schon, die von Boss, in der mein Hintern so gut aussieht. Verdammt, verdammt, verdammt!«

»Keine Panik, die habe ich für dich eingepackt ...«, Oliver schaut kurz zu der Tasche, die neben meinem Korb steht, »... und bevor du fragst, ja, die zwei Flaschen Himbeergeist habe ich auch mitgenommen.«

»Uff!«, mein Herrchen atmet erleichtert aus. »Dann kann ja gar nichts mehr schiefgehen. Du hast was gut bei mir.«

»Ich werde dich daran erinnern!« Oliver fährt grinsend weiter.

Nicht mehr lange und wir erreichen die Hundepension, in der ich die nächsten Tage verbringen werde.

Die Autotüre ist noch nicht ganz geöffnet, da flutsche ich auch schon heraus und begrüße zuerst Elfriede mit einem fröhlichen Bellen, um dann meinen Freund Alfons zu suchen.

Doch der ist nirgends zu finden.

Ich laufe zu den Apfelbäumen, suche ihn bei den Pferden und werfe sogar einen kurzen Blick in den Hühnerstall, doch Alfons bleibt verschwunden.

Langsam werde ich unruhig. Ich renne zum Haus und suche ihn in der Küche, im Wohnzimmer, im Badezimmer, einfach überall und werde doch nicht fündig.

Als ich zurück zu meinen beiden Menschen laufe, höre ich Elfriede schon von weitem sprechen.

»Ach ja, der Alfons.« Sie redet ein wenig leiser. »Der arme Kerl hatte einen ganz schlimmen

Rückfall in der letzten Woche und der Tierarzt konnte nichts mehr für ihn tun.« Fassungslos höre ich zu und versuche Elfriedes Worte zu verstehen, als sie fortfährt.

»Zum Glück habe ich meine Kräuter und habe die Hoffnung nicht aufgegeben. Ach, schaut nur! Da kommt er ja, mein Großer.«

In diesem Moment humpelt Alfons langsam aus der Garage, in der ich ihn nicht gesucht habe. Seine Bewegungen scheinen ihm nicht leicht zu fallen, doch sein Schwanz wedelt hin und her, als er mich erblickt.

Überglücklich laufe ich zu meinem Freund und schlecke ihm über das Gesicht, wozu ich mich auf die Hinterbeine stellen und meinen Hundekörper ganz lang machen muss.

»Da bist du ja, ich habe schon gedacht, dass ...«, ich verstumme, will meinen Gedanken nicht aussprechen, als mir Alfons zu Hilfe kommt.

»Du hast wohl gedacht, dass ich nicht mehr hier bin und du jetzt das Rudel hier anführen kannst?« Er stupst mir liebevoll in die Seite. »Da muss ich dich enttäuschen Kleine, ich bin noch lange nicht weg und habe auch nicht vor in nächster Zeit etwas daran zu ändern.«

Erst jetzt bemerke ich die sechs Menschenaugen, die unsere Begrüßung wortlos beobachten.

Uwe findet die Sprache als erster wieder.

»Wo war ich stehen geblieben? Ach ja, wir sind wie gesagt in Köln unterwegs, ich habe das Handy aber immer dabei. Du kannst mich 24 Stunden erreichen, wenn mit Phoebe etwas nicht in Ordnung ist - wirklich 24 Stunden.«

»Es wird keinen Grund geben anzurufen, macht euch keine Sorgen. Ich werde euer Goldstück hüten wie meinen Augapfel.« Elfriede schiebt meine Herrchen lächelnd in Richtung Ausgang.

»Und jetzt macht, dass ihr wegkommt, sonst findet die große Party am Ende noch ohne euch statt. Wie ihr seht ist Phoebe bei unserem Alfons in guten Händen ...«, sie zeigt sich mit einem Finger an die Stirn. »Ich meine natürlich in guten Pfoten.«

»Ich komme sofort wieder, Alfons. Ich lasse mich nur noch einmal von meinen Herrchen streicheln, bevor sie gehen.« Ich laufe zu meinen beiden Menschen, um mich noch schnell zu verabschieden. Uwe sieht nicht sehr glücklich aus, was mir seltsam vorkommt. Er fährt doch jetzt zu dieser Feier, auf die er sich so gefreut hat, und er hat sogar seine Lieblingshose dabei.

»Du solltest nicht zu sehr mit dem Schwanz wedeln. Am Ende denken sie noch, du freust dich hierzubleiben.« Alfons wirkt kritisch.

»Ja, aber das tue ich doch auch.« Ich bin verwirrt. »Was soll ich denn sonst machen?«

»Jaule und jammere ein wenig, damit sie denken, dass dir der Abschied schwerfällt.« Mein Freund humpelt langsam an meine Seite. »Die Menschen wollen das so. Wenn sie denken, dass es dir hier zu gut gefällt, kann es sein, dass sie dich nicht mehr zu uns bringen.

»Das begreife ich nicht.« Ich bleibe stehen und schaue Alfons an.

»Ich weiß ganz ehrlich nicht, ob die Menschen das selber so genau verstehen, sie sind halt sehr komplizierte Wesen.« Er setzt sich auf die saftig grüne Wiese. »Aber glaube mir, ich sage die Wahrheit. Also fang schon an zu jaulen. Aber übertreibe es nicht, denn das wollen sie dann auch wieder nicht.«

Mir brummt zwar mein kleiner Hundeschädel von diesen komplizierten Informationen, doch gebe ich mein Bestes und beginne inbrünstig mit meiner Jaulerei.

»Was sagte ich gerade zum Thema Übertreibung?« Alfons mustert mich streng und so versuche ich nun die richtige Jammer-Dosis zu finden, was mir auch recht schnell gelingt.

Mein Herrchen drückt sich ein letztes Mal ganz fest an mich. Ich spüre, dass mein Fell einige salzige Tropfen abbekommt, bis Oliver ihn vorsichtig zum Auto zieht.

»Jetzt komm schon, Köln wartet auf uns!« Er winkt Elfriede noch kurz zu und schon sitzen meine beiden Menschen im Auto und fahren los.

Kaum sind sie aus meinem Sichtfeld verschwunden, beginnt mein Schwanz wie von alleine zu wedeln und ich laufe fröhlich zurück zu meinem großen Freund.

»Phoebe, Phoebe, Phoebe! Du bist mir vielleicht ein Früchtchen!« Elfriede schaut uns schmunzelnd hinterher, als wir uns in Richtung Hühnerstall aufmachen.

Zufrieden spaziere ich mit Alfons durch das Gelände. Wir schnüffeln an Büschen, markieren ein wenig unser Revier und wälzen uns ausgiebig durch Dinge am Boden, die besonders gut riechen.

Alfons ist nicht mehr so schnell, wie bei meinem letzten Besuch. Einige Bewegungen scheinen ihm Schmerzen zu bereiten. So machen wir einfach alles ein wenig langsamer, was mich nicht besonders stört, denn ich bin viel zu glücklich, dass wir in diesen Tagen zusammen sein können.

Gerade liegen wir entspannt in der Sonne und knabbern auf einigen Grashalmen herum, als ein Auto auf Elfriedes Parkplatz ankommt.

»Das wird der neue Hund sein, der für ein paar Tage bei uns ist.« Alfons schaut gelangweilt zu dem ankommenden Auto. »Ich habe Elfriede am Telefon darüber reden hören.«

Sofort flitze ich zum Eingang und springe wild kläffend gegen das Tor, denn der Ankömmling soll ruhig wissen, dass dieses Haus äußerst gut bewacht wird.

Als sich die Autotüre öffnet, glaube ich meinen Hundeaugen nicht zu trauen. Aus dem Auto steigt Fräulein Juanita, gefolgt von ihrem listigen Chihuahua, den ich noch in ziemlich guter Erinnerung habe.

»Das darf doch wohl nicht wahr sein!« Flüstere ich zu Alfons, der nun ebenfalls am Eingangstor steht, um gemeinsam mit Elfriede die Besucher zu begrüßen.

»Dieses Mistvieh kenne ich, mit dem habe ich noch eine Rechnung offen.« Ich kann es immer noch nicht glauben, dass ausgerechnet dieser Furz der neue Hund sein soll, der uns ab sofort Gesellschaft leisten wird.

»Oh ja, ein ziemlich übler Geselle dieser Pedro.« Alfons schaut missmutig zum Parkplatz. »Ich werde dir sehr gerne helfen, diesem Biest eine Lektion zu erteilen!«

Elfriede öffnet das Tor und sofort quetscht sich Pedro knurrend an seinem Frauchen vorbei, um sich dann kläffend vor uns aufzubauen.

Alfons schaut den Winzling abschätzend an, senkt den Kopf ganz langsam zu ihm herab und gibt ein gefährliches Knurren von sich, das ich ihm gar nicht zugetraut hätte.

Umgehend flitzt Pedro zurück zu Fräulein Juanita, um nun aus sicherer Entfernung weiterzukläffen.

»Wie ich sehe, hat sich sein Verhalten noch nicht sonderlich geändert.« Elfriede streckt die

Hand nach Pedro aus, um ihn zu streicheln, woraufhin dieser sie giftig anfaucht.

»Ach Elfriede, ich gar nicht wissen, was habe falsch gemacht mit dieses diabolo.« Juanita schaut auf den knurrenden Zwerg herab. »Immer ist so böse zu anderen perritos, traue ich mich schon gar nicht mehr in Hundeschule von Frau Susanne. Dort andere Leute immer schauen komisch auf mich und meinen Pedro.«

»Juanita, du darfst die Hoffnung nicht aufgeben. Pedro ist ja noch jung, und wenn du am Ball bleibst, wird er bestimmt eines Tages auch etwas geselliger werden.« Unsicher faltet Elfriede die Hände hinter dem Rücken, ihre Worte hören sich nicht sehr glaubhaft an.

»Ich wirklich hoffen so sehr, dass er wird freundlicher irgendwann. Nun ich leider müssen ganz schnell los, Flugzeug nach Mexiko gehen in 4 Stunden.« Fräulein Juanita bückt sich hinab zu ihrem Pedro.

»Du schön brav sein, mi amor, sehen wir uns ganz bald wieder.« Sie steht auf, streicht ihr kunterbuntes Kleid zurecht und zeigt auf einen Karton, der neben ihr auf dem Boden steht.

»Hier in Kiste, alles was Pedro brauchen. Muchas, muchas gracias Elfriede, ich gar nicht wüsste, was ohne dich tun soll.«

»Das mache ich doch gerne Juanita und hab keine Angst, ich werde gut auf den kleinen Kerl aufpassen.« Elfriede streckt Juanita die Hand entgegen. Diese fällt der überraschten Frau jedoch überschwänglich um den Hals, küsst sie rechts und links auf die Wange, um dann in ihr Auto zu steigen, welches sich kurz darauf langsam vom Parkplatz entfernt.

Wir sehen Pedro den Rest des Tages nicht mehr, wir hören lediglich von Zeit zu Zeit sein hysterisches Kläffen, das aus dem Inneren des Hauses kommt.

Am Abend versammeln wir uns hungrig in der Küche, denn es ist Essenszeit. Ich bin gerade dabei mein köstliches Futter, das Elfriede extra für mich zubereitet hat, in Ruhe zu vertilgen, als ich Pedro aus dem Augenwinkel entdecke. Er ist scharf auf den Inhalt meines Futternapfes und schleicht sich auf leisen Pfoten von hinten an mich heran. Drohend ziehe ich meine rechte Lefze nach oben, zeige meine Zähne und knurre den diebischen Kerl an. Meine kleine Showeinlage verfehlt ihre Wirkung nicht und Pedro schleicht eingeschüchtert zurück zu seinem eigenen Napf, um diesen mit einem bitterbösen Blick zu leeren. Ich denke, dass wir ihm morgen dringend unsere Lektion erteilen sollten und habe auch schon eine Idee.

Der neue Tag beginnt. Ich bin aufgeregt und hoffe, dass mein Plan funktionieren wird und wir dem nervigen Kläffer heute eine Lehre erteilen können.

Nach einer gemütlichen Gassirunde mit Elfriede spazieren Alfons und ich bewusst langsam durch den großen Garten. Pedro verfolgt uns dabei unauffällig. Immer wieder stupsen wir uns gegenseitig mit den Nasen an oder stecken die Köpfe zusammen und kontrollieren, dass Pedro uns auch nicht aus den Augen verliert.

Als wir über einige Umwege am Hühnerstall ankommen, schauen wir besonders auffällig nach rechts und links.

»Alfons, bist du auch wirklich sicher, dass Elfriede nicht in der Nähe ist?« Ein weiteres Mal drehe ich meinen Kopf in alle Richtungen, obwohl ich genau weiß, dass sie nicht weit entfernt von uns auf einem Gartenstuhl sitzt und in ihrer Lieblingszeitung herumblättert. »Ich möchte nicht, dass sie uns dabei erwischt, wie wir ihren Hühnern das wundervolle, unglaublich leckere Futter klauen.«

»Du kannst ganz beruhigt sein. Sie hat eben das Haus verlassen und kommt sicherlich nicht so bald zurück.« Alfons bewegt sich langsam auf den Stall zu, dessen Türe einen kleinen Spalt weit offensteht.

»Ich glaube, wir sollten vorsichtshalber noch einmal nachschauen, bevor wir uns den Bauch ordentlich vollschlagen.« Ich zwinkere dem Riesenschnauzer zu und gemeinsam verschwinden wir hinter dem Stall, um von dort aus zu beobachten, was Pedro nun als nächstes tun wird.

Unsere Geduld wird nicht besonders lange auf die Probe gestellt. Kaum sind wir abgebogen, als auch schon ein mexikanischer Blitz um die Ecke geschossen kommt und im Hühnerstall verschwindet.

Alfons humpelt so zügig wie es ihm möglich ist zur Türe und gemeinsam stemmen wir uns so lange dagegen, bis das Türschloss mit einem lauten Klicken einrastet und Pedro in der Falle sitzt.

Zuerst hören wir nur das aufgebrachte Gackern von Elfriedes Hühnern, die sich in ihrer Ruhe gestört fühlen, bis irgendwann auch der

Eindringling mit seinem hysterischen Kläff-konzert beginnt.

Das Gackern wird immer lauter, das Kläffen immer panischer, es knallt und scheppert im Stall und ich bin wirklich heilfroh, in diesem Moment nicht in Pedros Haut zu stecken.

Fast habe ich schon so etwas wie ein schlechtes Gewissen, als Elfriede über die Wiese gestapft kommt. In der Hand hält sie noch immer die bunte Zeitschrift, in der sie bis eben gelesen hat. Bevor sie uns entdecken kann, schleichen wir zurück auf unseren Beobachtungsposten hinter dem Hühnerstall, um das weitere Geschehen gespannt zu verfolgen.

»Was ist denn hier schon wieder los und was ist das für ein Lärm?« Elfriede öffnet die Stalltüre und schreit entsetzt auf.

»Pedro, du kleiner Teufel! Was hast du mit meinen Hühnern gemacht?«

Das, was bis vorhin noch ausgesehen hat wie ein Chihuahua, flitzt nun aus dem Stall und kommt zitternd vor Elfriede zum Stehen. Pedros Fell sieht aus, als hätte er in einem Eimer roher Eier gebadet, Hühnerfedern kleben an seinem Bauch und an seinen Beinen, mit dem

Kopf scheint er in einem Misthaufen gelandet zu sein.

»Na warte mein Freund, dafür bekommst du Elfriedes Spezialdusche!« Und noch bevor Pedro die Chance bekommt zu entwischen, hat Elfriede ihn am Nacken gepackt und schleppt das zappelnde Bündel in Richtung Holzschuppen, wo sich der Wasserschlauch mit dem eiskalten Wasser zum Blumengießen befindet.

Zufrieden legen wir uns unter einen Baum und hören von weitem die schimpfende Elfriede, den keifenden Pedro und die gackernden Hühner, die sich langsam wieder beruhigen und fortfahren, ihre Eier auszubrüten.

SCHLECHTE NACHRICHTEN

—

Ein paar Tage später werde ich von meinen Herrchen abgeholt. Ich freue mich zwar sehr, als ich ihr Auto höre, doch macht mich der Gedanke traurig, Alfons nun wieder verlassen zu müssen. Die Wiedersehensfreude überwiegt jedoch, als meine beiden Menschen aus dem Auto steigen und Elfriedes Grundstück betreten.

Wie beim letzten Mal weiß ich gar nicht, wen ich zuerst anspringen und abschlecken soll, weshalb ich hektisch von einem zum nächsten hüpfe und so schnell mit meinem Schwanz wedele, dass er fast abbricht.

Meine Herrchen machen keinen besonders ausgeschlafenen Eindruck. Dunkle Schatten sind unter ihren Augen zu sehen und ihre Kleidung ist nicht so glatt und ordentlich wie üblich.

»Ja lieber Gott, wie seht ihr zwei denn aus?« Elfriede mustert meine Menschen von oben bis unten.

»Da habt ihr aber ordentlich mitgefeiert in Köln. Kommt erst mal rein, ein Kaffee wird euch sicher guttun!«

»Nicht böse sein, aber ich würde gerne sofort weiterfahren. Wir müssen dringend ein bis zwei Mützen Schlaf nachholen.« Oliver hebt mich hoch auf den Arm und stupst mir mit dem Finger ganz lieb auf die Nase. »Außerdem kann ich mir gerade nichts Schöneres vorstellen, als unser großes, weiches Bett mit dieser jungen Dame hier zu teilen.«

»Kein Problem, den Kaffee gibt es auch beim nächsten Mal für euch. Holen wir nur noch schnell Phoebes Sachen aus der Küche, dann könnt ihr auch schon los, ihr drei Hübschen.«

Oliver setzt mich vorsichtig zurück auf den Boden. Fröhlich springe ich zu Uwe, in der Hoffnung, dass er mich auch auf den Arm nimmt und ein bisschen mit mir kuschelt, doch er bleibt überrascht stehen.

»Ist das nicht der Hund von Juanita? Dieser Paco, Pancho, oder wie auch immer er heißt?« Er hat Pedro entdeckt. Dieser hockt beleidigt unter einem Gartenstuhl und schießt giftige Blicke in unsere Richtung.

»Was hat er denn? Der sieht ja aus, als würde er uns am liebsten alle umbringen?«

»Wir hatten einen kleinen Streit wir zwei. Aber das kriegen wir schon wieder hin, nicht war Pedro?« Elfriede wirft ihm einen strengen Blick zu, woraufhin ein leises Knurren zu hören ist.

Auf dem Weg zum Haus klingelt es in Olivers Hosentasche. Er holt sein Telefon heraus und hält es sich ans Ohr.

»Mutter, wie schön, dass du anrufst. Wir sind gerade erst …«, seine Augen weiten sich erschrocken, »… um Himmels willen, was ist denn passiert?« Er hört einen Moment zu, bevor er weiterspricht.

»Jetzt beruhige dich doch erst einmal! Wie geht es ihm denn und was sagen die Ärzte?« Er lauscht erneut der Stimme im Telefon, die immer lauter wird.

»Wir machen uns sofort auf den Weg, bitte versuche ruhig zu bleiben, wir sind so schnell wir können bei dir!«

Hastig steckt Oliver das Telefon zurück in die Tasche, er schaut in zwei erschrockene Gesichter.

»Das war Mutter. Meinem Vater geht es ziemlich schlecht, irgendwas mit dem Herzen hat sie gesagt. Wir müssen sofort nach Regensburg in die Uniklinik.«

»Ich hole schnell Phoebes Sachen. Geht ihr schon mal zum Auto und vergesst mir die Kleine nicht!« Elfriede dreht sich um und läuft mit großen Schritten zum Haus.

»Dein Vater kommt bestimmt wieder auf die Beine, er ist in der Klinik in guten Händen. Und wir sind ja auch gleich bei ihm.« Mein Herrchen greift vorsichtig nach Olivers Hand und schaut ihm tief in die Augen.

»Wo hast du den Autoschlüssel? Ich denke es ist besser, wenn ich fahre.«

Kurz darauf sitzen wir im Auto und ich werfe einen letzten, traurigen Blick zurück zu meinem Freund Alfons, der neben der winkenden Elfriede am Eingangstor steht.

Als wir das Krankenhaus erreichen, sehe ich schon von weitem meine Oma, die auf einer Bank sitzt und dort auf uns wartet.

Kaum hat sie uns erblickt, läuft sie los und fällt ihrem Sohn weinend um den Hals. »Ach, Oliver! Es ist alles meine Schuld! Ich ... ich ...

ach was mache ich denn nur, wenn er nicht wieder gesund wird? Was habe ich nur getan?« Sie hält sich die Hände vor die Augen und weint bitterlich.

»Wir hatten ... wir hatten einen schlimmen Streit. Ich habe ... ich habe so furchtbare Dinge zu ihm gesagt. Er hat sich entsetzlich aufgeregt und ... und ...« Erneut beginnt meine Oma zu schluchzen, während Oliver sie im Arm hält und ihr langsam über den Rücken streichelt, bis sie ein wenig ruhiger wird.

»Renate, lassen sie uns zu ihm oder können wir mit dem Arzt sprechen?« Uwes Stimme klingt sehr besorgt, als er diese Frage stellt.

»Sie haben Karl in ein künstliches Koma versetzt. Er schläft im Moment, ihr dürft aber zu ihm. Ich kann hier mit Phoebe warten, dann könnt ihr ihn zusammen besuchen.« Überrascht blicken sich meine Herrchen an. Zögernd gibt Uwe die Leine an meine Oma weiter, die mir einen freundlichen Blick zuwirft.

»Schade, dass ihr den Hund nicht mitnehmen könnt, Karl mag die Kleine doch so sehr.«

Langsam gehen wir ein paar Schritte nebeneinander her. Ich schaue mir meine Oma in Ruhe an, die heute völlig anders aussieht, als ich sie kenne. Ihre roten Haare stehen an einigen Stellen wild von ihrem Kopf ab. Ich sehe große Flecken auf ihrem Kleid und ihre Füße stecken in flachen, braunen Hausschuhen.

An einer Bank, die völlig verlassen auf einer Wiese steht, machen wir halt. Sie setzt sich und holt ein Taschentuch aus ihrer Handtasche. Ihre Tränen kommen zuerst nur vereinzelt, sie wischt sich mit dem Tuch über die Augen.

»Ach Kleines, was habe ich nur angerichtet? Was habe ich meinem Karl nur angetan?« Sie lässt den Kopf sinken und beginnt hemmungslos zu schluchzen.

Ich stehe vor der Bank und weiß nicht genau, was ich nun tun soll, doch spüre ich in meinem Bauch, dass meine Oma mich jetzt ganz dringend braucht. Mit einem Satz springe ich auf die Bank und stupse sie vorsichtig mit meiner Nase an. Da sie mich nicht bemerkt, stupse ich nun ein wenig fester, woraufhin sie ihre Hände langsam sinken lässt und mich aus ihren verweinten Augen verwundert anschaut.

Langsam klettere ich auf ihren Schoß und drücke meinen Kopf an Omas Bauch, woraufhin diese erneut in Tränen ausbricht.

»Was bin ich nur ... nur ... nur ... für ein schrecklicher Mensch?« Ihre Hände suchen meinen Körper, vorsichtig beginnt sie mich zu kraulen.

»Da kommst du zu mir und tröstest mich, obwohl ich doch immer so gemein zu dir war.«

Ein paar Tränen tropfen auf mein Fell, doch ich schüttele sie nicht ab.

»Es tut mir leid Kleines, es tut mir alles so unendlich leid.« Erneut beginnt sie zu schluchzen, als ich aus dem Augenwinkel Uwe sehe, der hastig in unsere Richtung eilt.

»Da bist du ja, ich habe schon nach dir gesucht.« Mein Herrchen schaut mich verwundert an, denn eigentlich darf ich nicht auf Menschenbänke springen. Er setzt sich jedoch ohne mit mir zu schimpfen neben Olivers Mutter und nimmt ihre Hand.

»Die Ärzte sagen, dass sie Karl noch nicht aus dem Koma holen können, das wäre wohl zu anstrengend für ihn. Er braucht jetzt erst einmal ganz viel Ruhe.«

»Wird er denn, ich meine ...«

»Ich weiß es nicht, Renate, ich weiß es wirklich nicht.« Mein Herrchen sieht sehr müde aus und spricht leise weiter.

»Es sieht nicht besonders gut aus, aber wir dürfen die Hoffnung nicht aufgeben. Oliver hat gleich einen Termin mit dem Chefarzt, vielleicht wissen wir dann mehr.«

Die nächsten Minuten vergehen nur sehr schleppend, bis Oliver endlich zu uns kommt und seine Mutter traurig anschaut.

»Ich habe mit dem Arzt gesprochen und so wie es scheint, können wir nur abwarten. Im Moment ist Vaters Zustand stabil, und wenn er die nächsten Tage übersteht, dann hat er eine Chance.« Olivers Blick sinkt zu Boden und er beginnt zu weinen. »Ich habe solche Angst um ihn, Mutter, ich habe solche Angst.«

Ganz ruhig sitze ich zwischen den drei Menschen und spüre ihre Traurigkeit, spüre ihre schreckliche Angst und weiß nicht was ich tun soll.

Ich wünschte mein Opa wäre bei uns, mein Opa mit seinen lieben Augen und seinem kugelrunden Bauch, doch weiß ich, dass dies im Moment nicht möglich ist.

Eine lange Zeit sagt niemand etwas. Oliver und meine Oma halten sich an den Händen fest, während Uwe sanft über mein Fell streichelt. Nach einer Weile ergreift er leise das Wort.

»Renate, soll ich dich kurz nach Hause fahren?« Er schaut auf die zerzausten Haare meiner Oma.

»Ich denke, du solltest dich ein wenig in Ordnung bringen und vielleicht möchtest du auch eine Kleinigkeit essen. Im Moment kannst du ohnehin nichts ausrichten. Oliver bleibt hier und ruft uns an, wenn es etwas Neues gibt.«

»Danke mein Junge, das ist sehr lieb von dir.« Immer noch laufen ihr einzelne Tränen über das Gesicht, als sie leise weiterspricht.

»Können wir bitte Phoebe mitnehmen? Ich denke ich habe einiges wiedergutzumachen.«

Wir gehen ohne Oliver zum Parkplatz und fahren zu dem großen, weißen Haus, das mir ohne meinen Opa seltsam leer und traurig vorkommt.

»Ich packe schnell ein paar Sachen für Karl zusammen.« Uwe läuft die Treppe hinauf und zeigt auf eine blaue Tasche, die auf dem Boden liegt. »Ich nehme die hier mit, da passt sicher alles rein, was er braucht.«

Während mein Herrchen verschwindet, warte ich ganz brav bei meiner Oma, die sich mit einem traurigen Seufzen auf das weiße Sofa fallen lässt. Sie schaut zu mir herab und klopft nach einem kurzen Zögern auf den Platz an ihrer Seite.

Ich weiß nicht, ob ich sie richtig verstanden habe, und bleibe deshalb auf dem Teppich sitzen, bis sie ein zweites Mal auf das Sofa klopft.

»Du kannst ruhig zu mir kommen, hier ist Platz genug für uns beide.«

Vorsichtig springe ich hinauf zu meiner Oma, die mich sogleich an sich drückt und mit ihren Händen über meinen Rücken streicht. »Ach Kleines, ich konnte meinem Karl gar nicht mehr sagen, wie sehr ich ihn liebe. Er muss einfach wieder gesund werden, wir haben doch noch so viel vor.« Sie beginnt leise zu weinen, hört jedoch nicht auf, immer und immer wieder über mein Fell zu streicheln, während ich tröstend über ihre Hände schlecke.

In diesem Moment kommt mein Herrchen zurück in das Wohnzimmer. Er bleibt stehen und betrachtet uns einen Moment lang schweigend. »Ich habe alles Nötige eingepackt, Renate. Willst du dir etwas Frisches anziehen oder eine Kleinigkeit essen?«

»Danke mein Junge, ich bin überhaupt nicht hungrig. Wenn es in Ordnung für dich ist, möchte ich einfach nur einen Moment lang hier mit deiner Phoebe sitzen, ich brauche das gerade.«

»Kein Problem! Nimm dir die Zeit, die du benötigst. Ich rufe kurz Steffi im Hotel an und frage nach, ob wenigstens dort alles in Ordnung ist.« Uwe verlässt den Raum und ich bleibe mit der weinenden Renate an meiner Seite zurück.

Die nächsten Tage bringen keine Veränderung mit sich. Wir besuchen meine Oma in ihrem großen, weißen Haus und gehen gemeinsam zur Klinik. Immer noch fließen viele Tränen, doch mit der Zeit werden sie etwas weniger.

Ich verbringe in diesen Tagen sehr viel Zeit mit Olivers Mutter, was glaube ich uns beiden sehr gut gefällt.

Mittlerweile hat sie auch gar keine Angst mehr, dass ich irgendetwas schmutzig mache oder meine Haare überall liegenbleiben. Stattdessen sagt sie, dass es viel wichtigere Dinge im Leben gibt, und dass man sich über ein paar

Flecken auf dem Teppich wirklich nicht aufregen sollte.

Gerade sitzen wir gemeinsam auf einer Bank vor dem Krankenhaus, als mein Herrchen auf uns zugestürzt kommt. Er rudert wild mit seinen Armen.

»Renate, schnell, du musst sofort in die Klinik! Karl ist aufgewacht und er hat nach dir gefragt.«

Meine Oma wird ganz weiß im Gesicht und springt eilig auf, um ein Haar reißt sie mich mit sich. »Oh, mein Gott! Oh, mein Gott!«

Sie rennt los, bleibt jedoch nach ein paar Metern stehen und kommt zurück zu meinem Herrchen.

Stürmisch fällt sie ihm um den Hals. »Ich danke dir, ich danke dir für alles.« Sie wirft einen liebevollen Blick in meine Richtung und läuft dann zu ihrem Mann, der sicherlich schon sehnsüchtig auf sie wartet.

WER IST HIER DER ESEL?

—

Die nächsten Tage vergehen wie im Flug. Meinem Opa geht es zum Glück schon wieder besser und er darf sogar zu meiner Oma nach Hause. Unsere Besuche werden etwas seltener, denn mein Herrchen sagt, dass wir jetzt so langsam wieder ans Geldverdienen denken müssen.

An einem sonnigen Morgen, ich sitze gerade in meinem Hundekorb im Hotel und knabbere an einer besonders köstlichen Kaustange, öffnet sich die Türe und Verena betritt den Frühstücksraum.

Erfreut springe ich aus meinem Korb und begrüße sie, dann laufe ich suchend umher, doch kann ich Rüdiger und Tanja nirgendwo entdecken.

Wo können die beiden nur sein?

»Wie schön! Du bist ja schon da!«

Mein Herrchen drückt Verena fest an sich.

»Ich bin ziemlich gut durchgekommen, es war fast kein Verkehr auf der Autobahn. Sorry, dass ich zu früh bin. Ich kann gerne noch mit anfassen, wenn du mir sagst was zu tun ist.«

Sie schaut in meine Richtung und kommt strahlend auf meinen Korb zu, in den ich wieder zurückgesprungen bin. Mein Schwanz wedelt vergnügt hin und her.

»Da ist ja auch unser kleiner Sonnenschein! Na, bist du schon aufgeregt, dass du mit uns in den Urlaub fahren darfst?« Sie streichelt mir über die Ohren, die ich nun schlagartig aufgestellt habe. Ich glaube mich verhört zu haben, oder darf ich tatsächlich mit in den Urlaub?

Gespannt setze ich mich auf und schaue Verena an, warte auf das was nun kommt, doch sie wendet sich meinem Herrchen zu.

»Hast du deine Tasche schon gepackt?«

Uwe schüttelt den Kopf.

»Ach, die paar Sachen habe ich schnell zusammen.«

In dem Moment betritt Oliver den Frühstücksraum, auch er nimmt Verena in den Arm.

»Hallo meine Süße, schön dich zu sehen.« Er zeigt auf mein Herrchen, ehe er weiterspricht.

»Von wegen, die ist schnell gepackt. Seit drei Tagen überlegt er schon, was er alles mitnehmen muss auf euren Kurztrip, dabei seid ihr doch nur mit zwei Eseln in der Pampa unterwegs.«

Jetzt wird es langsam interessant, wir machen also Urlaub mit Eseln.

Von diesen Tieren habe ich bereits gehört. Ich glaube, ich habe sie irgendwann im Fernsehen gesehen. Außerdem haben wir im Moment einen Gast im Hotel, von dem Oliver steif und fest behauptet, dass er auch ein Esel ist. Ich denke, dass ich mir den Mann noch einmal genauer anschauen werde.

»Ich weiß zwar beim besten Willen nicht, warum ihr Geld dafür bezahlt, die Viecher anderer Leute spazieren zu führen, aber sei es drum. Es ist euer Urlaub, nicht meiner. Ich bin mal gespannt, was Phoebe zu den Eseln sagt.« Oliver grinst mich an.

»Ist es denn wirklich in Ordnung für dich, dass ich mit Verena wegfahre? Du weißt schon, wegen dieser Sache mit deinem Vater.« Mein Herrchen holt eine Kanne und stellt sie auf den Tisch, an dem Verena mittlerweile Platz genommen hat. Er schenkt ihr eine Tasse dampfenden Kaffee ein.

»Das ist kein Problem, es geht ihm ja zum Glück schon wieder viel besser. Außerdem denke ich, dass du nach diesen anstrengenden Tagen eine Auszeit mehr als verdient hast.« Oliver klopft auf den Stuhl, auf dem Uwe Platz genommen hat. »Und jetzt ab mit dir, Koffer packen! Ich gebe Verena währenddessen ein paar Tipps, damit der Urlaub mit dir nicht im totalen Chaos endet.«

Mein Herrchen verdreht schmunzelnd die Augen und verlässt den Raum.

Als wir etwas später im Auto sitzen und in unseren Urlaub fahren, unterhalten sich Uwe und Verena.

Mein Herrchen ist ganz aufgeregt, seine Stimme klingt glücklich wie schon lange nicht mehr.

»Ich freue mich so sehr, einfach mal rauszukommen. Es war schon eine verdammt anstrengende Zeit. Wir haben alle sehr gelitten.«

Verena streicht ihm über den Arm. »Das kann ich mir vorstellen. Gott sei Dank geht es dem guten Karl schon wieder besser. Ich hoffe ihn bald noch einmal wiederzusehen.«

Eine Zeit lang spricht niemand und ich will schon ein klein wenig vor mich hindösen, als mein Herrchen zu seiner Freundin herüberschaut.

»Ist Tanja eigentlich nicht traurig, dass du sie zu Hause gelassen hast?«

»Wo denkst du hin? Sie ist heilfroh, dass sie nicht mit muss, und ich glaube sie beneidet dich in keinster Weise. Stell dir vor! Sie hat doch tatsächlich behauptet ich sei zickig, wenn es nicht nach meiner Nase geht. Kannst du dir das vorstellen?« Verena schüttelt entrüstet den Kopf.

»Das kann ich mir sogar ziemlich gut vorstellen, meine Liebe.« Uwe wuschelt durch ihre Haare, vergnügt redet er weiter. »Ich bin schon so gespannt auf die Esel. Es ist wirklich klasse, dass wir zwei Tage mit ihnen wandern können und einfach mal runterkommen.« Er nimmt eine Wasserflasche in die Hand und trinkt einen kräftigen Schluck, bevor er weiterspricht. »Meinst du, die sind wirklich so störrisch wie man immer behauptet?«

»Das kann ich mir gar nicht vorstellen, und außerdem ...«, ein Grinsen schleicht sich in Verenas Gesicht, »... haben wir zwei doch auch einen ziemlich dicken Kopf. Das wird dann wohl irgendwie zusammenpassen.« Die beiden Freunde beginnen zu lachen und gackern immer noch, als wir unser Ziel erreichen.

Das Erste was ich höre ist lautes Hundegebell, wir sind also nicht die einzigen Urlauber hier. Mit einem Mal mischt sich ein mir unbekanntes Geräusch unter das Bellen.

Ich höre ein schrilles »IIIHHH AAAHHH, IIIHHH AAAHHH«, das werden wohl die Esel sein.

Wir steigen aus dem Auto und werden sogleich von zwei braunen Hunden begrüßt. Einem der beiden fehlt ein Bein, was ihn nicht daran hindert mich frech anzukläffen. Warnend hebe ich eine Lefze und schenke den beiden mein gefährlichstes Knurren, was seine Wirkung jedoch komplett zu verfehlen scheint.

Ich will gerade mein Nackenhaar aufstellen und mein Knurren noch ein wenig optimieren, als eine kleine, dünne Frau auf uns zueilt. Sie hat lange, graue Haare und ihre Kleidung ist mit braunen Flecken übersät.

»Rika, Emil, aus! Ab mit euch!«

Ihre Stimme ist ruhig, doch hat sie einen sehr strengen Unterton.

Die zwei Hunde verstummen augenblicklich und verschwinden aus meinem Blickfeld.

Die Frau reicht meinem Herrchen und Verena die Hand, ihr Lächeln ist warm und freundlich.

»Hallo, herzlich willkommen auf meinem Eselhof! Ich bin die Karin. Ihr seid dann wohl die beiden Eselwanderer mit ihrem kleinen Kampfhund.« Grinsend bückt sie sich zu mir herab und hält mir ihre Hand hin, an der ich sofort neugierig schnuppere.

»Kommt, wir gehen am besten gleich zu euren beiden Eseln. Espresso und Turbo warten schon auf euch.«

»Was für nette Namen. Warum heißen die beiden so?«, will Verena wissen.

»Nun, Espresso ist klein und schwarz, daher der Name, und Turbo ...«, Karin macht eine kurze Pause und verscheucht eine Fliege, die auf ihrem Arm sitzt. »Tja, das werdet ihr sicherlich ganz schnell herausfinden.«

Wir gehen zu den Eseln, die bereits hinter einem Zaun auf uns warten. Freudig stampfen sie mit ihren Pfoten, die seltsamerweise Hufe heißen, auf den staubigen Boden, als sie Karin sehen.

Während diese nun den beiden Menschen erklärt, wie genau sie mit den Eseln umzugehen haben und warum sie das hier eigentlich alles tun, ich höre dabei fremde Worte wie

Entschleunigung und *Eins mit der Natur sein,* schaue ich mir die Esel in Ruhe an.

Sie sind ganz schön groß, geradezu beängstigend groß. Ihre wachen Augen mustern mich neugierig, als ich mich langsam an sie heranschleiche. Vorsichtig strecke ich meine Nase dem größeren der beiden Esel entgegen und nehme einen mir vertrauten Geruch wahr. Es riecht ähnlich wie der Haufen, in dem ich mich erst kürzlich hin und her gewälzt habe.

Langsam trete ich noch ein wenig näher an den Esel heran und schaue ihm gebannt in die Augen, als er plötzlich sein Maul aufreißt und ein lautes »IIIHHH AAAHHH« ertönt.

Erschrocken springe ich zurück, stolpere dabei über Karins Füße und lande unsanft auf meinem Hinterteil.

Sie lächelt mich an.

»Keine Angst, Turbo hat kein Problem mit Hunden, er liebt es nur sie zu erschrecken.« Sie streichelt dem Esel, der mir bis gerade eben eigentlich noch sehr sympathisch war, über die Nase.

»Wichtig ist es, den Eseln zu vermitteln, dass ihr das Sagen habt und bestimmt wo es langgeht. Sie müssen wissen, auf wen sie zu hören haben.« Ich werfe meinem Herrchen einen skeptischen Blick zu und bin gespannt, wie er das mit dem Esel anstellen will, wo er sich doch bis heute noch an mir die Zähne ausbeißt.

»Am besten holt ihr nun euer Gepäck, damit wir die Esel beladen können.«

Verena und Uwe gehen zum Auto und zerren ihre großen Koffer heraus.

»Das wollt ihr alles mitnehmen?« Ungläubig schaut Karin auf die riesigen Gepäckstücke. »Das wird so nicht funktionieren, die Esel können nicht so viel auf ihrem Rücken tragen. Ihr könnt wirklich nur das Nötigste mitnehmen.«

Verena schaut mit entsetzten Augen zu den beiden Vierbeinern und scheint abzuschätzen, wie viel Gepäck sie ihnen wohl zumuten kann. »Und was mache ich mit der Picknickdecke und meinem Beauty Case?«

»Picknickdecke und Beauty Case?« Karin schüttelt langsam ihren Kopf und schließt die Augen. »Das darf doch alles nicht wahr sein!«

Sie öffnet den Zaun, damit wir uns mit den Eseln bekannt machen können. Sofort kommt auch schon der kleinere Esel Espresso auf uns zugerannt und schnüffelt an Verenas Hand. Sie zuckt kurz zusammen, streichelt dem Esel jedoch dann zögerlich über den Kopf.

»Schön, Espresso hat sich bereits entschieden. Dann nimmst du ...«, Karin zeigt mit dem Finger auf mein Herrchen, »... am besten unseren Turbo, das passt denke ich ohnehin besser.«

Nachdem die beiden Menschen ihre Esel an einer Leine ein paar Mal im Kreis herumgeführt haben, drückt ihnen Karin ein großes, buntes Blatt in die Hand.

»Hier hätten wir dann noch die Karte, auf der ich euch den Weg zum Hotel, in dem ihr die Nacht verbringen werdet, eingezeichnet habe. Morgen wandert ihr dann wieder zurück.«

Mein Herrchen dreht das Blatt verwirrt in alle Richtungen und auch Verena scheint keine Ahnung zu haben, was sie mit dem Zettel anstellen soll.

»Keine Sorge!« Karin kann ein Schmunzeln nicht unterdrücken. »Ihr werdet euren Weg schon finden. Und im Notfall werden euch Turbo und Espresso bestimmt nicht im Stich lassen.«

Kurz darauf, die Esel haben mittlerweile zwei kleine Taschen auf dem Rücken, in denen das

Gepäck verstaut ist, laufen wir los. Ich springe fröhlich von einem zum anderen und bin gespannt, was wir auf unserer Wanderung alles erleben werden.

Der Weg führt uns über wunderschöne, blühende Wiesen und an einem plätschernden Bach vorbei, an dem mir ein großer Stein ins Auge fällt, der aussieht wie ein riesiger Hundekopf.

Ständig bleiben die Esel stehen und zerren Verena und mein Herrchen zum Wegesrand, um dort Gras zu fressen, was dazu führt, dass wir nicht besonders schnell vorankommen.

»Oh Mann! Der Kerl kann doch nicht die ganze Zeit essen. Kein Wunder, dass er so einen dicken Bauch hat.« Verena versucht Espresso zurück auf den Weg zu ziehen, was ihr jedoch nicht gelingt - zu fest stemmt er seine Hufe auf den Boden und weigert sich weiterzugehen. Erst nachdem kein Gras mehr zu sehen ist, entscheidet er sich weiterzulaufen.

»Ich denke, du hast ein kleines Autoritätsproblem mit deinem Esel.« Mein Herrchen grinst frech, als Turbo ein besonders schönes Grasbüschel erblickt, das in einiger Entfernung appetitlich in der Sonne leuchtet.

Ohne Rücksicht auf das andere Ende der Leine zu nehmen, rennt er den Berg hinab und zieht mein fluchendes Herrchen in einem beeindruckenden Tempo hinter sich her.

»Verdammte Scheiße, bleib stehen du Biest, ich breche mir ja noch den Hals!«

Verena schaut den beiden hinterher. »Zum Glück hast du deinen Esel besser im Griff als ich. Na, wenigstens wissen wir jetzt, warum er Turbo heißt.«

Nachdem der Esel das Gras vertilgt hat, setzen wir unseren Weg fort.

Wir laufen über blühende Wiesen, vorbei an einem plätschernden Bach, an dem ein Stein steht, der aussieht wie ein ... Moment mal, diesen Stein habe ich doch schon einmal gesehen und auch Verena scheint stutzig zu werden. »Sind wir nicht schon einmal hier vorbeigekommen? Ich bin nicht ganz sicher, aber irgendwie kommt mir die Gegend ziemlich bekannt vor.«

»Mist, ich glaube du hast recht.« Mein Herrchen holt die Karte aus der Hosentasche und faltet sie auseinander.

»Komm, wir schauen noch einmal nach, vielleicht sind wir dann schlauer.« Er dreht die

Karte hin und her und schaut Verena unschlüssig an.

»Ich glaube wir müssen nach links.«

»Bist du sicher?« Fragt Verena vorsichtig.

»Zu 100 Prozent! Komm, lass uns weitergehen!«

Wir kommen noch einige Male an dem großen Stein vorbei, der aussieht wie ein Hundekopf, bis wir irgendwann in einen dichten Wald gelangen.

Der Weg führt uns bergauf und bergab. Der Wald wird immer dunkler und die beiden Esel ziehen Verena und mein Herrchen fröhlich von links nach rechts, um sich am Gras, welches überall am Wegesrand steht, sattzufressen.

Uwe schaut in den dichten Wald und kratzt sich am Kopf. »Ich glaube wir haben uns total verlaufen. Wir sollten wieder zurückgehen und schauen, ob wir den richtigen Weg finden können.«

So drehen wir also um und laufen die gesamte Strecke, bergauf und bergab, wieder zurück.

Glücklicherweise haben die Esel auf dem Hinweg nicht allzu viel Gras übriggelassen, sodass es nun ein bisschen schneller geht.

Als wir den Wald endlich verlassen, ist es bereits dunkel.

Wir laufen noch einige Zeit planlos über Straßen und Wiesen. Die Zeit, die vergeht, kommt mir endlos vor, als wir in der Ferne ein einzelnes, beleuchtetes Haus entdecken.

»Uwe, schau nur dahinten! Ich glaube das ist das Hotel aus dem Prospekt.« Verenas Stimme hört sich an, als würde sie jeden Moment anfangen zu weinen, als sie leise weiterspricht. »Wir haben es geschafft, wir sind endlich angekommen.«

Ich schlafe in dieser Nacht wie ein Stein und auch von meinem Herrchen ist nichts weiter als ein zufriedenes Schnarchen zu hören.

Nach einem ausgedehnten Frühstück, ich bekomme sogar eine Scheibe Schinken von der netten Dame, die den Kaffee kocht, holen wir Espresso und Turbo aus dem Stall und begeben uns auf den Rückweg zum Eselhof.

Die heutige Wanderung verläuft wesentlich problemloser als der Hinweg, denn vorsichtshalber haben Verena und mein Herrchen entschieden, sich die Strecke im Hotel haarklein erklären zu lassen und sich ziemlich viele Notizen gemacht.

Als wir schon eine ganze Weile unterwegs sind, kommen wir an einem kleinen Haus mitten im Wald vorbei, aus dem ein köstlicher Geruch strömt.

»Oh mein Gott, was für ein Duft. Ich würde gerade wirklich einen Mord begehen für ein Stück Apfelstrudel.« Verena schaut verträumt zum Eingang des kleinen Hauses. »Komm, das haben wir uns wirklich verdient nach dem ganzen Scheiß gestern. Wir sind ohnehin recht gut in der Zeit und ich denke, dass Karin noch gar nicht mit uns rechnet.«

Mein Herrchen lässt sich nicht lange überreden, und nachdem die beiden Esel in einem kleinen Gehege untergebracht worden sind, betreten wir die Terrasse des Hauses, aus dem es immer noch verführerisch duftet.

Kurz nach der Bestellung kommt auch schon eine freundliche blonde Frau und stellt den Apfelstrudel und zwei Tassen mit heißem Kaffee auf den Tisch. Verena hat den ersten Bissen noch nicht ganz im Mund, da höre ich aus weiter Ferne ein mir sehr bekanntes »IIIHHH AAAHHH«.

Mein Herrchen springt auf und schaut zu dem nun leeren Gehege, in dem eben noch Espresso und Turbo an ein paar Ästen herumgeknabbert haben.

»Verdammter Mist! Die Esel sind abgehauen.« Panisch rudert er mit seinen Armen.

»Verena komm schnell, wir müssen hinterher! Was sollen wir Karin nur erzählen, wenn wir ohne die beiden Biester zurückkommen?«

»Stimmt so!« Schreit Verena der blonden Frau zu, während sie einen Geldschein auf den Tisch knallt, und schon sind wir unterwegs, um hinter den beiden Ausreißern herzustürzen.

Die beiden Menschen stolpern panisch von links nach rechts und schlagen prompt die falsche Richtung ein.

Ich halte meine Nase schnüffelnd in die Luft und kann ganz genau riechen, wohin Espresso und Turbo gelaufen sind. Mit einem bestimmten Bellen schaue ich zu meinem Herrchen, seine Blicke drücken Verständnis aus. »Ich glaube Phoebe hat eine Spur, wir sollten ihr folgen!«

Mit unsicherer Miene laufen die beiden Menschen hinter mir her, während mein Schwanz stolz nach oben zeigt und ich mit meiner Nase suchend in der Luft herumschnüffele, um die Spur der beiden Esel nicht zu verlieren.

Eine kurze Zeit vergeht, als wir ein erneutes »IIIHHH AAAHHH« vernehmen und zuerst Turbos dickes Hinterteil entdecken.

Zufrieden mümmelt er gemeinsam mit Espresso auf einer kleinen Wiese herum, die sich hinter einem schlammigen Bach befindet. Leichtpfotig springe ich über das Wasser und kläffe die beiden Ausreißer entrüstet an, was sie nicht sonderlich zu beeindrucken scheint, denn sie futtern unbekümmert weiter. Verena nimmt Anlauf und springt mit einem weiten Satz über den Bach. Vorsichtig geht sie auf die Esel zu und nimmt die beiden Leinen erleichtert in die Hand. Zum Schluss nimmt auch Uwe Anlauf, springt in die Höhe und landet mit seinem Hinterteil mitten im Bach.

»Ich bringe die Biester um, ich bringe sie wirklich um!« Wütend rappelt er sich auf und reißt Verena eine Leine aus der Hand, während eine bräunliche Brühe an seinen Beinen herabläuft.

Nach einem letzten zornigen Blick auf die beiden Ausreißer setzen wir unseren Weg gemeinsam fort. Die beiden Menschen sagen eine

Zeit lang kein Wort, während ich stolz und mit erhobenem Kopf neben ihnen herlaufe.

Der Rest der Wanderung verläuft ohne nennenswerte Zwischenfälle. Verena und mein Herrchen scheinen sehr froh zu sein, als sie die Esel wieder in die Obhut von Karin geben können.

Nach einer freundlichen Verabschiedung und dem Versprechen, bald noch einmal auf dem Eselhof vorbeizuschauen, steigen wir ins Auto und fahren zurück nach Hause.

»Und, was denkst du Verena?« Mein Herrchen schaut seine Freundin von der Seite an. »Sollen wir nächstes Jahr noch einmal so eine Eselwanderung machen?«

Verena reißt entsetzt die Augen auf und antwortet auf der Stelle. »Ich glaube du hast sie nicht alle! Im nächsten Jahr fahren wir in ein schickes Wellness Hotel nach Bad Griesbach, und das werde ich auch sicherlich nicht mit dir diskutieren, mein lieber Uwe.«

Schmunzelnd lehnt sich mein Herrchen zurück.

»Na, so ein Glück! Ich wollte nur wissen, ob wir uns auch einig sind.«

DER NICHT GANZ
ALLTÄGLICHE SCHULALLTAG

—

Noch am selben Abend verabschiedet sich Verena schon wieder von uns, denn sie muss zurück nach Hause in die große Stadt, in der sie wohnt. Ich hoffe, dass sie uns bald wieder besucht und dann auch Tanja und meinen kleinen Freund Rüdiger mitbringt. Er hat noch so viel zu lernen und ich möchte ihm gerne dabei behilflich sein.

Da auch ich noch lange nicht alles weiß, was ein Hund in der Menschenwelt wissen sollte, gehe ich immer noch regelmäßig mit meinem Herrchen in die Hundeschule, was mir riesigen Spaß macht.

Heute ist es wieder soweit. Freudig laufe ich neben Uwe her und bin schon ganz gespannt, was die Trainerin Susanne uns alles beibringen wird, als ich Flora und Barbara auf dem Parkplatz neben der Hundewiese entdecke.

Überrascht stelle ich fest, dass neben ihnen auch mein Freund Hector mit seinem Frauchen Anna auf uns wartet. Die beiden waren noch nie mit uns hier, obwohl Barbara erst letztens sagte, dass Hector weiß Gott ein wenig Erziehung nicht schaden würde.

Nach einer herzlichen Begrüßung, selbstverständlich habe ich darauf geachtet auch ein paar Streicheleinheiten abzubekommen, gehen wir gemeinsam los. Lustlos läuft Anna neben uns her, sie kickt einen kleinen Stein mit der Spitze ihrer hohen Schuhe zur Seite.

»Ich weiß wirklich nicht, warum ich mich von euch beiden immer wieder breitschlagen lasse und jetzt auch noch in diese dämliche Hundeschule hier mitgehe. Mein Hector muss nun wirklich keine Kunststückchen lernen, und außerdem ist er sehr gut erzogen.«

Ich sehe, dass Barbara mein Herrchen anschaut und die Augen unauffällig im Kopf verdreht.

Wir betreten die Hundewiese. Anna schaut immer noch ziemlich mürrisch aus, als plötzlich ein Leuchten ihre Augen erreicht und sie winkend auf eine grauhaarige Frau, die auf einer Bank sitzt, zustürmt.

Ein fülliger Beagle liegt zu ihren Füßen und nagt an etwas, das aussieht wie ein riesiges Schnitzel.

»Else, was für eine nette Überraschung! Ich wusste gar nicht, dass du mit deiner Lisbeth auch hierherkommst.« Anna lässt sich auf die Bank fallen und sogleich ist sie in ein Gespräch vertieft, das sie ihre schlechte Laune mit einem Schlag vergessen lässt.

»Wer ist die Frau?« Mein Herrchen beugt sich flüsternd zu Barbara.

»Kennst du die etwa nicht? Das ist die Kramer Else, auch die Bild-Zeitung aus Bodenmais genannt.« Amüsiert schaut sie zu den beiden schwatzenden Frauen, die abwechselnd die Augen aufreißen und wild mit den Armen wedeln. »Ich sage dir Uwe, da haben sich die beiden Richtigen zusammengetan.«

Nach und nach füllt sich die Hundewiese mit einigen Menschen und ihren mehr oder weniger folgsamen Hunden. Mir fällt auf, dass heute sehr viele Labradore hier sind. Seltsamerweise heißen die fast alle Sam, Max oder Emma.

Ich mag Labradore sehr, denn sie sind weder übermäßig schlau, noch sind sie besonders mutig, so dass ich sie meist schon mit einem leisen Knurren einschüchtern kann.

Erst vor ein paar Tagen habe ich einem von ihnen im Hotel ein schmackhaftes Leckerchen abgeluchst, als sein Frauchen für einen Moment nicht aufgepasst hat. Leider hat mich Oliver erwischt, als ich versucht habe den riesigen Knochen in meinem Korb zu verstecken und hat die Köstlichkeit seinem Besitzer zurückgebracht. Den dummen Blick des Labradors, als ich mit seinem Knochen im Maul abgehauen bin, werde ich allerdings so schnell nicht vergessen.

Ich liege mit Flora und Hector auf der Wiese und wir beobachten gelangweilt die anderen Hunde, die aufgeregt neben ihren Menschen herlaufen, als Susanne ihre Stimme erhebt.

»So, ich denke jetzt sind wir komplett. Wir sollten langsam anfangen, damit ihr auch etwas Ordentliches bei mir lernt.« Grinsend schaut sie in erwartungsvolle Augen.

»Heute beginnen wir mit dem leidigen Thema der lockeren Leine, an der eure Lieblinge in der Regel neben euch herlaufen sollten.

Barbara, kannst du das mal mit unserer Musterschülerin vormachen? Die anderen setzen sich bitte auf die Bänke.«

Ein riesiger Tumult entsteht und es dauert ewig, bis alle Menschen ihre Hunde zu den Bänken gezerrt und gezogen haben. Besonders einige Exemplare mit Namen Emma, Sam und Max scheinen erhebliche Probleme zu haben, ohne größere Umwege die Richtung einzuschlagen, die ihre Menschen vorgeben.

Barbara streichelt liebevoll über Floras Fell, die ihrem Frauchen einen Blick aus ihren wunderschönen Hundeaugen zuwirft. »Labradore! Du liebst sie oder du hasst sie! Ich weiß gar nicht, warum sich plötzlich alle so einen plumpen Hund vom Züchter zulegen müssen! Komm Süße, wir zeigen denen mal wie man das richtig macht!«

Begeistert beobachte ich Flora, die scheinbar mühelos an der Leine läuft, ohne dass sich diese auch nur einmal anspannt.

Anna schaut kurz auf, um zu sehen, ob sie irgendetwas Wichtiges verpasst, widmet sich jedoch sofort wieder ihrer Banknachbarin Else. Die beiden diskutieren sogleich emsig über die Eheprobleme eines namhaften Politikers aus unserem Ort. Sie bemitleiden lautstark die arme Ehefrau, die doch sicherlich überhaupt nicht wusste, auf was sie sich da eigentlich eingelassen hat, als sie den Saukerl geheiratet hat.

Susanne wirft einen strafenden Blick in die Richtung der beiden plappernden Frauen, den diese jedoch überhaupt nicht zu bemerken scheinen.

Als nächstes sind zwei der Labradore an der Reihe, die zwar nicht so vorbildlich an der Leine laufen wie meine Freundin Flora, sich aber trotzdem redlich bemühen.

Ihre Menschen sehen sehr erleichtert aus, als sie sich anschließend wieder zu den anderen Hunden namens Emma, Max, Sam und deren Besitzern setzen dürfen.

Nun darf ich endlich zeigen, was ich kann.

Mein Herrchen wischt sich nervös den Schweiß von der Stirn, während ich schwanzwedelnd neben ihm herspringe.

Zuerst spannt sich die Leine noch ziemlich häufig, denn ich bin einfach zu aufgeregt und will unbedingt alles richtig machen. Nach einigen Minuten haben wir es dann aber geschafft und laufen nebeneinander her, während die Leine mehr oder weniger locker über den Boden schleift.

Nur einmal versuche ich ganz schnell zu einem Leckerchen zu gelangen, das wahrscheinlich einem der Menschen aus der Tasche gefallen ist. Mein Herrchen wirft mir jedoch einen dermaßen warnenden Blick zu, dass ich beschließe, mir die Leckerei später zu schnappen.

Nachdem wir unsere Übung beendet haben, lässt sich Uwe stöhnend neben Barbara auf die Bank fallen. Die klopft ihm anerkennend auf die Schulter.

»Anna, ich denke, dass Hector jetzt auch einmal etwas machen sollte, damit er uns hier nicht zu kurz kommt.« Susanne schaut zu dem gelangweilten Mops und seinem immer noch aufgeregt schwatzenden Frauchen.

»Kannst du nicht erst mal irgendwen anders drannehmen? Wir sind hier noch nicht ganz fertig.«

»Nein, Anna!« Susannes Stimme klingt nun gar nicht mehr so freundlich, wie noch kurz zuvor. »Ich möchte, dass ihr euch nun auch einmal an der lockeren Leine versucht.«

Überrascht öffnet Anna ihren Mund und schnappt nach Luft, dann leint sie Hector in aller Ruhe an, streicht sich die Haare hinter die Ohren und geht langsam los.

Kurz dreht sie sich noch einmal zu den Bänken um. »Else, und nicht vergessen, was du mir gerade noch erzählen wolltest! Das muss ich unbedingt ganz genau wissen, hörst du!«

Als die beiden in der Mitte der Wiese ange-
langt sind, versucht Anna ihren Hector locker
neben sich herzuführen, doch der stemmt sich
mit seinem gesamten Gewicht gegen die Leine
und zieht sein armes Frauchen von einer Seite
des Platzes zur anderen.

Kurz sieht es so aus, als würde die Leine doch
noch locker werden, als das Spiel von vorne beginnt.

Langsam wird Anna hektisch.

»Hector Liebling, was machst du denn? Zu
Hause kannst du das doch auch. Jetzt komm
schon her, komm zu Frauchen, hierher, komm
schon, hierher, bei Fuß, jetzt mach schon!«

Fassungslos beobachtet Susanne ihre beiden
Schüler und das, was sie da auf der Hundewiese treiben.

»Ich denke, ihr solltet das beenden und daheim noch einmal ordentlich üben.«

Anna wirft der Trainerin einen kalten Blick zu
und geht langsam mit hoch erhobenem Haupt
zurück zu der Bank, auf der Else schon unruhig
auf sie wartet.

»Bitte, wie du meinst, Susanne!«

Die letzten Meter absolvieren die beiden
dann doch noch mit einer Leine, die perfekt

zwischen ihnen über den Boden schleift.

Kaum angekommen, öffnet Anna ihre Tasche und holt eine große Bockwurst hervor, die sie ihrem Hector vor die Füße legt. »Die hast du dir verdient! Ein braver Hund bist du.«

Ich kann kaum glauben, was ich da sehe und schlecke mir hungrig über meine Schnauze, doch auch Susanne scheint überrascht zu sein.

»Ja um Himmels willen, Anna! Wofür bekommt er denn jetzt dieses Monster von Wurst? Ich denke bei seinem Körperbau würde ein kleiner Happen sicherlich auch ausreichen.«

Anna schließt ihre Tasche, legt sie neben sich auf die Bank und schaut Susanne herausfordernd an. »Und was genau willst du damit andeuten, ... Susanne?«

Die Trainerin zögert kurz, möchte etwas erwidern, schüttelt dann jedoch langsam den Kopf.

»Es ist schon gut, Anna. Wir sollten jetzt weitermachen, damit die anderen Hunde auch an die Reihe kommen.« Während Susanne nun den nächsten Hund mit seinem Frauchen nach vorne bittet, widmet sich Anna bereits wieder ihrer Banknachbarin.

»Also, wo waren wir stehen geblieben?«

Während sich noch einige andere Hunde an der lockeren Leine versuchen, robbe ich etwas näher zu meinem Freund, der die Wurst mittlerweile komplett verspeist hat.

Ich schleiche mich vorsichtig heran und suche schnüffelnd den Boden um ihn herum ab, in der Hoffnung, dass er ein kleines Stück der leckeren Wurst übersehen hat. Leider hat Hector ganze Arbeit geleistet, sodass ich mich mit dem unglaublich köstlichen Geruch zufrieden geben muss, der immer noch das Gras benetzt.

Flora steht auf und gesellt sich zu uns. Sie wirft Hector einen Blick zu, der voller Tadel steckt.

»Kannst du mir bitte erklären, warum du nicht auf Anna hörst! Sie ist so lieb zu dir und meint es doch nur gut.«

Nach einem kurzen Zögern beantwortet Hector die Frage. »Ich meine es doch mindestens genauso gut mit ihr. Ich höre immer auf mein Frauchen, es dauert halt nur ein bisschen länger als bei euch. Dafür freut sie sich am Ende umso mehr und die Belohnung fällt entsprechend größer aus - so haben wir beide was davon.«

Fassungslos schaut Flora in Hectors kugelrunde Augen. »Von mir würdest du keine Wurst, sondern einen ordentlichen Tritt in deinen dicken Hintern bekommen, mein Freund.«

In diesem Moment kündigt Susanne die nächste Übung an, und nachdem wir mit der lockeren Leine den schwierigsten Teil der Stunde hinter uns gebracht haben, kommt nun meine Spezialdisziplin.

»Bitte verteilt euch auf dem Platz und dann zeigt mal, wie es mit dem Sitz, Platz und dem Pfote geben mittlerweile bei euch funktioniert. Ich hoffe, ihr habt alle zu Hause geübt.«

Eifrig stehe ich neben meinem Herrchen und warte auf den ersten Befehl, der auch sogleich seinen Mund verlässt. Ich setze mich auf meinen Hundepo, lege mich in das Gras, reiche die Pfote und achte stets darauf, die Kommandos ohne Fehler zu befolgen.

Bald schon brummt mein kleiner Hundekopf so sehr, als hätten sich ein paar Bienen dort hinein verirrt. Der stolze Blick meines Herrchens belohnt mich jedoch für die ganze Mühe und ich nehme glücklich eine leckere Belohnung von ihm entgegen, bevor ich mir die Ohren kraulen lasse.

Hochzufrieden mit meiner Leistung schaue ich zu Hector und Anna, die sich sehr bemühen, ebenfalls einen guten Eindruck zu hinterlassen. Irgendwie scheinen die beiden aber nicht die gleiche Sprache zu sprechen.

Zuerst reagiert mein Freund gar nicht auf die Befehle seines Frauchens, stattdessen sitzt er auf der Wiese und bewundert die Wolken am Himmel. Dann beginnt er die Kommandos zu befolgen, doch macht er stets genau das, was er eigentlich gerade nicht machen soll.

Er legt sich hin, wenn er sich setzen soll, statt die Pfote zu geben, legt er sich hin, und die Pfote reicht er freundlich hechelnd, als er sich eigentlich auf den Bauch legen soll.

Als Anna einen erneuten Versuch startet den Mops zum Sitzen zu bringen, wackelt dieser in aller Seelenruhe zum Zaun, hebt sein Bein, wobei er um ein Haar das Gleichgewicht verliert, und pinkelt, bis sein Körper keinen Tropfen mehr hergibt.

Frustriert geht Anna zurück zur Bank und wartet, bis auch Hector dort angekommen ist.

»Verdammt nochmal! Was kann denn daran so furchtbar schwer sein? Ich wollte doch nur, dass du wenigstens einmal SITZ machst, wenn ich es dir sage!« In diesem Moment lässt sich Hector emsig auf seinen dicken Mopshintern fallen und strahlt sein Frauchen stolz an.

»Na siehst du mein Süßer, es geht doch.« Glücklich öffnet Anna ihre Tasche, holt eine weitere Bockwurst heraus und wirft sie dem zufrieden ausschauenden Hector direkt vor die Pfoten.

Mein Freund zögert nicht lange, schnappt nach der Wurst und mit zwei großen Bissen ist sie dann auch kurz darauf verdrückt.

Susanne schaut entsetzt zu der Bank und hebt verzweifelt ihre Hände, um sie gleich wieder sinken zu lassen.

»Ja Anna, jetzt hör doch endlich mal auf, deinen Hund so vollzustopfen! Ich glaube Hector hat wirklich ein ernstzunehmendes Ernährungsproblem. Der arme Kerl fällt ja sogar beim Pinkeln fast um.«

Die Gespräche der anwesenden Menschen verstummen mit einem Mal. Gebannt warten auch Barbara und Uwe auf das, was nun als nächstes kommt und sie werden nicht enttäuscht.

Anna steht langsam, sehr langsam auf und man könnte in diesem Moment wahrscheinlich eine Stecknadel fallen hören. Sie streicht sich ein paar Falten aus dem Kleid und geht mit eiskaltem Blick auf Susanne zu.

Ich entdecke ein paar Schweißperlen auf der Stirn der Trainerin, ihr Blick huscht hilfesuchend hin und her, als Anna mit gestrafften Schultern direkt vor ihr zum Stehen kommt.

»MEIN Hund ist nicht zu fett, das ist nur das Fell, das etwas aufträgt. Außerdem hat er die dämliche Übung am Schluss ganz toll hingekriegt und dafür hat er seine angemessene Belohnung bekommen.« Mit erhobenem Kopf lässt sie die sprachlose Susanne stehen und stolziert zurück zu der Bank, auf der Barbara und Uwe staunend auf sie warten.

»Dämliche Ziege! Was weiß die denn schon und wo hat die Kuh überhaupt ihr Diplom her? Wahrscheinlich hat sie den Wisch auf dem Rummelplatz gewonnen. Du bist genau richtig wie du bist, mein kleiner Schatz.« Liebevoll streichelt sie Hector über den gut gefüllten Bauch, was dieser sich nur zu gerne mit einem zufriedenen Grunzen gefallen lässt.

Kurz bevor die Hundeschule für heute schon wieder zu Ende ist, machen wir noch den sogenannten Freilauf. Hierbei geht es eigentlich nur darum, uns gegenseitig über die Wiese zu jagen und jede Menge Spaß zu haben.

Ich flitze so schnell ich kann bellend über den gesamten Platz und vergesse selbstverständlich nicht, zwischendurch immer wieder einige der Labradore mit bedrohlich gefletschten Zähnen anzuknurren. Es ist mir unerklärlich woran es liegt, doch fallen die dämlichen Biester wirklich jedes Mal darauf herein und laufen mit eingezogenem Schwanz vor mir weg.

Leider ist selbst die schönste Schulstunde irgendwann einmal zu Ende, und so ist es dann auch heute der Fall.

Susanne hat uns noch einmal zusammengerufen, um sich zu verabschieden.

»Schön, dass ihr alle hier gewesen seid! Ich hoffe dass euch die heutige Stunde Spaß gemacht hat und wir uns nächste Woche wiedersehen. Bitte vergesst nicht daheim fleißig weiterzuüben, es ist nur zu eurem Besten!« Sie schaut dabei auffällig lange in Annas Richtung, die ihren Blick mit hochgezogenen Augenbrauen erwidert.

Als wir den Hundeplatz dann verlassen haben und zum Parkplatz zurücklaufen, ergreift Anna das Wort.

»Eigentlich war es ja ganz nett bei der Susanne. Ich denke ich sollte nächste Woche wieder mitgehen.«

Vier überraschte Menschenaugen blicken sie an und können es scheinbar nicht fassen, was sie gerade hören, als Anna freudig weiterspricht.

»Ich muss aber in jedem Fall Else vorher anrufen und fragen, ob sie mit ihrer Lisbeth auch kommt. Ihr könnt euch ja gar nicht vorstellen, was die alte Tratschtante mir heute alles erzählt hat. Also da ist zum Beispiel diese unfassbare Geschichte mit dem Bankdirektor. Der hat doch tatsächlich ...«

Vergnügt mache ich mit Flora und Hector ein letztes Wettrennen zum Parkplatz, das ich natürlich haushoch gewinne.

Hechelnd sitze ich neben den Autos, als zuerst Flora und mit einigem Abstand auch Hector dort ankommen.

Zufrieden warten wir auf unsere Menschen, die uns jetzt sicherlich unser wohlverdientes Abendessen zubereiten werden.

EINE FRAGE
DER ERNÄHRUNG

—

Bereits am nächsten Tag sehe ich meine beiden Freunde und ihre Frauchen wieder, denn wir wollen gemeinsam zum sogenannten Schwellweiher spazieren.

Wir treffen uns am Wanderparkplatz, den ich sehr gut kenne. Hier steht ein Baum, der ganz besonders gut riecht und an dem ich jedes Mal, wenn wir hier sind, mein Revier mit ein paar Tröpfchen markieren muss.

Nachdem wir losgegangen sind, fällt mir auf, dass Anna heute sehr schweigsam ist. Normalerweise plappert sie schon wild drauf los, sobald sie ihr Auto verlassen hat.

Mein Herrchen scheint dies auch bemerkt zu haben, er wirft seiner Freundin einen besorgten Blick zu, während ich mit Flora und Hector die Büsche und Sträucher nach auffälligen Düften untersuche.

»Sag mal Anna, stimmt irgendetwas nicht mit dir? So still kenne ich dich ja gar nicht. Du bist doch hoffentlich nicht krank?«

Die Angesprochene atmet tief ein und aus, bevor sie mit trauriger Stimme antwortet. »Wisst ihr, ich habe die ganze Nacht nicht geschlafen. Ich musste immer wieder daran denken, was Susanne gestern in der Hundeschule gesagt hat. Bitte seid jetzt ganz ehrlich zu mir! Ist Hector wirklich zu dick?« Tränen laufen ihr über das Gesicht, die sie trotzig wegwischt.

»Ich liebe meinen kleinen Sonnenschein doch so sehr und ich will wirklich nur sein Bestes!«

Tröstend legt Barbara den Arm um Annas Schultern und schaut mein Herrchen mit einem hilflosen Schulterzucken an. Dieser ergreift stotternd das Wort.

»Ja, dein süßer Hector ..., er hat natürlich schon ein bisschen ..., also ich meine nicht wirklich schlimm jetzt, aber seine Röllchen ... also weißt du ...- Mensch Barbara, jetzt sag doch auch mal was!«

»Was Uwe sicher versucht zu sagen ...«, Barbara strafft ihre Schultern. »Hector ist nicht zu fett, Anna, er ist kugelrund. Bitte verstehe mich nicht falsch! Ich liebe den kleinen Mops über alles, aber ich glaube nicht, dass seine Figur so ist, wie sie eigentlich sein sollte.«

Anna schaut ihre beiden Freunde fassungslos an, dann blickt sie herab zu Hector, der gerade versucht eine Rolle auf dem Boden zu machen, was jedoch nicht ganz gelingt. Immer wieder bleibt er auf seinem Rücken liegen und zappelt mit seinen dicken Beinchen in der Luft herum.

Anna schluchzt auf und bückt sich zu ihrem Liebling, der sie sogleich mit hungrigen Augen anschaut.

»Ach mein kleiner Schatz!« Weinend öffnet sie die Futtertasche, die an ihrem Gürtel befestigt ist, und kramt eine Hand voller Hundekuchen hervor.

Ich mache große Augen und kann gar nicht glauben, was für ein Glück Hector mit seinem Frauchen hat, als Barbaras Stimme die Luft zerschneidet.

»ANNA, sag mal spinnst du jetzt komplett? Du kannst doch nicht ernsthaft hier rumheulen, weil Hector zu fett ist, und ihn im nächsten Moment mit Hundeleckerchen vollstopfen!«

»Ja, aber es ist doch das teure LIGHT Futter vom Edeka, da kann er doch ruhig ein bisschen was davon essen.«

Bevor Anna ihre Meinung ändern kann, macht sich Hector mit einem gierigen Grunzen über die Hand voller Hundekuchen her.

Erneut beneide ich ihn um sein großzügiges Frauchen und schaue zu Flora, die unseren Freund kritisch beobachtet.

Mein Herrchen geht auf Anna zu und schließt ihre Futtertasche. Wahrscheinlich will er verhindern, dass noch mehr Hundekuchen den Besitzer wechseln.

»Also ganz ehrlich! Ich denke Susanne könnte recht haben und ihr zwei habt tatsächlich ein ernstzunehmendes Ernährungsproblem. Was hat er denn heute schon alles von dir bekommen?«

Anna überlegt und kratzt sich am Kopf. »Besonders viel war es bis jetzt noch nicht. Nur ein bisschen hiervon und ein bisschen davon.«

»Ein bisschen hiervon und davon? Geht es eventuell auch ein wenig genauer?«

»Also, zum Frühstück hatte er nur eine Dose von seinem Hundefutter, nein Moment, da war ja auch noch das Stück Schweinebraten von gestern Abend, der war ja nun viel zu schade zum Wegschmeißen. Na ja, und ohne einen

Semmelknödel brauche ich dem Hector sowas ja dann auch nicht anzubieten.«

Barbara und Uwe werfen sich ungläubige Blicke zu, doch Anna ist mit ihrer Aufzählung noch nicht fertig. »Bevor wir dann hierher gekommen sind, waren wir noch auf einen Sprung bei der Oma, die backt ja mittwochs immer ihre leckeren Krapfen. Da hat er natürlich auch was abbekommen.«

Barbara schüttelt fassungslos den Kopf. »Du willst nicht ernsthaft behaupten, dass Hector einen Krapfen gegessen hat?«

Anna schaut schuldbewusst auf ihre Hände, die sie vor dem Körper verschränkt hält. »Um ehrlich zu sein, hat er sogar zwei bekommen. Aber die hat die Oma doch ganz frisch gemacht, und außerdem ist da Marmelade drin - das ist doch auch Obst. Ein paar Vitamine sind da bestimmt noch übrig.«

Mein Herrchen starrt sprachlos zu Hector und dann zu Anna, es dauert einen Moment, bis er in der Lage ist zu sprechen.

»Großer Gott, warum stopfst du den armen Hund denn so dermaßen voll und dann auch noch mit so vielen fettigen Sachen? Das kann doch unmöglich gut für seine Gesundheit sein.«

Anna schaut zu Boden. Als sie ihren Kopf wieder hebt, laufen ihr Tränen über das Gesicht.

Sie will etwas sagen, doch als sie ihren Mund öffnet, ist lediglich ein verzweifeltes Schluchzen zu hören. Erneut legt ihr Barbara den Arm um die Schulter, was sie ein wenig zu beruhigen scheint.

»Wisst ihr ...«, Anna schnäuzt geräuschvoll in ein Taschentuch, das mein Herrchen ihr in die Hand gedrückt hat, »ich sehe meinen kleinen Hector immer wieder in dieser schmutzigen Gosse am Rastplatz liegen, wo ich ihn damals gefunden habe. Sein klägliches Wimmern verfolgt mich bis heute und geht mir einfach nicht aus dem Kopf. Ich kann nicht anders, als ihn zu verwöhnen, und will doch wirklich nur sein Allerbestes.«

Die drei Menschen schweigen, bis Barbara als erste die Sprache wiederfindet.

»Anna, ich weiß doch wie sehr du an Hector hängst, doch du solltest seinen Speiseplan ganz dringend überarbeiten! Du tust ihm ganz sicher keinen Gefallen mit dem ganzen Zeug, das du an ihn verfütterst.«

»Vielleicht habt ihr recht und ich muss wirklich etwas ändern.« Anna schaut zu ihrem Hund und öffnet gedankenverloren ihren Futterbeutel. Als sie jedoch die warnenden Blicke ihrer beiden Freunde sieht, lässt sie zu Hectors Enttäuschung die Tasche schnell wieder zuschnappen. »Können wir jetzt bitte über etwas anderes reden?«

Während ich das Gespräch der Menschen interessiert verfolgt habe, scheint Hector überraschenderweise völlig unbeeindruckt zu sein.

Flora stupst den Mops freundlich mit ihrer Nase an.

»Bist du denn gar nicht beunruhigt? Die Zeiten von Schweinebraten und Omas Krapfen könnten nun bald für dich vorbei sein, wenn Anna ernst macht.«

Hector schaut sein Frauchen mit einem zufriedenen Schwanzwedeln an. »Die beruhigt sich schon wieder. An dem Punkt waren wir schon einmal. Damals war es allerdings unsere Nachbarin, die ihr den Floh ins Ohr gesetzt hat, ich sei zu fett. Wie ihr sehen könnt bekomme ich meine Leckerchen immer noch. Mit der Nachbarin spricht mein Frauchen seitdem allerdings kein Wort mehr.«

Beeindruckt laufe ich neben meinem klugen Freund her, als ich eine Bewegung aus dem Augenwinkel wahrnehme.

Kurz überlege ich, ob ich einen kleinen Ausflug in den Wald riskieren kann. In den letzten Tagen bin ich ziemlich brav gewesen, daher denke ich, dass ich es mir durchaus leisten kann, ein wenig über die Stränge zu schlagen.

Unauffällig lasse ich mich ein Stück zurückfallen, damit mein Herrchen mich nicht mehr im Blick hat.

»Psst ihr zwei, ich habe da vorne gerade irgendetwas gesehen ... kommt, wir schauen mal, wer sich da herumtreibt!«

Bevor Uwe mir mit der Leine zu nahe kommen kann, bin ich auch schon mit einem Sprung im Wald verschwunden.

Hector, den man nicht zweimal bitten muss, wenn es darum geht auszubüchsen, folgt mir noch im gleichen Augenblick.

Lediglich Flora scheint kurz zu überlegen, ob sie nicht lieber bei ihrem Frauchen bleiben sollte, flitzt dann jedoch auch hinter uns her, um nichts zu verpassen.

Wir hören die wütenden Stimmen der drei Menschen, die von unserem kleinen Ausflug scheinbar nicht sonderlich begeistert sind. Sie brüllen unsere Namen, doch da ist es bereits zu spät und wir denken gar nicht daran umzukehren.

Zufrieden laufen wir nebeneinander her, schnüffeln an ein paar Bäumen und halten nach wilden Waldbewohnern Ausschau, die wir ein wenig durch das Unterholz jagen können.

Hinter einem Felsen entdecke ich einen riesigen, braunen Fladen, der noch ganz frisch zu sein scheint, was ich am strengen Geruch und den kleinen Dampfwolken erkennen kann, die ihm entweichen.

Aufgeregt flitze ich zu dem übelriechenden Haufen und dann wieder zurück zu meinen Freunden.

»Hector, komm schnell! Wir tarnen uns ein bisschen, dann wird unsere Suche noch viel spannender!«

Mein Freund nimmt begeistert Anlauf und rennt auch schon los, als uns Flora einen tadelnden Blick zuwirft. Kurz bevor er sich in dem braunen Haufen hin und her rollen kann, bremst Hector ab und kommt nur wenige Zentimeter vor seinem Ziel zum Stehen.

Ungeduldig schaut er Flora an.

»Was ist denn nun schon wieder?«

»Ihr solltet das wirklich nicht tun.«

Flora klimpert mit ihren großen Hundeaugen.

»Phoebe, weißt du etwa nicht mehr, wie viel Ärger du beim letzten Mal bekommen hast, als du das gemacht hast? Du hast so sehr gestunken, dass es nicht auszuhalten war, und auf dein geliebtes Sofa haben dich deine Herrchen dann auch eine ganze Zeit lang nicht mehr gelassen.« Tatsächlich habe ich das alles noch nicht vergessen. Besonders der ausgiebige Besuch der Hundedusche mit meinem fluchenden Herrchen ist mir noch in besonders schlechter Erinnerung.

»Komm Hector, Flora hat ja recht ... vielleicht beim nächsten Mal.« Ich schaue zu meinem Freund, der einen letzten, enttäuschten Blick auf den dampfenden Haufen wirft und dann langsam in unsere Richtung trottet.

Immer tiefer laufen wir Seite an Seite in den Wald hinein, die Rufe unserer Menschen sind mittlerweile fast nicht mehr zu hören.

Wir stecken gerade unsere drei Hundenasen in einen Busch, der irgendwie seltsam riecht, als ich ein großes Reh entdecke, das uns aus einiger Entfernung interessiert beobachtet.

Ohne zu wissen warum ich das eigentlich mache, fange ich an zu kläffen und springe zu dem Reh, welches sofort die Flucht ergreift. Auch meine beiden Freunde nehmen lautstark bellend die Verfolgung auf. Aufgeregt rennen wir über Stock und Stein, kommen immer näher. Wir laufen über eine große Wiese, durch dichtes Gebüsch und versuchen dabei das Reh nicht aus den Augen zu verlieren. Begeistert schaue ich über meine Schulter und entdecke Hector, der in einem erstaunlichen Tempo nicht weit hinter mir herläuft. Doch wo ist Flora? Sie war doch eben noch ganz dicht bei uns. Besorgt bremse ich ab, was dazu führt, dass Hector mich mit einem Rums über den Haufen rennt.

»Phoebe, was machst du denn?«

Ich springe wieder auf meine Beine, schüttele mich kurz und schaue suchend umher, kann unsere Freundin jedoch nirgends entdecken.

»Flora ist weg!«

Nun scheint auch Hector verunsichert zu sein.

»Wir müssen sie suchen, komm schnell!«

Schnüffelnd verfolgen wir die Strecke zurück, die wir soeben gelaufen sind. Hinter einem großen Baum, im Schatten liegend, entdecken wir unsere Freundin. Sie hat sich zusammengerollt und hechelt, als hätte sie furchtbaren Durst. Ihr Körper zittert.

Erleichtert schaut sie uns aus ängstlichen Augen an.

»Ich bin ja so froh, dass ihr wieder bei mir seid, ich konnte auf einmal nicht mehr weiterlaufen. Mir ist so schrecklich kalt.«

Ich schaue zu Hector, der sogleich weiß was zu tun ist.

Wir kuscheln uns ganz eng an unsere Freundin, um sie zu wärmen und um einfach nur bei ihr zu sein.

Eine Weile liegen wir dort unter dem großen Baum, Seite an Seite, bis Flora endlich nicht mehr zittert.

»Habt ihr das Reh erwischt?«, langsam kehrt ein wenig Glanz in ihre Augen zurück.

»Wir haben es heute noch einmal verschont. Beim nächsten Mal hat das Biest sicherlich nicht so viel Glück.« Hector streckt stolz seine moppelige Brust nach vorne, was unglaublich lustig aussieht.

Ich stupse ihn mit meiner feuchten Nase an.

»Wir sollten langsam umkehren. Wahrscheinlich gibt es jetzt ohnehin schon genug Ärger für uns.« Langsam trotten wir nebeneinander her und schnüffeln sicherheitshalber immer wieder über den Boden, um auch den richtigen Weg zu unseren Menschen zu finden.

Wie nicht anders zu erwarten, wird Hector tränenreich von seinem Frauchen begrüßt und bekommt ein paar Hundekuchen, die sogleich in seinem Maul verschwinden, während mein Herrchen mich streng anschaut und mich an die Leine legt, wo ich wohl auch den Rest des Spaziergangs verbringen werde.

Einzig Flora schleicht hechelnd auf Barbara zu, die ihr einen besorgten Blick zuwirft. »Kleines, was ist denn los mit dir? Komm zu Frauchen!« Sie streichelt Flora vorsichtig über das Rückenfell und schaut erschrocken auf. »Uwe, sie ist ganz kühl. Eben war doch noch alles in Ordnung mit ihr.«

Mein Herrchen bückt sich und schaut ratlos zu meiner Freundin, deren Körper erneut von einem leichten Zittern geschüttelt wird. »Das ist wirklich sehr sonderbar. Vielleicht hat sie irgendetwas gestochen?! Ich denke, du solltest vorsichtshalber zu Dr. Paulus fahren, der hat mittwochs auch am Nachmittag Sprechstunde.«

Barbara nickt abwesend. »Ja, vielleicht mache ich das wirklich.«

Wir drehen um und gehen zurück zum Parkplatz, auf dem die Autos auf uns warten.

Barbara fährt als erste ab, Anna und mein Herrchen schauen ihr mit sorgenvollem Blick hinterher.

»Ich hoffe wirklich, dass es nichts Ernstes ist.« Anna bückt sich zu Hector und streichelt ihn gedankenverloren.

»Ja, das hoffe ich auch, Anna, das hoffe ich auch.«

MARILYN UND DIETER

—

In den nächsten Tagen muss ich immer wieder an meine Freundin Flora denken, sehe ihren schlotternden Körper unter dem Baum liegen und mache mir große Sorgen.

Passend zu meiner Stimmung ist der Himmel heute stockdunkel und es regnet ununterbrochen. Auf dem Sofa kann man es jedoch trotzdem ganz gut aushalten.

Oliver sitzt mit einem Buch neben mir. Mit der freien Hand streichelt er mir sanft über den Rücken, als Uwe zu uns ins Wohnzimmer kommt und sich auf das Sofa fallen lässt.

Seit unserem letzten Ausflug mit Flora schaut er mich ganz oft mit traurigen Augen an, manchmal weint er sogar ein bisschen, wenn er mit mir alleine ist. Ich glaube seine Traurigkeit hängt mit dem Anruf von Barbara zusammen, der so vieles verändert hat.

Sie hat meinem Herrchen erzählt, dass der Tierarzt irgendeinen Virus gefunden hat, der in meiner Freundin wohnt und sie sehr krank macht. Ganz genau habe ich das nicht verstanden, doch habe ich an seiner Stimme erkannt, dass dieser Virus sehr schlimm sein muss.

Oliver legt sein Buch zur Seite.

»Hat Barbara sich nochmal bei dir gemeldet?«

Mein Herrchen seufzt leise und antwortet mit ruhiger Stimme. »Sie hat eben angerufen. Es gibt nichts Neues von Flora. Ich habe gefragt, ob sie irgendetwas braucht, aber du kennst ja Barbara - sie will jetzt alleine sein.«

»Dann sollten wir ihren Wunsch respektieren. Ich weiß, wie nahe dir das alles geht!« Olivers Hand liegt nun ganz still auf meinem Rücken, er schaut Uwe mit festem Blick an. »Sie braucht die Zeit jetzt einfach. Ich fürchte sie ist bereits dabei, ganz langsam Abschied von ihrem kleinen Engel zu nehmen.«

Tränen sammeln sich in Uwes Augen. »Es ist alles so verdammt ungerecht. Ich wünschte ich könnte irgendetwas machen, um den beiden zu helfen.

Zu allem Überfluss kommt ausgerechnet heute auch noch meine furchtbare Cousine mit ihrem Mann zu Besuch.«

»Das ist vielleicht gar nicht der schlechteste Zeitpunkt. So kommen wir beide auf andere Gedanken. Und so grausig werden die zwei schon nicht sein, sie sind ja auch nur auf der Durchreise.«

»Oliver, du hast ja keine Ahnung, was uns da ins Haus schneit. Marilyn und Dieter sind einzigartig - und das meine ich ganz sicher nicht positiv.« Mein Herrchen legt die Füße auf den Couchtisch und lehnt sich zurück.

Plötzlich reißt er die Augen weit auf. »Verdammt, ich habe ganz vergessen einen Tisch für uns in irgendeinem netten Restaurant für heute Abend zu reservieren. So spontan kriegen wir doch nirgends einen Platz, so voll wie der Ort im Moment mit Urlaubern ist.«

Oliver legt ihm die Hand auf das Knie. »Du kannst dich beruhigen, habe ich alles schon gemacht. Du hattest ja weiß Gott andere Dinge im Kopf. Wir gehen mit den beiden in den Goldenen Löffel, ich habe den letzten Tisch ergattert.«

Mein Herrchen lässt den Kopf sinken und atmet tief aus. »Mit Marilyn und Dieter in den Goldenen Löffel? Na, das kann heiter werden.«

Kurze Zeit später machen wir uns auf den Weg zu den Montara Suites, wo unsere beiden Besucher übernachten werden.

Wir sitzen auf einer Bank vor dem Hotel, als ein gelbes Auto laut hupend die Straße hinauffährt und auf unserem Parkplatz zum Stehen kommt. Neugierig strecke ich meinen Kopf in die Höhe, um hoffentlich bald einen Blick auf die zwei Menschen werfen zu können, die so einzigartig sein sollen.

Als sich die Autotüren öffnen, sehe ich zuerst einen breiten, langhaarigen Mann, der ganz viele Bilder auf seinen Armen und auf seinem Hals hat.

Er winkt uns zu, brüllt irgendetwas, das ich nicht richtig verstehen kann, und da entdecke ich auch schon die Frau, die gerade versucht mit ihren wahnsinnig hohen Schuhen und ihrem sehr kurzen Rock aus dem Auto zu steigen, ohne dabei mit der Nase auf dem Boden zu landen.

»Na?« Mein Herrchen beugt sich leise flüsternd zu Oliver, der die beiden Neuankömmlinge fasziniert beobachtet. »Habe ich etwa zu viel versprochen?«

Als sich die Frau mit den schwarzen Locken auf dem Kopf endlich aus dem Auto befreit hat, stöckelt sie winkend auf meine beiden Herrchen zu. Sie fällt Uwe lautstark um den Hals.

»Nee, wat is dat schön, dat wir uns nochma wiedersehen wir zwei - ich krieg richtig Pipi in die Augen, so freu ich mich.«

Oliver beobachtet die Begrüßung sprachlos, als sich die Frau kurz darauf auch an seinen Hals wirft.

»Hallo Oliver, es is ja so schön, dat ich dich auch endlich mal kennenlerne. Ich bin dat Marilyn.«

Plötzlich verlässt ein schrilles Kreischen ihren Mund. Sie lässt von dem erleichterten Oliver ab und beugt sich zu mir herab. »Ich glaub dat nich, is dat ein Zuckerschnütchen!« Sie drückt mich an ihr bunt bemaltes Gesicht. »Dat Kleine is ja auf die Fotos schon der Hammer, aber in Natura is dat ja noch viel leckerer. Dieter, ne jetzt sag doch auch mal wat!«

Der Mann mit den vielen Bildern auf den Armen ist mittlerweile auch bei uns angekommen. Er stellt die beiden Koffer, die er aus dem Auto geholt hat, auf den Boden und drückt Uwe fest an die breite Brust. Mit seiner großen Hand schlägt er ihm dabei lachend auf den Rücken. Mein Herrchen bekommt ein ganz rotes Gesicht, während keuchend etwas Luft aus seinen Lungen entweicht.

»Uwe, sach mal, an dir ist ja immer noch nix dran, kriegst du von die Bayern hier nich genug zum Essen?« Bevor er auch Oliver begrüßen kann, schnappt sich dieser die beiden Koffer und läuft schnell zum Eingang.

»So ihr zwei, hier entlang, eure Suite ist im ersten Stock. Wir müssen uns ein bisschen beeilen, ich habe um 18:00 Uhr einen Tisch zum Essen reserviert. Vielleicht wollt ihr euch ja noch ein wenig frischmachen oder ... etwas anderes anziehen, während wir noch einmal schnell nach Hause gehen?«

Verständnislos schauen sich Marilyn und Dieter an, folgen Oliver jedoch, damit er sie zum Zimmer bringen kann.

Auf dem Weg in das Löffelrestaurant holen wir unsere beiden Besucher im Hotel ab. Laute Musik ist durch die Zimmertüre zu hören. Marilyn versucht mit ihrer schrillen Stimme mitzusingen, was sich sehr sonderbar anhört.

Die Türe öffnet sich, nachdem mein Herrchen einige Male anklopfen musste, und vor uns steht Marilyn.

Sie hat sich tatsächlich umgezogen. Ihre Schuhe sind jetzt noch höher und der Rock noch kürzer. Dieter steht hinter ihr und lässt seine Hand mit einem lauten Klatschen auf ihren Hintern knallen. Stolz blickt er meine Herrchen an. »Schaut nur, wat sich dat Marilyn extra für euch aufgemöbelt hat! Dat is bestimmt die heißeste Braut in dem ganzen Laden, wo wir jetzt hingehen.«

»Da bin ich ganz sicher!« Höre ich mein Herrchen flüstern, während Oliver bewegungsunfähig vor der Türe steht und die beiden mit offenem Mund anstarrt.

Wir fahren mit dem Auto in das Löffelrestaurant. Ich bin schon sehr gespannt und freue mich riesig, dass ich zum ersten Mal mitgehen darf, denn eigentlich sagt Oliver immer, dass dieses Restaurant nicht der geeignete Platz für Hunde ist. Heute hat er jedoch seine Meinung geändert.

»Wenn wir Cindy und Bert mit in den Goldenen Löffel nehmen können, macht Phoebe den Braten auch nicht mehr fett.« Hat er zu Hause gesagt, während er mir mein gutes Halsband umgelegt hat, damit ich besonders hübsch aussehe.

Als wir das Restaurant betreten, bleiben wir zuerst im Eingang stehen und ich habe Zeit mich umzuschauen.

Es leuchten unzählige Kerzen, die im Takt der ruhigen Musik zu flackern scheinen. An den Tischen sitzen hübsch angezogene Menschen, die sich leise unterhalten und währenddessen kleine Happen von sehr großen Tellern zu sich nehmen. Ich bin erleichtert, dass meine Hundenäpfe zwar nicht so riesig wie die Teller im Löffelrestaurant, die Portionen dafür aber umso größer sind.

Ein Mann in einem schwarzen Anzug kommt auf uns zu.

»Ah, da sind ja die Herren aus den Montara Suites und ... ähm ... Ihre Begleitung, nehme ich an?« Verwirrt schaut er Marilyn und Dieter an, sein Blick bleibt an dem kurzen, pinken Rock hängen.

»Ich habe einen ganz besonders schönen Platz am Fenster für Sie reserviert, wenn Sie mir bitte folgen würden!«

Er bringt uns zu einem Tisch, unter dem ich sogleich verschwinde, so wie es mir mein Herrchen beigebracht hat.

»Ich wünsche Ihnen einen schönen Abend. Man wird sich sofort um Sie kümmern.«

Kaum ist er verschwunden, steht eine große, schlanke Frau an unserem Tisch. Sie hält ein kleines Buch in ihrer Hand.

»Herzlich willkommen im Goldenen Löffel. Ich bin Angela, Ihr Sommelier für diesen Abend. Was darf ich Ihnen als Aperitif kredenzen? Wie wäre es mit einem schönen Glas Champagner? Ich hätte einen ganz hervorragenden Tropfen auf der Karte.«

Dieter schaut auf das kleine Buch, er sieht aus, als hätte er nicht viel von dem verstanden, was die blonde Frau gerade gesagt hat.

»Haben Sie auch eine ordentliche Pulle Bier für mich und meine Frau im Kühlschrank? Dat is ja schließlich Bayern hier.«

Entsetzt schaut Angela auf, nun sieht sie so aus, als hätte sie nicht besonders viel verstanden.

Nervös fummelt mein Herrchen an seiner Serviette herum. »Dann bringen Sie uns doch bitte zwei Gläser Champagner und, äh, zwei Gläser Bier für meine Cousine und ihren Mann, vielen Dank.«

»Wat hat die blöde Spinatwachtel denn so dämlich geglotzt?« Marilyn strafft entrüstet ihre Schultern. »Is meine Nase krumm im Gesicht oder wat is hier los?«

Noch bevor irgendwer antworten kann, steht bereits der nächste Mann am Tisch, auch er hält ein kleines Buch in der Hand.

Begeistert sitze ich auf meinem Platz unter dem Tisch und versuche nichts zu verpassen.

»Einen schönen guten Abend die Herrschaften! Mein Name ist Charles und ich bin heute Abend für Ihr leibliches Wohl zuständig. Darf ich Ihnen unser berühmtes Chateaubriand empfehlen? Dazu eventuell eine kleine Auswahl köstlicher Beilagen, die ich gerne für Sie zusammenstelle?«

Marilyn beugt sich vor und klimpert mit ihren Augen.

»Dat hört sich aber exklusiv an. Ich hoffe, dat is nix mit Hühnchen, dat vertrag ich nämlich überhaupt nich, da krieg ich Verstopfung davon.«

Die schön angezogenen Menschen am Tisch nebenan hören auf zu reden und starren Marilyn erschrocken an, während Charles nervös an seiner Krawatte herumzupft und versucht, sein Lachen zu unterdrücken.

»Ich denke wir probieren das Chateaubriand. Das soll hier wirklich hervorragend sein.« Oliver tätschelt Marilyns Hand. »Und keine Angst, das ist garantiert kein Hühnchen.«

Eine lange Zeit vergeht, ohne dass etwas Interessantes geschieht. Ich schaue zuerst noch ein wenig zu den anderen Tischen, beschließe aber dann ein kleines Nickerchen zu halten. Die ruhige Musik ist einfach zu entspannend.

Plötzlich machen sich meine Nasenflügel selbstständig. Sie zucken auf und ab, als ich einen Duft wahrnehme, der köstlicher ist, als alles was ich jemals in meinem Hundeleben gerochen habe.

Ein Tisch mit Rädern wird zu uns geschoben, ein Mann in einer weißen Jacke steht daneben und deutet auf das, was auf dem Tisch liegt und so wundervoll riecht.

»Die Herrschaften haben unser Chateaubriand bestellt, eine gute Wahl, eine sehr gute Wahl.« Der Mann beginnt mit einem großen Messer in der Luft herumzuwedeln, um dann sorgfältig das riesige Stück Fleisch, das auf dem Tisch liegt, zu zerschneiden. Vorsichtig lässt er die abgeschnittenen Scheiben auf die einzelnen Teller gleiten. Hungrig schlecke ich mir über das Maul und hoffe, dass ein Stück von dem Fleisch auch bei mir unter dem Tisch landet, doch warte ich darauf leider vergeblich.

»Ich wünsche den Herrschaften einen guten Appetit! Bitte melden Sie sich bei Charles, sollten Sie noch einen Wunsch haben!«

Der Mann in der weißen Jacke dreht sich um und hat sich bereits ein ganzes Stück von unserem Tisch entfernt, als Dieters Stimme lautstark durch das Restaurant dröhnt. »Meister, kannst du nochma kurz zurückkommen? Da is wat nich in Ordnung mit dem Schatto dingens bummens!« Die Gespräche an den umliegenden Tischen verstummen, einige der hübsch gekleideten Menschen schauen Dieter neugierig an, andere wiederum werfen ihm empörte Blicke zu, als er ruhig fortfährt. »Dat is ja noch total blutig, dat Fleisch. So kriegt meine Marilyn dat nich runter! Kannste dat noch mal eben in die Pfanne kloppen?«

Die Stille die nun entsteht wird nur unterbrochen durch eine Gabel, die irgendwo klirrend auf einen Teller fällt. Aus einer anderen Ecke höre ich ein leises Kichern.

»Dat is ja nich so schlimm!« Marilyn legt ihr Besteck zur Seite und schaut verständnisvoll von ihrem Teller auf. »Sowat is mir beim Schnitzel braten auch schon passiert - kommt in die besten Familien vor.« Beherzt schiebt sie ihr Fleisch mit einer Gabel auf Dieters Teller und drückt diesen dem fassungslosen Mann, dessen Gesicht nun so weiß ist wie seine Jacke, in die Hand. Er öffnet seinen Mund, um etwas zu sagen, schüttelt dann jedoch langsam seinen Kopf und verschwindet mit Dieters Teller, auf dem das köstliche Fleisch liegt, von dessen Duft mir noch immer das Wasser im Maul zusammenläuft.

Langsam nehmen die anderen Gäste ihre Gespräche wieder auf und auch an unserem Tisch wird es wieder etwas lebhafter.

»Uwe, ich muss dir da unbedingt noch wat erzählen.« Marilyn rutscht hektisch auf ihrem Stuhl hin und her. »Du kannst dich doch an dat Margot von gegenüber erinnern. Du weißt schon, dat hat doch immer an dir rumgenörgelt, weil du schon als Kind lieber mit der Handtasche von deiner Mutter rumgerannt bist, als mit die anderen Jungs Fußball zum spielen.«

Mein Herrchen schaut nervös zu dem Tisch nebenan, während Oliver sich an seinem Wein verschluckt.

»Na, jedenfalls ...«, Marilyn beugt sich mit verschwörerischer Miene über den Tisch, »haben die jetzt ihren Sohn, den Herbert, erwischt, wo den doch tatsächlich versucht hat ein Auto zum klauen, den blöden Hund, den dreimal blöden.« Marilyn trinkt einen großen Schluck von ihrem Bier und wischt sich den Mund mit ihrem Handrücken ab. »Die nächsten Jahre wird der wohl in den Bau wandern. War ja nich dat erste Mal, dat den so einen Mist angestellt hat. Ich glaube dat Margot wäre froh, wenn dem sein Herbert als Kind mit der Handtasche rumgerannt wäre, anstatt jetzt Autos zum knacken - is wohl sowat wie ausgleichende Gerechtigkeit.«

Just in diesem Moment kommt Charles mit zwei Tellern in der Hand zu unserem Tisch, die er vor Marilyn und Dieter abstellt.

»So, da wären wir wieder. Zweimal Chateaubriand gut durchgebraten. Darf es eventuell auch etwas Ketchup dazu sein?« Ohne eine Antwort abzuwarten, dreht er sich um und verlässt grinsend unseren Tisch.

Während nun mit Besteck geklimpert und mit leisen Schmatzgeräuschen das Fleisch verspeist wird, sitze ich traurig unter dem Tisch. Nur zu gerne hätte ich auch einmal probiert, was da über mir gerade mit Messer und Gabel bearbeitet wird.

Ich will mich schon wieder auf dem Boden zusammenrollen und mich selbst ein wenig bemitleiden, als Marilyn ihre Hand unter den Tisch gleiten lässt. Heimlich lässt sie ein Stück von ihrem Fleisch direkt vor meine Nase plumpsen, welches ich mir sofort schnappe, bevor mein Herrchen noch etwas mitbekommt.

Ich kann kaum glauben, wie unfassbar lecker das Fleisch schmeckt, als ein zweites Stück auf den Boden fällt. Diesmal kam es aus Dieters Richtung. Es landen noch einige köstliche Brocken vor meiner Nase und ich bin wirklich mehr als vollgefressen, als wir später am Abend das Löffelrestaurant verlassen und nach Hause zurückkehren.

Der nächste Morgen zeigt sich von seiner schönsten Seite. Die Sonne scheint durch die Fenster, wärmende Strahlen erreichen meinen

Hundekorb im Frühstücksraum, wo ich bereits gespannt auf Marilyn und Dieter warte.

Die beiden sind die ersten Gäste, die zum Frühstück erscheinen. So haben meine Herrchen Zeit sich mit ihnen an den bereits gedeckten Tisch zu setzen, aber erst nachdem mich Marilyn ausgiebig und mit einigen Streicheleinheiten begrüßt hat.

»Wohin fahrt ihr jetzt von uns aus eigentlich genau?«, möchte Oliver wissen, während er Kaffee in die Tassen gießt, die bereits auf dem Tisch stehen.

»Wir fahren für eine Woche am Königssee, dat is da unten in Berchtesgaden. Dann müssen wir wieder zurück, dat Marilyn muss nächste Woche wieder schaffen.« Dieter gibt ein wenig Milch in den Kaffee und rührt klimpernd mit dem Teelöffel in der Tasse herum. Er schleckt den Löffel ab und spricht dann weiter. »Eigentlich hat dat Marilyn ja noch ein paar Tage Urlaub, aber dat macht da ja noch sowat Ehrenamtlichet nebenbei, und da würde mein Schatz niemals auch nur einen Tag verpassen.«

Marilyn senkt den Kopf und schaut auf ihre langen Fingernägel. »Ach, lass gut sein Dieter, dat muss doch nich jeder wissen, dat is doch nix besonderet.«

Mein Herrchen sieht das scheinbar ganz anders, verwundert schaut er seine Cousine an. »Ich wusste gar nicht, dass du außer deiner Arbeit im Fitnessstudio noch etwas anderes machst. Erzähl doch mal!«

Verlegen und mit leiser Stimme kommt sie seiner Aufforderung nach. »Wisst ihr, da gibt es so ein Hospiz für Kinder, die wo leider nich mehr gesund werden können, is gar nich so weit weg von uns. Die brauchen da ständig wen, der wo sich ein bisschen mit die süßen Würmchen beschäftigt, mit ihnen spielt oder Geschichten erzählt, damit die Eltern auch mal einen Kaffee schlürfen können oder sowat in der Art. Is ja bestimmt nich leicht für die armen Leute, dat ganze Elend mit anzugucken. Der Dieter und ich, wir haben zwar nich so viel Kohle wie andere, aber helfen muß man doch trotzdem, wenn Menschen in Not sind und nich so viel Glück haben wie man selber.«

Dieter legt seine Hand auf die von Marilyn, verliebt schaut er sie an.

»Schatz, zeig doch ma die Fotos von die kleinen Engelkes, die schleppst du doch sowieso immer mit dir rum!«

Sie nimmt ihre Handtasche auf den Schoß und kramt vorsichtig ein paar Bilder hervor. Mit glänzenden Augen erzählt Marilyn nun von dem kleinen Jeremy, der an Leukämie erkrankt ist, aber ein wahrer Schachmeister ist, von Lisa, die keine Haare mehr auf dem Kopf hat, doch nichts lieber macht als sich zu verkleiden, um Prinzessin zu spielen und von ihrem ganz besonderen Freund Emil, der zwar erst vier Jahre alt ist, aber Marilyn unbedingt heiraten will, wenn er einmal groß ist ...

Dieter hält die Hand seiner Frau immer noch fest umschlossen, als diese die Fotos längst schon wieder in die Handtasche zurückgesteckt hat.

Als wir uns später voneinander verabschieden, bückt sich Marilyn zuerst zu mir herab. »Dass du mir schön auf die beiden Jungs aufpasst, kleines Zuckerschnütchen, die zwei sind nämlich wat ganz besonderet, glaub mir!«

Währenddessen drückt Dieter meine Herrchen nacheinander an die Brust, was sich diesmal sogar Oliver gefallen lässt, obwohl er dabei rot anläuft, als würde sämtliche Luft aus seinen Lungen gepresst.

Zuletzt fällt auch Marilyn den beiden um den Hals. Ich entdecke ein paar kleine Tränen in ihren Augen.

Oliver schaut sie mit ernstem Blick an und streichelt ihr über den Arm. »Es war mir wirklich eine ganz besondere Ehre, euch beide kennenzulernen und ich hoffe, nein wir hoffen, dass ihr uns bald noch einmal besuchen kommt. Wir haben immer einen Platz für euch in unserem Haus«

Uwe legt den Arm um Olivers Schulter und schaut zu, wie seine Cousine und ihr Mann in das Auto steigen.

Der Motor läuft bereits, als Dieter das Fenster herunterkurbelt und den Kopf herausstreckt.

»Aber nächstes Mal gehen wir lecker Schnitzel futtern, passt besser zum Bier.« Mit einem Augenzwinkern gibt er Gas und schon verschwindet das gelbe Auto mit den beiden winkenden Menschen laut hupend von unserem Parkplatz.

ALTERNATIVE ERZIEHUNG

—

Es ist bereits spät am Nachmittag, Marilyn und Dieter sind schon vor einigen Stunden abgereist, als mein Herrchen die Leine vom Haken nimmt, was nur bedeuten kann, dass wir eine Gassirunde drehen werden.

Begeistert laufe ich zu ihm und setze mich hechelnd vor seine Füße, damit er mir das Halsband umlegen kann. Er steckt den Kopf durch die Küchentüre, wo ich Oliver vermute.

»Ich bin gerade mal mit Phoebe unterwegs, wir treffen uns mit Barbara. Sie hat eben angerufen und gefragt, ob wir mit den Hunden ein paar Schritte laufen wollen.«

Oliver kommt zu uns in den Hausflur, er trocknet sich mit einem Tuch die Hände ab.

»Ach, das ist ja schön. Dann richte den beiden bitte einen ganz besonders lieben Gruß von mir aus. Bist du zum Essen wieder zurück?«

»Da es heute deine berühmte Lasagne gibt, kannst du dich darauf verlassen, dass ich pünktlich sein werde.« Mit einem Grinsen im Gesicht öffnet Uwe die Türe und wir gehen los.

Ich freue mich schon sehr auf meine Freundin Flora, denn seit unserem letzten gemeinsamen Ausflug, der so ein trauriges Ende genommen hat, habe ich sie nicht mehr gesehen.

Als wir das Waldstück erreichen, an dem wir die beiden treffen wollen, erkenne ich Flora schon von weitem. Sie steht wackelig neben ihrem Frauchen und sieht völlig anders aus, als noch vor ein paar Tagen.

Sie ist sehr dünn geworden. Ihr sonst so glänzendes Fell hängt kraftlos an ihr herab und das wundervolle Leuchten ist aus ihren Augen verschwunden.

Ich laufe zu meiner Freundin und schlecke ihr ganz vorsichtig über die Nase. Ein kleines bisschen Glanz kehrt in ihren Blick zurück, als sie sich daraufhin zaghaft schüttelt.

Barbara bückt sich zu mir und streichelt mich für einen Moment, dabei stelle ich fest, dass sie sich ebenfalls sehr verändert hat. Unter ihren Augen sind tiefe, schwarze Ränder und ihr Mund, den ich nur mit einem gütigen Lächeln kenne, hat einen traurigen Zug angenommen.

Barbara steht auf und schaut mein Herrchen lange an. Ich erkenne an seinem erschrockenen Gesichtsausdruck, dass auch er die Unterschiede bemerkt hat und sich große Sorgen macht. Vorsichtig nimmt er Barbara in den Arm und drückt sie schweigend an sich, leise dringt ihr Schluchzen an meine Ohren.

»Ach verdammt nochmal, dabei habe ich mir geschworen, nicht gleich wieder loszuheulen.« Barbara befreit sich aus der Umarmung und wischt sich wütend ein paar Tränen aus dem Gesicht.

»Es geht nur alles so furchtbar schnell, viel zu schnell, ich ... ich bin einfach noch nicht soweit. Verstehst du das?«

Mein Herrchen greift nach Barbaras Hand und hält sie lange fest, während ich neben Flora stehe und gar nicht weiß, was ich denken soll.

»Es tut mir alles so schrecklich leid. Ich wünschte ich könnte dir und Flora irgendwie helfen.«

Einen Moment lang schauen sich die beiden Menschen aus traurigen Augen an. Mein Herrchen bückt sich, um mich abzuleinen, damit ich herumrennen kann, doch möchte ich lieber hier bei meiner Freundin bleiben.

»Was sagt denn Dr. Paulus, ich meine gibt es noch Möglichkeiten, kann er irgendetwas machen?«

Barbara presst ihre Lippen aufeinander und schüttelt bekümmert den Kopf.

»Es ist dieser verfluchte Virus. Er gibt ihr Tabletten und Spritzen, damit sie nicht zu sehr leiden muss, und vielleicht noch ein bisschen mehr Zeit hat, aber ...«

Erneut laufen Barbara Tränen über das sonst so fröhliche Gesicht, die sie mit ihrem Handrücken fortwischt. Sie schaut Flora zärtlich an, bevor sie ihren Rücken durchstreckt, ihr Gesicht nimmt einen entschlossenen Ausdruck an. »Verdammt, jetzt ist Schluss damit! Wir haben uns nicht getroffen, damit ich die ganze Zeit nur herumjammere, lasst uns jetzt bitte ein paar Schritte spazieren gehen!«

Wir kommen heute nur sehr langsam voran, denn jeder Schritt scheint Flora große Mühe zu bereiten, doch stört mich das Tempo nicht. Zu glücklich bin ich darüber, meine Freundin bei mir zu wissen.

Eine Zeit lang gehen wir langsam nebeneinander her, bis Flora schwer atmend stehenbleibt und mir in die Augen blickt. »Du kannst ruhig abhauen und Uwe ein bisschen damit ärgern. Ich weiß doch, wie viel Spaß dir das macht.

Schau nur, er passt gerade überhaupt nicht auf.«

Kurz denke ich über ihren Vorschlag nach und werfe einen Kontrollblick nach hinten, doch irgendwie möchte ich lieber hierbleiben und neben meiner Freundin herlaufen.

»Ach weißt du, ich habe heute Mitleid mit meinem armen Herrchen und werde ausnahmsweise folgsam sein. Außerdem bin ich hier erst vor ein paar Tagen ausgebüchst, da ist wirklich nichts Interessantes gewesen.«

Flora schenkt mir einen dankbaren Blick, bevor wir Seite an Seite weitergehen.

Als unsere Schritte immer langsamer werden, halten die beiden Menschen an einer Bank, um dort eine Pause einzulegen.

Barbara öffnet ihre Handtasche und holt eine köstliche Hundewurst hervor, die sie Flora vor die Nase hält.

»Hier mein Kleines, die magst du doch so gerne.«

Flora schnüffelt an der Wurst und schaut ihrem Frauchen traurig in die Augen.

»Ach mein armer Engel, was mache ich denn nur mit dir?« Barbara seufzt besorgt und legt anschließend mir die Leckerei vor die Pfoten, jedoch erst, nachdem sie mein Herrchen mit einem Blick um Erlaubnis gebeten hat. Nur für einen kurzen Moment überlege ich, bevor ich nach der Hundewurst schnappe, die mir jedoch heute nicht so richtig schmecken will ...

Die Zeit vergeht. Nachdenklich liege ich neben Flora vor der Bank, auf der unsere beiden Menschen sitzen und bekümmert auf uns herabschauen.

Uwe nimmt einen tiefen Atemzug. »Wirst du damit klarkommen?«

Barbara zuckt langsam mit den Schultern, bevor sie mit schwacher Stimme antwortet. »Ich weiß es nicht, ich weiß es wirklich nicht, aber ich muss da wohl irgendwie durch. Ich habe nur eine Bitte an dich ...«

Verzweifelt schaut sie auf Flora herab, die bereits vor ein paar Minuten erschöpft eingeschlafen ist.

»Kannst du bitte bei mir sein, wenn es soweit ist? Ich glaube nicht, dass ich das ganz alleine ertragen kann.«

Als mein Herrchen antworten will, versagt ihm die Stimme. Er nickt seiner Freundin weinend zu, während ich noch immer neben Flora liege und ihren schlafenden Körper bewache.

Auf dem Heimweg ist mein Herrchen ungewöhnlich schweigsam. Normalerweise erzählt er mir sehr viel, wenn wir alleine sind. Und weil er ja denkt, dass ich ohnehin kein Wort verstehe, sind mir schon die wildesten Geschichten zu Ohren gekommen, die Oliver sicherlich sehr überraschen würden.

Wir sind schon fast zu Hause angekommen, als das Telefon klingelt. Fluchend fischt mein Herrchen den kleinen, silbernen Hörer aus der Tasche und hält ihn an sein Ohr.

»Keine Angst, wir kommen pünktlich zum Essen. Du kannst mir vorab schon mal etwas mit ganz vielen Umdrehungen eingießen, das werde ich gleich dringend brauchen.« Einen Moment lang lauscht Uwe in das Telefon, bevor er die Augen schließt und tief ausatmet.

»Ja, aber warum kommt sie denn heute Abend schon an? Die Suite ist doch erst ab morgen reserviert.«

Erneut hört er für einen Moment zu, bevor er genervt in den Hörer hineinspricht.

»In Ordnung, dann gehe ich jetzt wohl zum Hotel und warte auf die gute Frau. Aber die Umdrehungen werde ich später erst recht bitter nötig haben, das sage ich dir. Also, bis gleich.«

Das Telefon wandert zurück in die Hosentasche.

»Sorry Kleines, unser Abendessen wird wohl noch ein bisschen warten müssen. Dafür lernst du jetzt eine waschechte Oberstudienrätin kennen und ihren neuen Hund hat sie auch dabei - also benimm dich bloß anständig!«

Wir sind kaum an den Montara Suites angekommen und haben es uns ein wenig gemütlich gemacht, da höre ich ein lautes Scheppern vor der Türe und eine kräftige Boxerhündin sprintet in den Gastraum. Sie zerrt eine lange Leine hinter sich her, an deren Ende sich eine sehr schlanke Frau befindet, die schimpfend hineinstolpert.

»Dörte, jetzt ist es aber mal gut! Habe ich dir nicht erklärt, dass du so etwas nicht machen sollst. Dörte, jetzt bleib endlich stehen Herrgott nochmal! DÖÖÖÖRTE!«

Die Frau wird unsanft von einem Frühstückstisch abgebremst, über den sie mit dem Kopf zuerst geschleudert wird. Fassungslos sehe ich zu, wie die mir unbekannte, aber sehr gelenkige Frau auf dem Boden landet, die Hundeleine noch immer fest in ihrer Hand.

Mein Herrchen stürzt zu ihr, sein Blick drückt Besorgnis aus. »Ja Sieglinde, was machst du denn um Himmels willen? Kannst du aufstehen, ist alles in Ordnung?«

Die Frau mit Namen Sieglinde rappelt sich langsam hoch und rückt ihre Brille gerade, eine Haarsträhne hat sich aus ihrem straffen, blonden Haarknoten gelöst.

»Nichts passiert, nichts passiert!«

Mein Herrchen scheint nicht komplett überzeugt zu sein und deutet auf das große Sofa, das in unserem Gastraum steht, für mich jedoch leider verboten ist.

»Ich denke, du solltest dich erst einmal hinsetzen. Bist du sicher, dass du dich nicht verletzt hast?«

»Nein, nein, es ist alles in Ordnung. Aber dieser Hund macht mich wirklich noch wahnsinnig. Dörte, hierher!«

Grimmig schaut Sieglinde zu ihrer Hündin, die sich jedoch nicht von der Stelle rührt. Hektisch wühlt sie in ihrer Jackentasche herum und fördert eine glänzende Kette zu Tage, die sie ohne zu zögern in ihre Richtung wirft.

Scheppernd landet die Kette nicht weit von Dörte entfernt auf den Fliesen, jedoch bin ich es, die einen Schrecken bekommt, während Dörte auf dem Boden hockt und sich genüsslich über ihr Hinterteil leckt.

»Komisch, normalerweise reagiert sie da richtig gut drauf. Weißt du, die Kette hat der Tierforscher Doktor Professor Langenhausen entwickelt. Sie ist aus einem Material, das normalerweise in der Weltraumforschung benutzt wird.«

Immer noch verängstigt verstecke ich mich unter einem Tisch, bevor Sieglinde mir diese Weltraumkette auch noch hinterherwirft.

»Aber wo bleiben denn meine Manieren? Hallo Uwe! Es ist schön wieder hier zu sein und vielen Dank, dass ich schon einen Tag früher anreisen konnte.« Förmlich reicht Sieglinde meinem Herrchen die Hand und deutet mit der anderen auf die Boxerhündin, die immer noch ihren Hintern bearbeitet.

»Und diese junge Dame ist meine Dörte. Ich habe sie von einem namhaften Züchter aus Flensburg übernommen.«

»Na dann, herzlich willkommen ihr beiden! Ich hoffe die Anreise ist ein bisschen weniger wild verlaufen, als eure Ankunft.« Mit einem Augenzwinkern lächelt er Sieglinde an, während er einen Schlüssel aus seiner Hosentasche angelt. »Ich denke, ich bringe euch jetzt erst einmal auf das Zimmer. Es ist die Panorama-Suite, so wie bei deinem letzten Urlaub bei uns.«

Ich schlafe in dieser Nacht nicht besonders gut. Immer wieder werde ich wach und muss an Flora denken. Ihre glanzlosen Augen verfolgen mich bis in die frühen Morgenstunden.

Unsere erste Gassirunde kommt mir heute endlos vor. Müde trotte ich neben Uwe her, der genau wie ich keinen besonders ausgeschlafenen Eindruck macht.

Wir haben unser Hotel, in dem mein gemütliches Körbchen bereits auf mich wartet, schon fast erreicht, als ein lautes Klirren und Scheppern an meine Ohren dringt.

Erschrocken gehe ich hinter meinem Herrchen in Deckung, als ich Sieglinde entdecke, die ihre Weltraumkette fluchend durch die Gegend wirft. Dörte scheint von dem Geschepper reichlich unbeeindruckt zu sein. Mit einem freundlichen Hecheln zerrt sie ihr Frauchen in unsere Richtung. Die Kette landet nicht weit entfernt von mir mit einem lauten Rasseln auf dem Boden.

»Ja Guten Morgen ihr zwei!« Mein Herrchen winkt unseren Gästen zu.

»Guten Morgen Uwe, hallo Phoebe! Ich war schon zeitig wach, und da habe ich gedacht, dass ich vor dem Frühstück noch ein wenig mit Dörte trainieren kann.«

Sieglinde zieht an der Leine, doch macht ihre Hündin keine Anstalten ihr zu folgen. Erneut zielt sie auf Dörte und will ihre Kette gerade in ihre Richtung schleudern, als mein Herrchen warnend die Hand hebt.

»Halt, halt, halt, Sieglinde! Kannst du euer Training bitte kurz unterbrechen? Ich glaube Phoebe hat Angst vor deiner Wurfkette.«

Dankbar schaue ich mein Herrchen an.

»Entschuldigung, wie dumm von mir. An deine Kleine habe ich jetzt gar nicht gedacht.« Die schlanke Frau, deren strenger Haarknoten heute tadellos aussieht, steckt die Kette in ihre Jackentasche.

»Wie funktioniert das eigentlich genau, ich meine, was musst du mit der Kette machen und was soll das bringen?«

Mein Herrchen hält Dörte die Hand entgegen, die sogleich aufgeregt daran zu schnüffeln beginnt - vorsichtshalber lasse ich ein leises Knurren hören, damit die Hündin nicht auf dumme Ideen kommt.

Sieglinde rückt ihre Brille zurecht.

»Also, Herr Doktor Professor Langenhausen, der die Kette wie gesagt entwickelt hat, ist der Meinung, dass ein Hund mit Hilfe der ganz speziellen Klangwellen, die von der Kette erzeugt werden, jedes Fehlverhalten irgendwann ablegen wird. Ich werfe sie nun schon seit ein paar Wochen ständig und zu jeder Tageszeit aus rein pädagogischen Zwecken auf meine Dörte, aber irgendwie kommt das bei dem Tier bis jetzt noch nicht so richtig an.«

»So, so, aus rein pädagogischen Zwecken?« Mein Herrchen kratzt sich mit dem Finger am Kopf.

»Ja genau. Es ist eine wunderbare, gewaltfreie Alternative zur herkömmlichen Hundeerziehung. Ich kann dir das Buch, das Professor Doktor Langenhausen geschrieben hat, und auch meine Zweitkette gerne einmal ausleihen, wenn du magst.«

Entsetzt sehe ich mein Herrchen an, entdecke jedoch ein Schmunzeln in seinem Gesicht.

»Das ist sehr lieb von dir, aber ich denke wir zwei kommen auch mit der herkömmlichen Methode ganz gut zurecht.«

Erneut streckt er Dörte seine Hand entgegen, die sich nun jedoch mit einem vorsichtigen Blick in meine Richtung von ihm abwendet. »Ich muss weiter, Sieglinde. Das Frühstück für unsere Gäste macht sich leider nicht von alleine. Wir sehen uns dann im Hotel.«

»Ja genau, bis gleich.«

Als wir weitergehen, höre ich das scheppernde Klirren der Weltraumkette hinter mir und bin froh, dass ich gleich vor der Heizung liegen kann, um ein wenig Schlaf nachzuholen.

Während mein Herrchen das Frühstück zubereitet, rolle ich mich genüsslich in meinem Korb zusammen und bin mit mir und der Welt hochzufrieden.

Als sich die Türe öffnet und Sieglinde mit ihrer Dörte hereinkommt, setze ich mich alarmiert auf. Jeden Moment rechne ich damit, dass ihre Kette an mir vorbeisaust, doch zum Glück ist dies nicht der Fall.

Vorsichtig begebe ich mich wieder in meine Schlafposition, halte jedoch sicherheitshalber den besetzten Frühstückstisch mit einem Auge im Blick.

Eine Zeit lang ist es ruhig, doch dann dringen gierige Schmatzgeräusche an mein Ohr, die eindeutig aus Dörtes Richtung kommen.

Sie sitzt bettelnd vor ihrem Frauchen, die ihr eine Scheibe Käse nach der anderen unter den Tisch wirft, was von mir mit neidvoller Miene beobachtet wird.

Mein Magen beginnt zu knurren und ein wenig Wasser sammelt sich auf meiner Zunge, als mein Herrchen hereinkommt und verwirrt vor dem Tisch stehenbleibt.

»Ja liebe Sieglinde, was machst du denn da mit der riesigen Portion Gouda Käse? Soll Dörte das etwa alles essen?«

Sieglinde lässt ein eckiges Stück Käse unter den Tisch fallen, wissend strahlt sie mein Herrchen an. »Das ist eine weitere alternative Erziehungsmethode, von der ich auf einem äußerst interessanten Vortrag in Salzburg erfahren habe. Frau Doktor Schellenbach, eine namhafte Expertin auf ihrem Gebiet, vertritt die Auffassung, dass ein Hund durch positive

Verstärkung in Form von ständiger Nahrungs-
zufuhr gar nicht anders kann, als sich völlig auf
seinen Besitzer zu fixieren, was am Ende die
Hundeerziehung positiv beeinflusst.«

Mein Herrchen nimmt sich einen Stuhl und
setzt sich an den Tisch, unter dem Dörte selig
herumknabbert.

»Und warum bekommt Dörte diese Unmen-
gen von Käse? Gibt es da nicht eventuell auch
gesündere Alternativen?«

Entrüstet reißt Sieglinde ihre Augen auf und
strafft ihren Haarknoten. »Selbstverständlich
ernähre ich meinen Hund komplett fleischfrei,
das ist doch auch ökologisch wesentlich besser
zu vertreten.«

Nun werden auch die Augen meines Herr-
chens größer. Verständnislos schaut er auf den
Teller, auf dem sich immer noch unzählige
Scheiben Käse befinden. »Du meinst Dörte ist
Vegetarierin?«

Sieglinde trinkt einen Schluck aus ihrer Teetasse, bevor sie antwortet. »Ja genau! Ich habe
da dieses wundervolle Fachbuch von Frau Doktor Huber-Mosel gelesen, vielleicht hast du
schon davon gehört? Eigentlich plädiert sie ja
dafür, Hunde komplett vegan zu ernähren, aber

ich will es ja auch nicht übertreiben. Ich meine, man sollte die Kirche schließlich im Dorf lassen, nicht wahr?«

Sehnsüchtig schaue ich zu Dörte, die immer noch sehr zufrieden unter dem Tisch liegt, und beschließe, dass ich nun auch Vegetarierin werden möchte. Ich weiß zwar nicht, was das genau sein soll, doch wenn man schon am frühen Morgen mit solchen Leckereien verwöhnt wird, kann es eigentlich nichts Schlechtes sein.

Nachdem das Frühstück beendet ist und alle Gäste unser Hotel verlassen haben, um die verschiedensten Wanderungen zu unternehmen, drehen wir noch eine gemeinsame Gassirunde mit Dörte und ihrem Frauchen.

Glücklicherweise hat die sich bereiterklärt, die scheppernde Kette in ihrem Zimmer zu lassen. Stattdessen hält sie eine große Flasche in der Hand, in der sich eine trübe Flüssigkeit befindet. An ihrem Hals baumelt eine kleine Pfeife.

»Du scheinst für unseren Spaziergang ja bestens ausgerüstet zu sein. Eine Hundepfeife kenne ich natürlich, aber was ist das für eine seltsame Brühe?«

Mein Herrchen nimmt die Flasche in die Hand und schüttelt sie kräftig, woraufhin die Flüssigkeit zu schäumen beginnt.

»Das ist etwas ganz besonderes, eine völlige Neuheit auf dem Markt der Hundeerziehung.« Sieglinde lässt sich die Flasche zurückgeben und bewundert den sprudelnden Inhalt. »Man nennt es die Agrumen Methode. Es werden zahlreiche Ingredienzen verschiedener Zitrusfrüchte extrahiert, welche dann mit Bergquellwasser aus den Anden in einem speziellen Verfahren zusammengeführt werden. Zeigt der Hund ein Fehlverhalten, so bestraft man ihn mit einem Spritzer aus der Agrumenflasche. Die ganz besondere Duftkomposition führt ihm seinen Fehler dann vor Augen. Ich kann es dir gerne einmal demonstrieren.«

Mit Schwung öffnet Sieglinde die Flasche, zielt auf Dörte, die vorbildlich neben ihrem Frauchen herläuft, und lässt einen ordentlichen Schwall der säuerlich riechenden Flüssigkeit auf sie niederprasseln. Entsetzt zieht mich mein Herrchen aus der Schusslinie, während sich Dörte, die nun nicht mehr wie ein Boxer, sondern eher wie ein begossener Pudel aussieht, mit einem Ruck losreißt und die Leine hinter sich herschleifend im Wald verschwindet.

Panisch schreit Sieglinde auf und beginnt dann wie von Sinnen in die kleine Pfeife hineinzupusten. Blitzschnell schlüpfe ich aus meinem Halsband - diesen Trick habe ich mir vor kurzem selber beigebracht - und nehme die Verfolgung auf.

Mein Herrchen versucht noch mich mit einer Hand zu erwischen, da bin ich jedoch schon längst im Unterholz verschwunden. So bleibt ihm nichts anderes übrig, als wütend hinter mir herzubrüllen.

Zum Glück riecht Dörte wie eine ganze Kiste voller Zitronen, sodass es nicht allzu schwierig ist ihrem Duft zu folgen und ich sie schon nach kurzer Zeit entdecke.

Dörte hockt zitternd neben einem großen Felsen und versucht angewidert die übelriechende Flüssigkeit aus ihrem Fell zu entfernen. Vorsichtig setze ich mich neben die pitschnasse Hündin.

»Dein Frauchen hat ziemlich gut gezielt!«

Dörte schaut mich traurig an. »Da hast du wohl recht. Ich weiß nur gar nicht, warum sie das getan hat. Ständig pfeift sie mit dieser schrillen Flöte, wirft Ketten hinter mir her oder spritzt mich mit dieser stinkenden Brühe voll. Wer weiß was sie sich als nächstes einfallen lässt. Dabei möchte ich doch alles richtig machen. Ich habe aber wirklich keine Ahnung, was mein Frauchen von mir will, und sie weiß das glaube ich auch nicht so genau.«

Ein zorniges »PHOEBE HIERHER!« erreicht meine Ohren, die ich vorsichtig aufstelle.

Dörte wirft mir einen besorgten Blick zu. »Mist, jetzt bekommst du wegen mir auch noch Ärger mit deinem Herrchen.«

Ich lasse die Ohren wieder entspannt herunterhängen und versuche die Hündin zu beruhigen.

»Das ist alles halb so wild. Wenn wir gleich wieder bei unseren Menschen sind, wird mein Herrchen mich an die Leine nehmen und mir drohen, dass ich in den nächsten Tagen nicht mehr frei herumrennen darf. Außerdem wird er mir versprechen, dass ich heute kein Abendessen bekomme.«

Als ich Dörtes entsetzten Blick sehe, muss ich schmunzeln.

»Lange hält er das aber nicht durch und ich darf ein paar Minuten später schon wieder ohne Leine laufen. Und mein Abendessen habe ich bisher auch immer bekommen.« Ich stupse Dörte mit der Nase freundschaftlich in die Seite, die nicht ganz so schlimm riecht. »Komm, wir schnüffeln noch ein wenig im Wald herum, bevor wir wieder zurückgehen!«

Zaghaft erhebt sie sich und so laufen wir noch für eine kurze Zeit Seite an Seite durch den herbstlichen Wald.

Als wir zu unseren Menschen zurückkehren, stürzt sich Sieglinde mit rot verweinten Augen auf ihren Liebling. Sie schluchzt unverständliche Worte und drückt die Nase in Dörtes Fell, während ich von meinem Herrchen energisch angeleint werde. Es dauert ziemlich lange, bis sie sich wieder beruhigt hat und wir weitergehen können.

Wir sind noch nicht sehr weit gekommen, als mein Herrchen plötzlich stehenbleibt und die schniefende Frau mit seinem Blick fixiert.

»Sorry, ich muss da jetzt einfach etwas loswerden. Es steht mir wahrscheinlich gar nicht zu, das zu sagen, aber ich denke, dass du dich erziehungstechnisch mit deiner Dörte auf keinem besonders guten Weg befindest.«

Sieglinde tupft sich mit ihrem Ärmel die Augen ab.

»Denkst du, das habe ich nicht schon längst mitbekommen? Dabei lese ich doch jedes Fachbuch, das mir in die Finger kommt und kaufe das teuerste Erziehungsmaterial im Internet, nur um alles richtig zu machen.«

»Weißt du, manchmal ist weniger einfach mehr.« Mein Herrchen schaut auf Dörte herab, die immer noch nach Zitronen riecht, und spricht ruhig weiter.

»Ich sollte dir vielleicht einmal Susanne vorstellen. Sie ist eine hervorragende Hundetrainerin und betreibt eine kleine Hundeschule hier vor Ort. Susanne hat keinen Doktortitel und verkauft auch keinen teuren Schnick Schnack, aber sie versteht eine ganze Menge von Hunden und ihren Bedürfnissen. Soll ich sie direkt einmal anrufen?«

Die nächsten Tage vergehen rasend schnell. Sieglinde und Dörte treffen sich täglich mit Susanne, was beiden sehr gut zu gefallen scheint.

Sieglinde ist plötzlich viel fröhlicher und sieht nicht mehr so streng und verbissen aus, wie an ihrem ersten Tag bei uns, während Dörte es zu genießen scheint, nicht mehr mit der Flasche nass gespritzt oder mit Ketten beworfen zu werden, denn diese Dinge hat Susanne gleich beim ersten Termin eingesammelt.

Als die beiden dann nach einer Woche wieder nach Hause fahren müssen, bedankt sich Sieglinde überschwänglich bei meinem Herrchen. »Vielen, vielen Dank für den wunderschönen Urlaub und deine großartige Hilfe. Dörte hat riesige Fortschritte gemacht. Ich glaube wirklich, dass wir zwei jetzt auf dem richtigen Weg sind. Und stell dir nur vor!«, Sieglinde zeigt auf die Kette und die Flasche mit der sauren Flüssigkeit. »Susanne hat mir doch tatsächlich die Anweisung gegeben, diesen teuren Kram hier bei eBay zu verkaufen. Möchtest du vielleicht irgendetwas davon haben?«

»Gerne Sieglinde! Deine Wurfketten kann ich sicherlich sehr gut gebrauchen.«

Meine kleinen Hundeaugen werden vor Schreck riesengroß, als mein Herrchen grinsend weiterspricht. »Die werden sich ganz bestimmt hervorragend in unserem Weihnachtsbaum machen.«

Sieglinde fällt meinem überraschten Herrchen lachend um den Hals, bevor sie unser

Hotel gemeinsam mit Dörte verlässt, die ihr Frauchen zufrieden anschaut und ohne Leine entspannt neben ihr hertrottet.

DER ABSCHIED

Die restlichen Tage bis zum Wochenende vergehen, ohne dass irgendetwas Aufregendes geschieht. Zum Glück haben sich heute, es ist ein verregneter Sonntag, meine Oma und mein Opa zum Kaffeetrinken angekündigt, worüber ich mich riesig freue. Es ist das erste Mal, dass uns die beiden besuchen, seitdem Olivers Vater im Krankenhaus gewesen ist.

Schon seit Stunden sind meine Herrchen damit beschäftigt die Fenster zu putzen, die Fliesen zu polieren und jedes Staubkörnchen wegzuwischen, damit Oma zufrieden ist.

Oliver hat den Putzlappen gerade aus der Hand gelegt, als ich das Auto schon von weitem höre. Aufgeregt flitze ich zum Zaun und beginne schwanzwedelnd zu bellen, als unsere Besucher auf den Parkplatz fahren.

Mein Opa springt aus dem Auto und knallt wütend die Türe zu, dass es nur so kracht, während meine Oma schimpfend hinter ihm herläuft.

»Verdammt Karl, jetzt renn doch nicht so schnell. Wir haben das noch lange nicht ausdiskutiert!«

Mein Opa verdreht die Augen und marschiert mit schnellen Schritten in unseren Garten. Ein Lächeln erhellt sein Gesicht, als ich ihn mit einem begeisterten Bellen begrüße.

Mittlerweile sind auch meine Herrchen, die das Putzzeug schnell im Schrank versteckt haben, bei uns angekommen. Oliver geht mit geöffneten Armen auf seine Eltern zu.

»Hallo ihr zwei! Was für eine Laus ist euch denn an diesem nebligen Sonntag über die Leber gelaufen?«

Sein Vater dreht sich zu meiner Oma um, dabei wedelt er mit seinen Händen aufgebracht in der Luft herum, als würde er ein paar Fliegen verscheuchen wollen.

»Diese Frau macht mich noch verrückt, sie macht mich einfach noch verrückt! Seitdem ich aus dem Krankenhaus zurück bin, darf ich überhaupt nichts mehr alleine machen. Sie schmiert mir meine Brote, sie reicht mir meine Pantoffeln, sie hält mir sämtliche Türen auf. Ich wundere mich, dass ich mir den Hintern noch alleine abputzen darf!«

Meine Oma schreit entsetzt auf. »Karl, bitte nicht vor den Kindern!«

»Renate, ich bitte dich! Die Kinder sind mittlerweile fast 50 Jahre alt, die werden das schon verkraften!«

»Aber Karl, ich meine es doch wirklich nur gut.«

Oma schaut ihren Mann traurig an, als dieser etwas ruhiger antwortet.

»Ja, das weiß ich doch. Aber seitdem ich wieder zu Hause bin, behandelst du mich wie einen Todkranken. So kann ich doch gar nicht gesund werden. Renate, wenn dir irgendetwas an mir liegt, dann hör bitte endlich auf damit!«

Oliver, der seine Eltern nachdenklich beobachtet hat, nimmt Omas Arm und führt sie langsam aber bestimmt ins Haus. »Jetzt kommt doch erst mal rein, ihr zwei Streithähne! Ich bin sicher, dass euch mein weltberühmter Nusskuchen ein wenig versöhnlicher stimmen wird.«

Wenig später sitzen die vier Menschen am Esstisch und lassen sich den köstlich duftenden Kuchen schmecken.

Grübelnd liege ich in meinem Korb neben dem Tisch und weiß beim besten Willen nicht, wie ich es anstellen soll, auch etwas von der Leckerei zu ergattern. Ich wünschte mein Freund Hector wäre jetzt hier, denn der hätte ganz bestimmt eine kluge Idee.

Ich bin immer noch dabei einen Plan auszuhecken, um ein Stück von dem Kuchen zu erbeuten, als Olivers Telefon läutet. Er legt seine Gabel zur Seite und schaut sich suchend um. »Mist, wo habe ich das Ding nun schon wieder liegenlassen? Esst ihr nur weiter, ich bin gleich wieder da.«

Eilig läuft er los, um kurz darauf mit sehr ernstem Gesicht wieder zu uns zurückzukommen.

»Das war Barbara. Uwe, du solltest sofort zu ihr fahren.«

Mein Herrchen schaut besorgt von seinem Teller auf.

»Oh nein, ist es etwa schon soweit?«

»Ich weiß es nicht genau, aber ich fürchte ja. Vielleicht ist es gut, wenn du eine Zahnbürste einpackst, ich denke Barbara sollte jetzt nicht alleine sein. Ich frage Steffi, ob sie mir morgen beim Frühstück aushelfen kann.«

Ich entdecke ein paar kleine Tränen in den Augen meines Herrchens. »Verdammt, ich habe so sehr gehofft, dass sie noch ein bisschen mehr Zeit hat.«

Langsam schiebt er seinen Stuhl zurück und steht auf. »Ich mache mich sofort auf den Weg! Renate, Karl, es tut mir ehrlich leid, aber ich muss mit Phoebe zu einer sehr lieben Freundin, die mich jetzt dringend braucht. Oliver wird euch alles erklären.«

Mein Herrchen spricht kein Wort, während wir zu Flora und Barbara fahren, er scheint mit seinen Gedanken sehr weit weg zu sein.

Als wir unser Ziel erreichen, steht Barbara bereits vor der Türe. Die schwarzen Balken haben sich noch tiefer unter ihre verweinten Augen gegraben.

»Ach Kleines, so ein verdammter Mist!« Mein Herrchen drückt sie ganz fest an sich, während ich mich vorsichtig umschaue und nach meiner Freundin suche. Barbara bückt sich zu mir herab und wischt sich ein paar Tränen von den Wangen, während sie mich liebevoll streichelt. »Komm, wir gehen ins Haus. Flora liegt in ihrem Lieblingskorb vor dem Kamin, sie wird sich freuen euch zu sehen.«

Leise Musik erfüllt das Zimmer, in dem unzählige Kerzen ihr warmes Licht verströmen. Vor dem Kamin, in dem ein gemütliches Feuer lodert, liegt meine Freundin Flora und bemüht sich ihre Augen offenzuhalten. Sie wedelt ganz schwach mit ihrer Schwanzspitze, als sie mich sieht.

Vorsichtig klettere ich zu ihr in den Korb und drücke mich an ihren mageren Körper, Barbara schluchzt leise auf, als sie mich dabei beobachtet. »Uwe, kannst du dich an meine Worte erinnern, als die beiden Engel sich kennengelernt haben?«

Die Antwort ist fast nicht zu verstehen, so leise ist seine Stimme. »Du sagtest, dass sich zwei Seelen gefunden haben, die das Schicksal zusammengeführt hat.«

Barbara setzt sich neben den Hundekorb, ihr Blick wandert zu dem Feuer im Kamin. »Und nun wird unsere Phoebe meinen kleinen Liebling auf ihrem letzten Weg begleiten ...«

Schweigend halten sich die beiden Menschen an den Händen, während ich mich traurig weigere, ihre Worte mit Sinn zu erfüllen.

In den nächsten Stunden scheint die Zeit stillzustehen. Immer wieder schlecke ich der schlafenden Flora über ihr Gesicht, damit sie weiß, dass ich hier bin und auf sie aufpasse.

Barbara lässt ihre Finger zärtlich über das stumpfe Fell meiner Freundin gleiten, das noch vor kurzem so prächtig geglänzt hat, ihre Stimme ist ein trauriges Flüstern.

»Weißt du, als ich meine Flora das erste Mal gesehen habe, da wusste ich gleich, dass sie ein ganz besonderes Wesen ist. Sie kam mit ganz vielen anderen Hunden mitten in der Nacht in Deutschland an. Als der Transporter sich öffnete, habe ich nur meinen Engel mit diesen unglaublich schönen Augen gesehen und wusste sofort, dass wir zusammengehören. Sie war noch so klein und so hilflos, sie hatte damals das ganze Leben noch vor sich ...«

Mein Herrchen wischt sich über die Augen, während Barbara abwesend in den Kamin schaut und mit gefasster Stimme weiterspricht.

»Wir haben viele wundervolle Jahre zusammen gehabt und meine kleine Flora hat mir so unendlich viel gegeben, ich denke es ist nun an der Zeit, dass ich ein letztes Mal für sie da bin.«

Ohne auch nur ein Wort zu sagen, sitzen die beiden Freunde nebeneinander, während die Stunden erbarmungslos voranschreiten.

Barbaras Kopf ruht auf dem Schoß meines Herrchens, beide schlafen tief und fest, ein leises Schnarchen ist zu hören, als Flora für einen kurzen Moment ihre Augen aufschlägt.

»Phoebe, ich bin so froh, dass du bei mir bist ...«

Ich drücke mich ganz eng an meine Freundin, die so winzig und schwach neben mir liegt und schließe bedrückt meine Augen.

Regentropfen, die rhythmisch gegen die Fensterscheibe klopfen, wecken mich am frühen Morgen. Vorsichtig schaue ich mich um. Fast alle Kerzen sind erloschen, aus dem Kamin ist nur noch das Knacken der restlichen Glut zu hören. Barbara und mein Herrchen liegen auf dem Boden, sie haben sich unter eine Decke gekuschelt und schlafen noch immer.

Ängstlich schaue ich zu Flora, die bewegungslos neben mir liegt. Vorsichtig lasse ich meine Zunge über ihre Augen gleiten, doch sie rührt sich nicht. Ich stupse sie an, zuerst ganz sanft, dann immer fester, aber meine Freundin liegt neben mir und sieht aus, als würde sie friedlich schlafen. Tief in mir weiß ich jedoch, dass dies nicht so ist.

Ein leises Wimmern entweicht meiner Kehle, wird zu einem Jaulen, mit dem ich all meinen Schmerz herausschreie.

Barbara bewegt sich unter ihrer Decke und öffnet schläfrig die Augen, ihr Blick verweilt für einen Moment auf Floras leblosem Körper.

»Ach, mein kleiner Liebling!« Tränen erreichen ihre müden Augen, als sie ihren Kopf ganz fest an meine wundervolle Freundin drückt. »Jetzt musst du nicht mehr leiden, du bist nun an einem besseren Ort. Gute Reise mein Engel ...!« Mein Herrchen legt seine Arme behutsam um Barbaras Schultern. Sein Gesicht ist voller Kummer, während wir gemeinsam um Flora trauern, die nun für immer aus unserem Leben verschwunden ist.

DOKTOR PAULUS

—

Viele Wochen sind vergangen, seitdem Flora nicht mehr bei uns ist, doch fehlt sie mir an jedem einzelnen Tag.

Wir besuchen Barbara sehr oft in ihrem Haus, das mir ohne meine Freundin entsetzlich leer und traurig vorkommt. Die sonst so fröhliche Frau weint noch immer sehr viel, wenn wir zusammen sind. Manchmal schaut sie mich nachdenklich an und schon kullern ihr dicke Tränen über das Gesicht.

Heute haben wir keine Zeit sie zu besuchen, denn mein Herrchen hat gesagt, dass wir einen Ausflug mit Anna und meinem Freund Hector machen. Wohin es genau geht, konnte ich bis jetzt noch nicht herausfinden.

Als es klingelt, renne ich wild kläffend zur Türe, so als müsste ich eine ganze Bärenfamilie in die Flucht schlagen. Uwe läuft fluchend durch das Haus und stolpert beinahe über seine eigenen Füße. Er hat keine Hose an. »Verdammt Phoebe, jetzt hör endlich auf zu bellen! Wo ist denn der blöde Impfpass schon wieder?

OLIVER!!! Kannst du gerade zur Türe gehen, ich muss mich noch schnell anziehen und den Impfpass suchen!«

»Den habe ich dir schon zur Türe gelegt, genug Geld ist auch dabei. Und jetzt beweg deinen Hintern mal ein bisschen schneller, Phoebes Impftermin bei Doktor Paulus ist in einer halben Stunde!«

Während Oliver zur Türe geht, bleibe ich schlagartig stehen, denn von diesem Doktor Paulus hat mir Hector schon viele schlimme Dinge erzählt.

Mit eingezogenem Schwanz schleiche ich zurück zu meinem Korb und versuche mich dort so dünn wie möglich zu machen. Leider hat mein Herrchen mich trotzdem entdeckt und wedelt mit der Leine vor meiner Nase herum. »Komm schon Phoebe, Hector wartet im Auto auf dich, heute lernst du Doktor Paulus kennen.«

Missmutig lasse ich mich anleinen und folge meinem Herrchen bedrückt zum Parkplatz, wo Anna schon auf uns wartet.

»Ach du lieber Gott, was ist denn mit Phoebe los? Die Kleine sieht ja aus, als wäre sie auf dem Weg zu einem Volksmusik-Konzert!« Grinsend bückt sie sich zu mir herab und krault meine Ohren.

»Na komm, so schlimm wird es schon nicht werden!«

Anna öffnet die Autotüre und ich springe widerstrebend auf die Rückbank zu meinem Freund Hector, der genauso unglücklich aussieht, wie ich mich in diesem Moment fühle. Er schaut mich mit einem nervösen Blick an, den ich noch nie zuvor bei ihm gesehen habe.

»Oh weh, oh weh, es ist schon wieder soweit! Das Jahr ist rum und Doktor Paulus kommt mit seinen großen Spritzen. Phoebe, du hast ja keine Ahnung, was dich erwartet.« Der moppelige Körper meines Freundes wird von einem heftigen Zittern erfasst.

»Hector, hör auf, du machst mir Angst! Das kann doch gar nicht so schlimm sein, wenn mein Herrchen mit mir dorthin geht.«

Mein Freund lässt den Kopf zu Boden sinken, ein leises Schnaufen ist zu hören. »Du musst jetzt ganz stark sein, denn ich werde dir mal ein paar Dinge über den guten Doktor Paulus erzählen ...«

Und während mir bei Hectors Ausführungen das Blut in den Adern gefriert, unterhalten sich

Anna und mein Herrchen nichtsahnend im vorderen Teil des Autos.

»Ich habe gestern Abend noch mit Barbara telefoniert und stell dir nur vor, sie hat einen Urlaub gebucht. Nächsten Donnerstag fährt sie nach Italien, um für zwei Wochen in einem Schweigekloster zu wohnen. Sie sagt, dass sie dort ihre innere Ruhe wiederfinden will.«

Annas Blick ist auf die Straße gerichtet, sie macht eine kurze Denkpause, während sie das Auto steuert.

»Du meinst, sie darf dann zwei ganze Wochen, also vierzehn Tage lang, nicht sprechen?«

Mein Herrchen kann sich ein Schmunzeln kaum verkneifen. »Das ist wohl der Sinn und Zweck eines Schweigeklosters, wie bereits der Name unschwer erkennen lässt.«

»Oh Gott, das wäre mein Untergang! Uwe, ich sage dir, das würde ich keinen einzigen Tag lang durchstehen.«

Mein Herrchen ist für einen Moment verdächtig still, plötzlich prustet er los und kann gar nicht mehr aufhören zu lachen.

Anna schüttelt den Kopf und schaut kurz zu ihm, bevor sie sich wieder dem Straßenverkehr widmet.

»Was ist los?«

Uwe wischt sich ein paar Lachtränen aus dem Gesicht. »Ich habe mir dich gerade in einem Schweigekloster vorgestellt. Wahrscheinlich würde es keine halbe Stunde dauern, bis sie dich dort vor die Türe setzen und anschließend alle Eingänge gründlich verriegeln würden.«

Ein giftiger Blick schießt aus Annas Augen. »Was kann ich dafür? Ich bin halt ein sehr kommunikativer Mensch!«

»Oh ja Süße, das bist du tatsächlich und genau deshalb mag ich dich so sehr.« Mein Herrchen legt seine Hand auf Annas Arm, den diese mit einem schiefen Grinsen abschüttelt.

»Lass mich in Ruhe du elender Mistkerl, ich muss Auto fahren!«

Die nächsten Minuten vergehen viel zu schnell und schon erreichen wir die Praxis von Doktor Paulus, der gleich ganz entsetzliche Dinge mit mir und meinem Freund anstellen wird.

Die Autotüre wird geöffnet, zwecklos versuche ich mich im Fußraum zu verstecken, doch dort hockt bereits Hector und quetscht seinen molligen Körper so gut es geht unter den Sitz. Mein Herrchen leint mich an und zerrt mich umständlich aus dem sicheren Auto, ich spüre panische Blicke in meinem Rücken.

Wir betreten das sogenannte Wartezimmer, den *Vorhof zur Hölle*, wie Hector es nennt, und werden von einer freundlichen Dame in einem weißen Kittel begrüßt.

»Guten Morgen Anna, hallo Uwe! Schön, dass ihr so zeitig hier seid. Der Herr Doktor ist gleich soweit, er muss gerade noch einen Notfall versorgen.«

Zitternd verstecke ich mich unter einem Stuhl, der an der Wand steht, und schaue mich ängstlich um. Außer uns entdecke ich nur noch eine Frau in dem großen Raum. Mit traurigen Augen sitzt sie auf einer Bank, eine leere Hundebox steht verlassen neben ihr. - Was Doktor Paulus ihrem armen Hund wohl angetan hat? Ich beschließe nicht weiter darüber nachzudenken und drücke mich stattdessen noch etwas fester an die Wand.

Mein Herrchen schlendert gemütlich durch den Raum, er lässt seinen Blick über die vielen Bilder und Zettel schweifen, die überall an den Wänden befestigt sind. Plötzlich bleibt er wie angewurzelt stehen. »Schau nur, die Hündin hier auf dem Foto sieht aus wie eine größere Version von meiner Phoebe.«

Anna steht auf und betrachtet den Zettel aufmerksam. »Layla ... ein schöner Name. Sie ist in einem privaten Tierheim in München und sucht dringend ein Zuhause. Was das arme Tier wohl erlebt hat? Ich habe selten so traurige Augen gesehen.«

Mein Herrchen nimmt das Telefon aus der Tasche und hält es auf den Zettel. »Ich fotografiere das mal vorsichtshalber ab, man weiß nie wofür es gut ist.«

In diesem Moment öffnet sich die Türe und die freundliche Dame kommt gefolgt von einem tapsigen Welpen, ich denke aus ihm soll irgendwann einmal ein Golden Retriever werden, zurück in das Wartezimmer. Die Frau, die immer noch neben der leeren Box sitzt, stürzt sich erleichtert auf den Hund, der ihr sogleich freudig über das Gesicht schleckt.

Die Dame in dem weißen Kittel schaut lächelnd auf die beiden herab. »Es war zum Glück nicht so schlimm wie es ausgesehen hat, aber du solltest etwas besser aufpassen, was deine Candy so alles vom Boden aufsammelt!«

Ihr Blick gleitet suchend durch den Raum und bleibt an mir haften. »Uwe, du kannst jetzt deine Phoebe endlich erlösen, der Herr Doktor ist so weit.«

Ich schaue meinen Freund Hector ein letztes Mal an und lasse mich mit hängendem Kopf von meinem Herrchen zu dem monströsen Doktor Paulus führen.

Wir betreten einen hellen Raum, in dem ich einen Mann mit langen grauen Haaren und sehr freundlichen Augen entdecke. Er reicht meinem Herrchen lächelnd die Hand.

Vor Angst zitternd schaue ich mich um, kann jedoch Doktor Paulus, den mir Hector bis ins kleinste Detail beschrieben hat, nirgends entdecken. Wahrscheinlich ist er gerade dabei seine Messer und Spritzen zu schärfen und wird wohl jeden Moment mit seinem Hinkebein und den rotglühenden Augen um die Ecke biegen.

Ich höre Schritte, die auf uns zukommen, vergesse für einen Augenblick zu atmen ..., doch zum Glück ist es nur die Dame in dem weißen Kittel, die sich zu mir hinabbückt und mir tröstend den Kopf tätschelt.

»Du musst doch keine Angst haben, Kleines! Ist doch alles nur halb so wild.«

Sie sortiert ein paar Gegenstände, die auf einem Tisch neben uns liegen und schaut den freundlichen Mann mit den grauen Haaren an.

»Wenn Sie mich hier gerade nicht brauchen, Doktor Paulus, mache ich noch schnell meinen Schreibkram fertig.«

Ungläubig beobachte ich den Mann, der gerade etwas in ein kleines Buch hineinschreibt, und kann kaum glauben, dass es sich bei ihm um den Doktor Paulus handelt, von dem ich schon so viel gehört habe.

Ich bin immer noch fassungslos, als ich mit einem Ruck auf einen hohen Tisch gehoben werde. Während mein Herrchen tröstend auf mich einredet, entdecke ich aus dem Augenwinkel Doktor Paulus, der eine Spritze in der Hand hält und langsam auf mich zukommt. Panisch schließe ich die Augen und versuche nichts zu hören und zu sehen, versuche vor Angst schlotternd mir vorzustellen, an einem völlig anderen Ort zu sein.

Ich will in Gedanken gerade in meinem Lieblingswald hinter ein paar Wildschweinen herrennen und warte auf den schlimmen Schmerz, den die Spritze jeden Moment verursachen wird, als mir mein Herrchen einen Kuss auf den Kopf drückt und mich wieder zurück auf den Boden setzt.

Doktor Paulus beobachtet ihn dabei mit einem Schmunzeln und reicht ihm die Hand.

»So ihr zwei, das hätten wir geschafft. Wenn wir nichts mehr voneinander hören, sehen wir uns in einem Jahr wieder.«

Triumphierend stolziere ich zurück in das Wartezimmer, wo ich mich neben Hector, der mich aus seinen kugelrunden Augen ängstlich anschaut und jeden Moment zu kollabieren droht, auf den Boden setze.

»Hector, jetzt bist du an der Reihe! Doktor Paulus wartet schon auf dich und er ist heute wirklich ganz besonders schlecht gelaunt.«

Während Anna meinen wimmernden Freund hinter sich herschleift, schlecke ich mir zufrieden über die Pfoten und freue mich auf unseren gemeinsamen Ausflug, den wir ganz bestimmt gleich machen werden.

DIE NÄCHSTE GENERATION

—

Es ist kalt geworden in den letzten Tagen. Ein eisiger Wind fegt mir um die Ohren, als ich mit meinen beiden Herrchen im Wald spazieren gehe.

Oliver sagt, dass er den Schnee, der sicherlich schon bald bei uns ankommen wird, bereits riechen kann, was mir seltsam vorkommt. Trotz meiner erstklassigen Hundenase kann ich diesen Schnee, von dem die Menschen so oft sprechen, beim besten Willen nicht wittern.

Uwe pustet in seine Hände und steckt sie anschließend in die Taschen seiner dicken Jacke.

»Wahnsinn, wie schnell die zwei Wochen vergangen sind. Barbara wird Augen machen, wenn sie heute Abend wieder zurück nach Deutschland kommt. In Italien hat das Thermometer sicher ein paar Grad mehr angezeigt.«

Oliver kickt mit dem Fuß gegen einen Tannenzapfen, hinter dem ich begeistert herlaufe.

»Und sie hat dir wirklich nicht erzählt, was für eine Überraschung sie für uns hat?«

Uwe schüttelt den Kopf. »Keine Chance! Ich habe sogar Anna darauf angesetzt, du weißt ja, dass die alles rauskriegt, aber sie wollte einfach nichts erzählen. Ich weiß nur, dass wir morgen nach der Arbeit zum Wanderweg am Höllensteinsee kommen sollen, da will sie uns treffen.«

Erneut tritt Oliver gegen einen Zapfen, der zu meiner großen Freude im hohen Gras landet, wo ich ohnehin nach ein paar Mäusen stöbern wollte.

»Sehr geheimnisvoll! Am Ende hat sie lediglich einen besonders guten italienischen Rotwein mitgebracht, den sie gemeinsam mit uns am See pichern will, um ihre Rückkehr zu feiern.«

Uwe beobachtet mich bei dem Versuch kopfüber in ein Mauseloch zu kriechen und lächelt in meine Richtung. »Das glaube ich eher nicht. Ich denke, da ist etwas ganz anderes im Busch. Ich kenne doch meine Barbara, die ist immer für eine ordentliche Überraschung gut.«

Am nächsten Morgen liege ich schläfrig in meinem Hundekorb im Gastraum, während Steffi die Frühstückstische wischt und dabei fröhlich vor sich her summt. Mein Herrchen schaut sie mit einem wissenden Lächeln an.

»Na, da ist aber heute jemand gut gelaunt. Dürfen wir uns beim feurigen Tom dafür bedanken?«

Steffi schaut verlegen auf den Tisch, den sie gerade wischt und poliert eine Stelle ganz besonders gründlich. »Weißt du Uwe, der Tom und ich, also ich glaube, da könnte wirklich was Ernstes daraus werden. Der ist echt ein toller Typ, viel zu schade um nur mit ihm ... Na, du weißt schon, was ich meine.«

Mein Herrchen lehnt sich an einen Tisch und fegt mit der Hand ein paar Brotkrumen auf den Boden. »Ganz ehrlich, ich freue mich riesig für dich. Es wurde Zeit, dass dir endlich mal ein gescheites Mannsbild über den Weg läuft. Du hast es wirklich verdient. Ich hoffe wir lernen deinen Tom bald einmal kennen. Wir sind schon sehr gespannt auf den Kerl, der es geschafft hat unsere Chaos-Queen zu zähmen.«

Der Lappen, mit dem soeben noch die Tische gewischt wurden, trifft Uwe am Kopf. Lachend knüllt er ihn zusammen und drückt ihn der grimmig schauenden Steffi in die Hand.

»Ich würde dir ja gerne noch ein bisschen helfen, aber ich bin leider verabredet.« Mein Herrchen nimmt die Hundeleine aus seiner Tasche und steht auf.

»Phoebe, los geht's. Wir holen Oliver schnell zu Hause ab und dann schauen wir mal, womit Barbara uns überraschen will.«

Nach einem kurzen Marsch erreichen wir den verabredeten Treffpunkt, an dem auch Anna schon neugierig wartet. Ich stürze mich übermütig auf Hector und stupse ihn so fest an, dass er auf seinem Hinterteil landet. Kaum hat er sich wieder aufgerappelt, will er sich revanchieren und hoppelt grunzend hinter mir her. Unsere Menschen beobachten das ausgelassene Spiel mit einem Lächeln.

Anna wendet als erste ihren Blick von uns ab, sie wirkt etwas angespannt. »Wo bleibt Barbara denn nur? Sie ist doch sonst immer so superpünktlich. Jungs ich sage euch, da kommt etwas ganz Großes auf uns zu, ich habe das im Gefühl. Ich muss endlich wissen, was Barbara ausgeheckt hat. Sie hat so dermaßen geheimnisvoll getan und wirklich nichts verraten, dabei habe ich sie heute schon fünfmal angerufen, um irgendetwas aus ihr herauszukitzeln!«

Oliver wirkt überrascht. »Du hast sie fünfmal angerufen?«

»Vielleicht war es auch sechsmal. Wer zählt da schon so genau mit. Danach ist sie dann einfach nicht mehr ans Telefon gegangen.«

Während Uwe grinsend den Kopf schüttelt, höre ich Barbaras Auto, das jeden Moment bei uns ankommen wird.

Auch Hector spitzt aufmerksam seine Ohren. Wir unterbrechen das spielerische Kämpfchen für einen Moment und laufen gespannt zu unseren Menschen.

Als Barbara aus dem Auto steigt, stürzt Anna gleich los und plappert wild auf sie ein. »Liebes, großartig siehst du aus, die italienische Bräune steht dir hervorragend. Und jetzt erzähl schon, was passiert ist! Was ist das für eine Sache, von der du mir nichts sagen wolltest. Hast du etwa jemanden kennengelernt? Einen feurigen Südländer? Herrgott nochmal, muss man dir denn alles aus der Nase herausziehen!«

Barbara schaut zum Himmel und lacht aus vollem Hals. »Anna, du bist einfach unverbesserlich, jetzt lass mich doch zuerst meine beiden Traummänner begrüßen.« Sie drückt meine Herrchen ganz fest an sich, während ich vor Freude kläffend an ihr hochspringe.

Endlich bückt sie sich und schaut mir für einen langen Moment traurig in die Augen, bevor sie mir mit einem zarten Lächeln über den Kopf streichelt.

»Kinder, ihr könnt euch gar nicht vorstellen, was für eine tiefgehende Erfahrung diese zwei Wochen in dem Schweigekloster für mich waren.«

Barbara schielt mit einem Auge zu ihrer Freundin Anna, die hektisch von einem Bein auf das andere tritt. »Und diese Landschaft, nein diese unglaubliche Landschaft, also so etwas Schönes habe ich ja wirklich selten gesehen. Zum Glück hat das Wetter mitgespielt, denn auch schweigend möchte man ja schließlich ein bisschen Farbe bekommen. Nein, und das Kloster, ich kann euch sagen …«

Jäh wird die Erzählung von Anna unterbrochen, die mittlerweile aussieht, als würde sie jede Sekunde in die Luft gehen. »VERDAMMT, BARBARA!!! Jetzt sag uns endlich, um was für eine Überraschung du so ein riesengroßes Geheimnis machst.«

Erschrocken zuckt Oliver zusammen, während Barbara verständnisvoll lächelt. »Na gut, du alter Quälgeist, dann wartet hier für einen Moment!«

Sie geht zurück zu ihrem Auto und öffnet die Türe. Fünf gespannte Augenpaare verfolgen sie. Wir hören das Geräusch einer Leine und kurz darauf steht Barbara wieder vor uns.

Begeistert wedele ich mit dem Schwanz, denn in ihrer Hand hält sie eine Leine, an deren Ende ein struppiger, schwarzer Hund herumzerrt. Er ist etwas größer als ich und hat lange, dürre Beinchen, die seinen mageren Körper tragen.

Als ich zu ihm laufen möchte, um ihn zu begrüßen, wirft er mir einen giftigen Blick zu. Vorsichtshalber entscheide ich die Sache mit der Begrüßung erst einmal aufzuschieben.

»Das ist Angelo!« Barbara grinst ihre Freundin Anna schelmisch an, während sie versucht, den Hund zu bändigen, der wild hin und her zappelt und dabei seltsame Geräusche von sich gibt.

»Wie du siehst habe ich tatsächlich einen feurigen Südländer kennengelernt ... Ich hoffe er ist so, wie du ihn dir vorgestellt hast.«

Uwe bückt sich zu dem zotteligen Hund herab, um ihn zu streicheln, zieht seine Hand jedoch schnell zurück, als Angelo diese böse anknurrt.

»Na, der Kerl hat aber wirklich Feuer im Hintern, aber wir werden uns bestimmt ganz schnell aneinander gewöhnen, wir zwei.« Er legt den Arm um Barbaras Schultern, die ihren struppigen Begleiter anstrahlt.

»Ich freue mich riesig für dich. Das ist mit Abstand die beste Überraschung, die du überhaupt mitbringen konntest. Wie wäre es, wenn wir ein paar Schritte um den See herumgehen und du erzählst uns in Ruhe, wie du an das kleine Energiebündel geraten bist?«

Während Barbara mit neugierigen Fragen bombardiert wird, hüpft Angelo wie ein wild gewordenes Rodeopferd an der Leine herum und lässt sich kaum bändigen. Hector beobachtet den zappelnden Hund kritisch, seine Stirn legt sich in nachdenkliche Falten.

»Was hat er nur? Diese Springerei kann doch unmöglich normal sein!« Mein Freund zuckt erschrocken zusammen. »Er wird doch wohl nicht krank sein? Am Ende ist er noch gefährlich! Bei diesen Hunden aus dem Ausland weiß man das ja nie so genau.«

Verwirrt denke ich einen Moment lang nach. »Aber Hector, wir zwei sind doch auch aus einem fremden Land und wir sind schließlich ganz normal.«

Hector bleibt stehen, dreht langsam den Kopf in meine Richtung und wirft mir einen gewichtigen Blick zu. »Das ist doch etwas ganz anderes, das verstehst du nicht. Ich denke, dass wir diesen Angelo sehr gut im Auge behalten sollten, und bei der Erziehung werden wir Barbara wohl auch ein wenig helfen müssen.«

Zustimmend betrachte ich den schwarzen Hund, während Barbara ihren Freunden erzählt, was genau in ihrem Urlaub geschehen ist.

»Ihr haltet mich wahrscheinlich für komplett verrückt, aber ich hatte einen Traum, als ich eines Nachts in meinem Bett lag. Meine wunderschöne Flora ist mir erschienen, um mit mir zu kommunizieren.« Barbara wischt sich ein paar Tränen aus den Augen, bevor sie weiterspricht. Ihre Freunde hängen gebannt an ihren Lippen.

»Sie hat mir gesagt, dass ich nun lange genug um sie getrauert habe und es an der Zeit ist, einem anderen armen Wesen ein Zuhause zu geben. Am nächsten Tag habe ich eine Wanderung durch die Weinberge gemacht und da habe ich dann Angelo das erste Mal gesehen. Der arme Kerl war mit einem Strick an einem Baum festgebunden und konnte sich kaum bewegen, es hat mir fast das Herz zerrissen. Ich habe ihn dann täglich besucht und immer genügend Schinken vom Frühstück für ihn mitgehen lassen. Kurz vor meiner Abreise bin ich dann zu dem Bauern gegangen und habe ihm Geld angeboten, damit er mir Angelo überlässt. 800 Euro wollte der Saukerl von mir haben, ich konnte ihn aber auf die Hälfte runterhandeln. Tja, und hier sind wir nun!«

Mit leiser Stimme spricht sie weiter.

»Ich glaube ganz fest daran, dass Flora ihre Pfoten im Spiel hatte und mir diesen kleinen Engel geschickt hat.«

Ergriffen gehen die vier Freunde langsam nebeneinander her, niemand sagt auch nur ein Wort.

Wenig später ist unser Spaziergang beinahe zu Ende, doch sehen unsere Menschen noch immer sehr gerührt und glücklich aus.

Barbara himmelt ihren Liebling, der nicht mehr ganz so wild strampelt wie noch kurz zu-

vor, zärtlich an, als dieser sich mit einem verschlagenen Blick vor ihre Füße hockt und dort
einen enorm großen Haufen niederplumpsen
lässt. Erschrocken springt Barbara zur Seite,
während ihre Freunde in schallendes Gelächter ausbrechen.

Hector bleibt stehen und rümpft angewidert
seine Nase. Seine Augen wandern von der
dampfenden Wurst zu mir und wieder zurück.
»Oh ja, da kommt noch einiges an Erziehungs-
arbeit auf uns zu, noch einiges. Darauf kannst
du dich verlassen ...

LAYLA
—

Wir treffen uns in der nächsten Zeit noch ein paar Mal mit Barbara und ihrem Angelo. Zum Glück scheint er sich langsam an uns zu gewöhnen und knurrt mich nur noch ab und zu an, was immerhin schon ein Fortschritt ist.

Als Uwe und ich an einem Sonntagnachmittag gemeinsam mit den beiden spazieren gehen, ist Barbara ziemlich aufgebracht, denn Angelo scheint in den letzten Tagen nicht besonders brav gewesen zu sein.

»Dieser kleine Teufel bringt mich noch ins Grab. Uwe, das ist kein Spaß, wirklich, das ist kein Spaß!« Hektisch zerrt sie Angelo hinter sich her, der gerade ein älteres Ehepaar anknurrt, welches händchenhaltend auf einer Bank sitzt.

»Er ist keine zwei Minuten alleine und schon heckt er irgendwelchen Blödsinn aus. Du kennst doch meinen wunderschönen blauen Ohrensessel, du weißt schon, das Erbstück von meiner Patentante Erika?«

Mein Herrchen denkt kurz nach, nickt dann entsetzt. »Oh nein, sag nicht er hat ...«

Barbara zieht erneut kräftig an der Leine, denn ihr kleiner Schützling will gerade ein paar Zigarettenstummel aufsammeln. »Doch, das hat er! Der ganze Sessel ist komplett zerlegt und kann jetzt auf den Müll. Ganze fünf Minuten hat das Biest dafür gebraucht. Und heute früh ..., heute früh ...«, Barbara wedelt mit ihrer freien Hand wild in der Luft herum, »da wollte ich es mir nach unserem Morgenspaziergang in meinem Meditationsraum mit ihm gemütlich machen. Ich habe mir nur schnell einen Tee gekocht, da hat der Köter in der kurzen Zeit doch tatsächlich meinen tibetanischen Gebetsteppich vollgeschissen.«

Mein Herrchen läuft rot an und prustet dann los. Barbara durchbohrt ihn fast mit ihrem Blick.

»Was gibt es denn da zu lachen? Den Teppich hat mir mein Yogalehrer extra aus Indien mitgebracht, den gab es nicht im Supermarkt auf dem Wühltisch.«

Uwe grinst noch immer und legt Barbara seinen Arm freundschaftlich um die Schulter.

»Du wirst das jetzt sicher nicht gerne hören, aber jeder Mensch bekommt den Hund, den er braucht. Du wirst schon noch herausfinden, warum ausgerechnet Angelo bei dir gelandet ist.«

Barbara betrachtet den struppigen Hund, der vor ihr sitzt und sie unschuldig anhimmelt, für einen Moment, dann bückt sie sich zu ihm herab.

»Ach komm her, du kleiner Mistkäfer!« Sie schnappt sich Angelo und drückt ihn ganz fest an ihre Brust. Liebevoll gibt sie ihm einen Kuss auf den Kopf und wird dafür mit einem zufriedenen Grunzen belohnt.

Als ich meine Augen am nächsten Morgen öffne und aus dem Fenster schaue, entdecke ich dicke, weiße Flocken, die langsam zu Boden gleiten. Das muss endlich der Schnee sein, von dem meine Menschen in letzter Zeit so oft gesprochen haben. Mit einem Satz springe ich aus dem Bett und laufe aufgeregt zur Türe.

Meine beiden Herrchen scheinen noch zu schlafen, also belle und jaule ich so laut ich kann, damit sie ebenfalls wach werden und den Schnee bewundern können. Verschlafen kommt Oliver zu mir, er reibt sich über die Augen. »Phoebe, muss das denn sein? Es ist doch noch so früh am Morgen.« Er schaut nach draußen und gähnt herzhaft.

»Ach, du hast wohl gerade deinen ersten Schnee gesehen. Na komm Süße, ich lasse dich in den Garten, dann kannst du es dir einmal aus der Nähe anschauen.«

Kaum ist die Türe einen Spalt weit geöffnet, flitze ich hinaus und versuche die weißen Flocken aufzufangen. Einige landen auf meiner Nase und werden schnell von mir weggeschleckt, einige andere bleiben auf meinem Fell liegen und verschwinden dann nach ein paar Augenblicken auf mir unerklärliche Weise.

Wild kläffend renne ich von links nach rechts, durchquere den ganzen Garten und freue mich über das tolle Gefühl, welches der kalte Schnee auf meinem Fell hinterlässt.

Mittlerweile habe ich es geschafft, dass auch Uwe wach geworden ist. Er kommt zur Türe. Müde rückt er seine Brille zurecht und legt eine Hand auf Olivers Schulter. »Wow, unser kleiner Wirbelwind geht ja ab wie ein Zäpfchen. Ich denke unser langer Winter hier in Bodenmais wird ihr gut gefallen.«

Oliver gähnt, er hält sich die Hand vor den Mund.

»Ich koche uns erst mal einen starken Kaffee. Ich glaube nicht, dass Phoebe uns jetzt noch schlafen lässt.«

Während meine Herrchen in die Küche gehen, springe ich glücklich durch den Schnee und bin mit mir und meinem Leben vollauf zufrieden.

Als ich komplett durchnässt bin, quetsche ich mich durch die Türe zurück ins Haus, wo ich vorsichtshalber zuerst meinen Futternapf kontrolliere. Enttäuscht stelle ich fest, dass dieser immer noch leer ist und gehe in die Küche, wo meine beiden Menschen am Tisch sitzen und ihren Kaffee trinken.

Als Uwe mich entdeckt, schnappt er sich ein Handtuch und rubbelt mich trocken, dabei spricht er mit Oliver über irgendeine Layla, von der ich bisher noch nie gehört habe.

»... und stell dir nur vor, der Hund ist immer noch in diesem Tierheim. Dabei ist es schon fast drei Monate her, dass ich den Aushang bei Doktor Paulus gesehen habe. Bitte, die brauchen doch nur eine Pflegestelle, damit das arme Tier ein wenig zur Ruhe kommen kann, und dann wird sie bestimmt ganz schnell vermittelt ..., bitte, bitte, bitte.«

»Uwe, dein Engagement in allen Ehren, aber wie soll das denn funktionieren? Wir müssen ja schließlich auch noch ein bisschen arbeiten. Und wer weiß wie sich der Hund mit Phoebe versteht?«

Ich werde hellhörig und frage mich, was hier gerade vor sich geht. Aufmerksam spitze ich meine Ohren, um nichts zu verpassen, als Uwe antwortet.

»Wir müssen doch noch gar nichts entscheiden. Lass uns einfach in das Tierheim fahren, um uns den Hund anzuschauen. Danach gehen wir noch zum Shoppen nach München. Ich kaufe dir auch was Hübsches.«

Oliver kann sich ein Lachen kaum verkneifen und legt seine Hand auf die meines Herrchens.

»Du meinst wohl, dass du DIR etwas Hübsches kaufst!«

»Jetzt sei doch nicht so! Layla wird sich bestimmt ganz gut mit unserer Kleinen vertragen.«

Genervt greift Oliver nach seiner Tasse, in der immer noch der Kaffee dampft. »Na schön, du gibst ja vorher doch keine Ruhe. Wir sollten dann aber in diesem Tierheim anrufen und fragen, ob wir in den nächsten Tagen irgendwann einmal vorbeischauen dürfen.«

Ein Grinsen macht sich auf Uwes Gesicht breit, als er einen Zettel auf den Tisch legt. »Schon geschehen! Frau Bohnheim erwartet uns heute um 12:00 Uhr, hier ist die Adresse für das Navi. Und jetzt trink deinen Kaffee aus, wir müssen uns beeilen, damit wir pünktlich sind!«

Oliver schließt seine Augen und schüttelt ungläubig den Kopf.

Kurz darauf sitzen wir gemeinsam im Auto und fahren in eine große Stadt, die München heißt. Wütend sitze ich in meinem Korb auf der Rückbank, in meinem Kopf ist ein furchtbares Durcheinander. Ich bin nicht ganz sicher, ob ich meine Herrchen richtig verstanden habe, aber ich befürchte, dass sie einen neuen Hund zu uns nach Hause holen möchten, der im Moment noch in einem Tierheim ist und dort auf uns wartet.

Ich nehme mir ganz fest vor, das mit allen Mitteln zu verhindern. Schließlich sind die beiden Menschen, die vorne im Auto sitzen und sich gutgelaunt unterhalten, meine Herrchen und daran wird sich auch ganz sicher so schnell nichts ändern. Dieser Layla werde ich schon klarmachen, dass in meinem Zuhause kein Platz für sie ist, ganz egal wie treuherzig sie uns gleich anhimmeln wird.

Als wir unser Ziel erreichen und auf das gelb gestrichene Haus zugehen, in dem ich meine Konkurrentin vermute, werden wir von lautem Hundegebell begrüßt, das aus allen Ecken zu kommen scheint.

Schmerzhafte Erinnerungen an meine Zeit in Lauras Tierheim blitzen kurz auf. Ich verdränge sie aber gleich wieder, drücke mich dennoch vorsichtshalber fest an Uwes Beine, der das riesige Haus mit langsamen Schritten ansteuert.

Eine rothaarige Frau öffnet die Türe und tritt strahlend auf uns zu, ihre Hand umklammert einen Besen, den sie an die Hauswand stellt.

»Schön, dass Sie schon hier sind! Bohnheim mein Name, ich bin die Leiterin, wir kennen uns ja bereits vom Telefon.«

Sie begrüßt meine Herrchen freundlich und bückt sich dann zu mir herab. »Und du musst die kleine Phoebe sein. Wollen wir doch mal schauen, ob du heute eine neue Schwester bekommst.«

Entsetzt starre ich die rothaarige Frau an, die sich wieder erhebt und meinen Herrchen die Türe öffnet. »Kommen Sie doch erst einmal mit in mein Büro, ich würde Ihnen gerne noch etwas über unsere Layla erzählen, das Sie wissen sollten.«

Gemeinsam betreten wir das Haus. Wildes Gebell verfolgt uns, bis wir ein Zimmer mit einem großen Schreibtisch, auf dem es sehr unordentlich aussieht, erreichen.

»Ich freue mich so sehr, dass sich endlich jemand für unsere Layla interessiert. Ich fürchte, dass sie es nicht mehr sehr lange hier aushalten wird, das arme Ding. Aber nehmen Sie doch bitte erst einmal Platz, bevor ich weitererzähle.«

Meine Herrchen ziehen sich zwei Stühle heran und setzen sich hin, während ich mich unter den Schreibtisch lege und alles genau im Auge behalte.

»Wissen Sie, Layla wurde in Istanbul auf der Straße gefunden. Sie war in einem sehr schlechten Zustand.« Frau Bohnheim legt ihre Hände aufeinander und spricht leise weiter. »Irgendein grausamer Mensch hat ihr sehr schlimme Dinge angetan.«

Meine Herrchen schweigen betroffen und auch ich fühle mich aus einem mir unerklärlichen Grund gerade sehr unwohl.

»Zum Glück wurde sie in einem privaten Tierheim untergebracht und ist von dort mit einem Sammeltransport bei uns gelandet. Leider geht es ihr nicht sehr gut.«

Erschrocken blickt Oliver auf. »Was stimmt denn nicht mit ihr? Sie ist doch nicht etwa krank?«

»Nein, keine Angst. Körperlich ist mit unserer Layla alles in Ordnung, doch ihre kleine Seele hat in der Vergangenheit sehr viel Schaden genommen. Sie besitzt einfach keinen Lebenswillen mehr, was die anderen Hunde auf brutale Art und Weise ausnutzen. Ständig wird sie attackiert und ist nicht in der Lage, sich dagegen zu wehren. Sie lässt einfach alle Schikanen regungslos über sich ergehen. Ich hoffe, dass ich Sie jetzt nicht abgeschreckt habe, aber ich wollte Ihnen das alles erzählen, bevor Sie unser Sorgenkind das erste Mal anschauen.«

Uwe, der die ganze Zeit kein Wort gesagt hat, blickt der Tierheim-Chefin fest in die Augen. »Vielen Dank für Ihre Offenheit, Frau Bohnheim. Wenn Sie nichts dagegen haben, würden wir Layla jetzt gerne kennenlernen.«

Wir verlassen das gelbe Haus und gehen auf eine Wiese, die durch einen hohen Zaun vom Rest des Tierheimes abgetrennt ist. Hier ist es zum Glück etwas ruhiger, denn es befinden sich nur wenige Hunde in den angrenzenden Gehegen.

Als sich das Tor hinter uns schließt, entdecke ich eine schwarz braune Hündin mit traurig herabhängenden Schlappohren, die sich ängstlich an das hinterste Stück des Zaunes presst. Ihr Fell ist schmutzig und ich entdecke verkrustetes Blut an ihren Beinen und auf ihrem Rücken. Vorsichtig hebt sie den Kopf und schaut mich aus ihren großen, schmerzerfüllten Augen an.

Ich gehe zögerlich in ihre Richtung. Meine Absicht, alles zu unternehmen, damit wir ohne einen zweiten Hund zurück nach Hause fahren, gerät langsam ins Wanken.

Ich habe Layla fast erreicht, als sie anfängt am ganzen Körper panisch zu zittern.

Aus dem Augenwinkel sehe ich Uwe, der zu uns kommen will, er wird jedoch behutsam von Oliver zurückgehalten.

Ich mache einen weiteren Schritt nach vorne und beginne ganz langsam über den Kopf der Hündin zu schlecken, säubere ihre Augen und spüre, dass ihr Zittern langsam schwächer wird.

Meine Herrchen starren gebannt in unsere Richtung, bevor sie vorsichtig zu uns kommen und sich in das feuchte Gras hocken.

Oliver streckt seine Hand aus, zieht sie jedoch sofort zurück, als Layla zusammenzuckt. »Verdammt, was machen wir denn jetzt? Ich meine, wir können diesen Hund doch unmöglich mit nach Hause nehmen.«

Uwe schüttelt langsam seinen Kopf, bevor er mit ruhiger Stimme antwortet. »Ich weiß, aber willst du dieses arme Tier wirklich hierlassen? Du hast doch gehört, was Frau Bohnheim eben erzählt hat.« Er wischt sich nervös über die Stirn und versucht Layla zu berühren, was diese mit einem ängstlichen Blick geschehen lässt.

Oliver betrachtet die beiden aus nachdenklichen Augen. »Denkst du denn wir können das schaffen? Ich habe Angst, dass wir mit so einem traumatisierten Hund überfordert sind, und das Hotel ist ja nun auch noch da. Ich habe gerade wirklich überhaupt keinen Plan.«

In diesem Moment hebt Layla langsam ihren Kopf und drückt ihn ganz sanft an Olivers Hand, der daraufhin beginnt sie vorsichtig zu streicheln. Ich entdecke eine Träne, die in seinem Augenwinkel glitzert.

Frau Bohnheim, die uns vom anderen Ende der Wiese beobachtet hat, kommt auf uns zu. Sie hockt sich neben meine beiden Menschen.

»Nun, was denken Sie? Könnten Sie sich vorstellen, unserer Layla eine Chance zu geben? Ich muss Ihnen sicherlich nicht sagen, wie dankbar ich Ihnen wäre ... Sie sehen ja selber, in welchem Zustand sich das arme Tier befindet.«

Meine Herrchen schauen sich in die Augen, sie scheinen einander zu verstehen, ohne auch nur ein Wort zu sagen.

Ich schlecke noch immer behutsam über Laylas Kopf, als Oliver langsam aufsteht. »Wir haben uns entschieden, Frau Bohnheim. Wenn es für Sie passt, nehmen wir Layla noch heute mit.«

Ein Strahlen erhellt das Gesicht der rothaarigen Frau. »Sie können sich gar nicht vorstellen, wie sehr ich mich freue. Glauben Sie mir, Layla ist ein ganz besonderer Hund. Sie hatte bisher leider nur keine Möglichkeit, das auch zu zeigen.«

Während die drei Menschen nun einige Dinge besprechen, von denen ich nicht besonders viel verstehe, schaue ich Layla in ihre traurigen Augen, die schon so viel Schreckliches gesehen haben.

»Du musst jetzt keine Angst mehr haben. Ich werde auf dich aufpassen und dir alles zeigen, was du wissen musst, damit du dich in der komplizierten Welt der Menschen zurechtfindest.«

Kurz darauf verlassen wir das gelbe Haus mit den vielen bellenden Hunden, um Layla in ein neues, glücklicheres Leben zu begleiten.

EPILOG

—

Genau ein Jahr ist vergangen, seitdem ich meinem alten Leben den Rücken gekehrt und ein neues, wundervolles Zuhause gefunden habe.

Ich habe in diesem Jahr sehr viel Schönes erlebt, neue Freunde gefunden und viele wichtige Dinge gelernt.

Leider habe ich auch einige traurige Erlebnisse gehabt, doch gehören diese zu einem Hundeleben wahrscheinlich einfach dazu.

Layla wohnt mittlerweile schon seit drei Wochen bei uns. Sie ist immer noch sehr ängstlich und es fällt ihr schwer, meinen beiden Menschen zu vertrauen, doch wird es langsam besser. Ich bin mir ziemlich sicher, dass sie uns nicht mehr verlassen wird.

Uwe hat zur Feier des Tages unsere Freunde eingeladen. Viele Stunden hat er gemeinsam mit Oliver in unserem verschneiten Garten verbracht und ihn für unsere Gäste dekoriert.

Ein wärmendes Feuer lodert in der Mitte der Wiese, gemütliche Sitzbänke mit flauschigen Wolldecken sind um das Feuer herum verteilt.

Uwe steht an einem großen Topf und verteilt dampfenden Glühwein an die gutgelaunten Menschen, während Oliver herrlich duftende Fleischstücke auf unseren Grill legt.

Das Tor öffnet sich quietschend und Steffi kommt fröhlich lachend in den Garten. Sie zieht einen großen, dürren Mann hinter sich her. Er hat sehr weiße Haut und trägt eine kleine, runde Brille auf der Nase. In seinem Gesicht entdecke ich viele rote Pickel.

Meine Herrchen schauen sich staunend an, ich höre Olivers Flüstern. »Das ist Tom, der Hengst ...?« Er schüttelt fassungslos den Kopf und trinkt einen Schluck Glühwein. »Den habe ich mir aber völlig anders vorgestellt, der Knabe hat was von einem Bibliothekar im zweiten Lehrjahr.«

Uwe legt einen Finger an seine Lippe. »Pst! Am Ende hören sie dich noch. Hauptsache sie ist glücklich, und so wie Steffi ihren Tom anstrahlt, besteht daran kein Zweifel. Ich gehe schnell hin und begrüße die beiden.«

Während mein Herrchen mit ausgebreiteten Armen auf Steffi zueilt, schaue ich mich in Ruhe um.

Auf einer der Bänke sitzen Olivers Eltern, die sich eine braune Decke um die Schultern gelegt haben und eng aneinander gekuschelt an ihrem Glühwein nippen. Meine Oma trägt ein Lächeln in ihrem Gesicht, das sie wunderschön aussehen lässt.

Neben den beiden entdecke ich Anna, die meinen Opa gerade wild gestikulierend mit einigen unglaublichen Informationen versorgt. Zu ihren Füßen liegt mein kluger Freund Hector und knabbert genüsslich an einem riesigen Fleischstück, welches Anna »versehentlich« heruntergefallen ist.

Barbara sitzt etwas abseits auf einem Gartenstuhl und versucht Angelo davon abzuhalten, die Stuhlbeine anzuknabbern. Sie schimpft und stößt wilde Flüche aus, doch ihre Augen sprechen eine andere Sprache. Ich entdecke dort sehr viel Liebe, mit der sie ihren struppigen Begleiter sicherlich auch in Zukunft verwöhnen wird.

Während ich die beiden beobachte, wandern meine Gedanken zu der sanftmütigen Flora.

Ich vermisse meine Freundin noch immer sehr und wünschte, sie wäre jetzt hier an meiner Seite. Hoffentlich ist sie glücklich, an diesem unbekannten Ort, an dem sie jetzt ist.

Elfriede und Alfons sind heute ebenfalls erschienen, um mit uns zu feiern. Der gutmütige Riesenschnauzer humpelt schwerfällig durch unseren Garten und genießt die vielen Streicheleinheiten, die er in den ersten Jahren seines Lebens so schmerzlich vermisst hat. Ich habe Layla schon eine ganze Weile nicht gesehen, zuletzt saß sie unter einer hohen Tanne und hat sich das lebhafte Treiben aus sicherer Entfernung angeschaut. Ich beschließe, eine Runde durch unseren Garten zu drehen und vorsichtshalber nach ihr zu suchen. Auf meinem Weg begegne ich dem kleinen Rüdiger, der mit seinen beiden Frauchen extra aus der weit entfernten Stadt zu uns gekommen ist, um meinen ganz besonderen Tag nicht zu verpassen. Sie stehen gerade plaudernd am Grill und warten auf ihr Essen, als sich eine Ladung Schnee von einem Baum löst und auf Rüdigers Rücken plumpst. Erschrocken quiekt er auf, bevor ein sattes Knattern zu hören ist. Verena hält sich die Nase zu und blickt verschämt zu Boden, woraufhin Tanja losprustet und ihr einen Kuss auf die Wange drückt.

Rüdiger schüttelt sich den Schnee aus dem Fell und trippelt ein paar Schritte zur Seite. Scheinbar kann er mit dem Duft, der soeben sein Hinterteil verlassen hat, nicht besonders viel anfangen.

Mit suchenden Augen laufe ich weiter und beginne langsam mir Sorgen um Layla zu machen, denn ich habe noch immer keine Spur von ihr entdeckt.

Gerade will ich eine Hecke am Hauseingang kontrollieren, als mein Blick auf unseren Schuppen fällt, dessen Türe halb offensteht. Vorsichtig schleiche ich mich hinein und strecke meine Nase schnüffelnd in die Luft, als ich ein leises Rascheln höre und Layla endlich entdecke. Sie hat sich unter ein Regal gequetscht und liegt auf einer alten Decke, die meine Herrchen irgendwann dort vergessen haben.

Langsam mache ich ein paar Schritte in Laylas Richtung und rechne schon damit, dass sie ängstlich zusammenzuckt, als sie zu meiner Überraschung ein Stück zur Seite rückt und mich mit ihren traurigen Augen anschaut.

So ruhig wie möglich krieche ich zu ihr unter das Regal und lege mich neben sie auf die graue Decke.

Von unserem Platz habe ich den Garten im Blick, in dem heute so viele einzigartige Menschen mit ihren wundervollen Begleitern versammelt sind. Während ich mich vorsichtig an die zitternde Layla drücke, werde ich von einem warmen Gefühl in meinem Bauch erfüllt.

Ich schmiege mich noch etwas enger an sie heran und bin überglücklich, hier an diesem Ort zu sein. An diesem ganz besonderen Ort, an dem es so viel Liebe gibt, die sicherlich auch für uns beide ausreichen wird.

DANKSAGUNG

—

Uff ... es ist vollbracht!

Nun halte ich doch tatsächlich meinen ersten Roman in den Händen und bin ganz ehrlich stolz wie Oskar!

Ich danke allen Lesern, dass ihr euch die Zeit genommen habt und Phoebe auf einem Stück ihres Weges begleitet habt.

Ich hoffe, ihr hattet viel Freude beim Lesen und konntet den Alltag für ein paar Stunden ausblenden.

Vielleicht geht die Geschichte ja irgendwann einmal weiter - you never know :-)

Selbstverständlich hätte ich dieses Buch niemals ohne den liebenswerten Teufelsbraten Phoebe schreiben können, der mein Leben immer wieder auf den Kopf stellt und mich regelmäßig inspiriert. Ihr könnt euch gar nicht vorstellen, wie viel Charakter so ein kleiner Hund doch besitzen kann - danke, dass du mich stets so treu durch mein Leben begleitest.

Ich möchte mich bei so vielen tollen Menschen bedanken, die mich mit Rat und Tat unterstützt haben, dass ich gar nicht weiß, wo ich anfangen soll - am besten lege ich einfach mal los:

Ich danke Lulu von ganzem Herzen für das wunderschöne Cover – ich hoffe, ich habe dich nicht zu sehr gestresst.

Ein ganz besonderer Dank gilt Heidi, die mich auf die Idee gebracht hat, Phoebes Geschichte zu erzählen und mir viele gute Verbesserungsvorschläge gemacht hat (die kleinen Lesungen auf unserer Privatbank im Wald werden mir sehr fehlen).

Des Weiteren sage ich vielen Dank an meine Testleserinnen, die mich schonungslos kritisiert haben, um meinen ersten Roman zu optimieren (zum Glück reden wir trotzdem noch miteinander ...)

Als da wären:

Johanna, Mariele, Diana, Simone, Marika, und Carola.

Anja und Vera haben sich ebenfalls als Testleserinnen missbrauchen lassen und mich mit ihrer guten Laune angesteckt, wenn ich gerade in einem Formtief war - vielen Dank dafür ... ihr seid die Besten!

Ein ganz besonderer Dank gilt meinen lieben Schwiegereltern Roswitha und Klaus - ich freue mich, dass ich euch habe und es ehrt mich ganz besonders, dass euch Phoebes Geschichte so gut gefallen hat.

Roswitha, es tut mir wirklich leid, dass die Schwiegermutter in meinem Roman so ein alter Drachen ist, aber ein Biest musste ich einfach mit einbauen.

Du bist eine ganz wundervolle Schwiegermama und hast mit der Renate aus dem Roman zum Glück nicht wirklich viel gemeinsam - schön, dass es dich in meinem Leben gibt.

Mein letzter und wichtigster Dank gilt meinem Ehemann Oliver, der mich überraschenderweise noch nicht zum Teufel gejagt hat.

Dein Verständnis, deine Geduld und deine Rücksichtnahme in den letzten Monaten waren einfach unglaublich, denn ich weiß, dass ich teilweise unausstehlich war, wenn ich in irgendeinem Kapitel festgesteckt habe und nicht weiterwusste.

Du bist mein bester Freund und die Liebe meines Lebens - vielen Dank, dass du immer für mich da bist!

Unglaublich aber wahr ... uns gibt es wirklich:
Uwe und Oliver betreiben die Montara Suites in
Bodenmais: www.montarasuites.de

Wenn Du wissen möchtest, wer dieses Buch ge-
schrieben hat, kannst du gerne auf meiner Home-
page vorbeischauen:
www.uwekrauser.de

Mehr über uns und
unser Hundeleben findest du hier:
Facebook:
Phoebe & Layla - Romanheldinnen auf vier Pfoten
Instagram:
Phoebe_Layla_Romanheldinnen

HAT DIR DAS
BUCH GEFALLEN?
—

Ich freue mich sehr, dass du mein Buch bis zu dieser Stelle gelesen hast. Wenn es dir gefallen hat, würde ich mich sehr freuen, wenn du ihm bei dem Online-Shop eine Bewertung gibst, bei dem du bestellt hast. Oder du schreibst bei einem deiner Lieblings-Buchportale eine Rezension.

Ich freue mich nicht nur sehr darüber, Meinungen zu meinem Buch zu lesen, es hilft mir auch dabei, weitere Geschichten zu schreiben und neue Leser für meine Bücher zu finden.

Vielen Dank für deine Unterstützung!

KAMPENWAND
VERLAG

*Ob ich wohl gleich ein
Wildschwein jagen darf?*

Ich und mein
Herrchen Uwe.

Verdammt ... hier habe ich
den Knochen im Sommer
doch irgendwo versteckt!

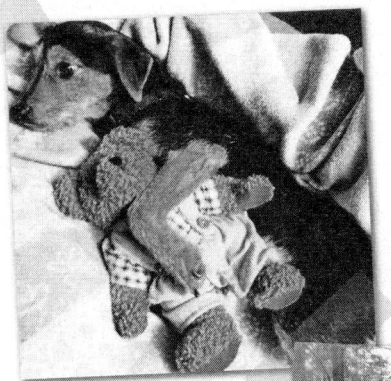

Mein Lieblingsteddy.

*Spaziergang mit
Layla und Rüdiger*

*Hier trainiere
ich für die
Olympischen
Spiele.*

*Mag mein Herrchen etwa
keine Hundeküsse?*

*Mit diesem Blick
habe ich mir
schon ziemlich
viele Leckerchen
organisiert.*

*Manchmal sind meine
Herrchen schon ein wenig
seltsam ...*

Meine Familie.

*Ich schlafe für mein
Leben gerne.*

*Hier habe ich
mein erstes
Krokodil
gezähmt*

Mit meinem Herrchen
am Arbersee.

„High Five" habe
ich mittlerweile
auch schon
drauf.

Manchmal helfe ich meinem Herrchen beim Signieren unserer Bücher.

Unsere ersten Werbefotos sind ziemlich daneben gegangen.

DAS KÖNNTE
DIR AUCH GEFALLEN
—

Layla:
Heldin auf vier Pfoten

Uwe Krauser

Vom Autor des tierischen Überraschungserfolges „Phoebe –
Eine Straßenhündin checkt ein"
Erlebe eine lustige, herzzerreißende und spannende Zeitreise
mit Streunerin Layla, die das Leben ihrer neuen Familie für
immer verändert. Zusammen mit der aufgeweckten Erzähle-
rin Phoebe geht sie durch dick und dünn.

Softcover
ISBN 978-3947738748

Mehr unter: www.kampenwand-verlag.de

DAS KÖNNTE
DIR AUCH GEFALLEN
—

Phoebe & Layla:
Von Menschen, Möpsen und anderen Katastrophen

Uwe Krauser

Die Hotelhunde Phoebe und Layla sind zwei ehemalige Streuner, die unterschiedlicher kaum sein könnten. Während die rotzfreche Phoebe jedes Abenteuer mitnimmt, lässt es die sanftmütige Layla wesentlich ruhiger angehen. Mittlerweile haben sie ihren Platz in der Menschenwelt gefunden und wissen ganz genau, wie sie ihre Herrchen um die Pfote wickeln können.

Softcover
ISBN 978-3947738281

Mehr unter: www.kampenwand-verlag.de